普通高等教育"十二五"规划教材

普通化学实验

廖家耀 主编

科学出版社
北京

内 容 简 介

　　本书是西南大学化学化工学院普通化学教研组十几年来教学经验的总结和教学改革研究的成果,得到了西南大学公共基础化学课程改革项目的资助。

　　本书包括化学实验的基本要求、化学实验的基础知识、实验、生活化学实验、设计性实验及普通化学实验常用仪器,共 6 章,38 个实验。本书编写时适当地减少了验证性实验,增设了定量实验、仪器实验和设计性实验,特别注意了理论与生活实际的结合,加入了生活化学实验一章,编入了一些与生活密切相关的实验项目。因此,本书既与理论教学内容配合密切,又具有相对的独立性,知识覆盖面广,起点适度,趣味性、可操作性和适用性强。

　　本书主要适合高等学校农、林、水产、食品、园林、生命科学类各专业及材料科学、医药学、土木建筑等部分理工科专业使用,也可供其他相关专业的师生及化学爱好者参考。

图书在版编目(CIP)数据

普通化学实验/廖家耀主编 . —北京:科学出版社,2012

普通高等教育"十二五"规划教材

ISBN 978-7-03-033819-8

Ⅰ.①普… Ⅱ.①廖… Ⅲ.①化学实验-高等学校-教材 Ⅳ.①O6-3

中国版本图书馆 CIP 数据核字(2012)第 041206 号

责任编辑:赵晓霞/ 责任校对:郑金红
责任印制:张克忠 / 封面设计:迷底书装

科 学 出 版 社 出版

北京东黄城根北街 16 号
邮政编码:100717

http://www.sciencep.com

保定市中画美凯印刷有限公司印刷
科学出版社发行　各地新华书店经销

*

2012 年 3 月第　一　版　开本:720×1000　1/16
2012 年 3 月第一次印刷　印张:9 1/2
字数:204 000

定价:**19.00 元**
(如有印装质量问题,我社负责调换)

前　　言

　　普通化学实验是大学基础化学的重要组成部分,是理论联系实际、学以致用、促进知识转化的重要教学环节,也是现代大学生知识结构中不可缺少的部分。它在扩大学生知识视野,开拓学生智能,培养学生观察现象、分析问题、归纳总结、独立工作能力,树立实事求是的科学态度等各个方面都有着重要作用。

　　根据普通化学课程性质,我们参阅了大量相关的实验教材,并结合多年来的教学实践经验,精选实验内容,编写了本书。本书中所编实验包括溶液、胶体、化学热力学、化学平衡原理、化学反应速率、电解质溶液、氧化还原反应和配位化合物等方面的知识,同时将实验的基础知识有机地融汇于各实验项目中,循序渐进地安排基本操作及仪器的使用。因此,本书既与理论教学内容配合密切,又具有相对的独立性,知识覆盖面广,起点适度,可操作性强,并且可根据课程学时数、实验仪器设备、学生层次等教学实际情况选择适宜的实验。

　　根据目前教学改革的趋势,我们在编写时适当减少了验证性实验,增设了定量实验、仪器实验和微型化学实验,同时还编写了由学生独立设计程序的实验。因此,本书具有系统性、新颖性,对培养高素质、适应性广、有创新精神的人才有重要的作用。

　　在编写本书时,我们不仅注意了知识的系统性、科学性,还注意了与生活实际的结合,编入了一些与生活密切相关的实验,如食醋总酸度的测定、水质的检验、洗发香波的配制等。这既加深了学生对理论知识的认识与理解,又丰富了学生的生活知识,同时可增强实验课的感染力,有利于调动学生的兴趣和积极性。

　　本书的计量单位采用国际 SI 制和我国法定计量单位。

　　本书共 6 章,38 个实验,包括化学实验的基本要求、化学实验的基础知识、实验、生活化学实验、设计性实验及普通化学实验常用仪器等。本书由西南大学化学化工学院普通化学教研室组织编写,得到了西南大学公共基础化学实验课程改革项目的资助。参加编写的教师有廖家耀、宋丽、曹维荃、李红陵、张建蓉、曾令喜等。本书经副主编曹维荃、张建蓉修订,全书最后由主编廖家耀统稿、修改和定稿。本书在申报和编写过程中还得到了李宗醴、魏沙平、张明晓等老师的大力支持与帮助,在此表示衷心的感谢!

　　在本书编写过程中参考了大量的文献资料,引用了部分文献的图表和数据,在此对相关文献的作者表示衷心的感谢!

　　由于时间紧迫及编者水平所限,书中不妥和疏漏之处在所难免,请读者和同行专家批评指正,以期今后不断改进和完善。

廖家耀

2011 年 11 月

目　　录

第1章 化学实验的基本要求

1.1 实 验 目 的

自然科学,特别是化学,是以实验为基础的科学,其理论、定理、定律等都是通过实验总结出来的。普通化学是化学这一自然科学的导言,也必然如此。普通化学实验是普通化学课程的重要组成部分,是理论与实际相结合的一个十分重要和必不可少的教学环节。通过普通化学实验所要达到的教学目的有以下几个方面。

(1) 使学生学习的理论知识和基本概念得到进一步的巩固、充实、加深和提高;通过仔细观察实验现象,直接获得化学感性知识,进而验证、评价化学的基本理论;通过实验具体了解化学基本理论和规律在应用时的条件、范围和方法,以及化学现象的复杂性和多样性。

(2) 培养学生正确掌握化学实验的基本方法和操作技能。只有正确的操作,才能得出准确的数据和结果,这是产生正确结论的主要依据。所以,基本操作的训练具有十分重要的意义。

(3) 开拓学生的思维,扩大学生的知识视野,使学生通过实验从观察与记录实验现象、独立思考、分析和解决问题入手,培养独立工作能力和应用知识、转化知识的创新精神。

(4) 通过实验的训练,培养学生严谨、严密、严格的实验素养;培养学生实事求是、勤于动手、勤于思索、正确操作、合理安排、讲求效率、爱好整洁等良好的、科学的工作态度和习惯,从而为后继课程和其今后要从事的专业工作奠定坚实的基础。

1.2 实 验 程 序

化学实验同其他科学实验一样,也需要遵循一定的实验程序。化学实验的一般程序为:预习→教师指导→检查→进行实验→完成实验报告。依据该程序,化学实验才能顺利进行,取得预期的教学效果。

1.2.1 预习

预习是做实验的基础,因此预习的好坏将对实验的方方面面产生直接的影响。所谓预习,就是指每次实验前必须首先通读相关部分实验教材,了解实验教材中涉及的有关基础知识、基本操作和仪器设备等。具体而言应从以下5个方面进行预习。

(1) 明确实验的目的和要求,透彻理解实验的基本原理和方法,明了实验的内容、步骤、操作过程和实验时应当注意的事项。

（2）查阅有关的基础知识和基本操作，了解仪器设备的规格、性能和使用方法，以便进行实验时能合理取用。

（3）根据实验原理推演测定物理量的数学计算式，根据实验内容写出相应的化学反应方程式，按照实验要求，对指定实验设计实验步骤，以及实验前查阅相关的各种数据。

（4）统筹安排，应事先做好对各实验的实施计划，并进行思维实验。这有利于在保质保量完成实验的前提下，提高实验的效率，增强学生科学研究的能力。

（5）认真思索每次实验预习后的思考要点，为实验做好充分的准备，如实记下预习中遇到的疑难问题，并在实验课时报告指导教师，以便提前解决。

1.2.2　教师指导

每次实验开始前都应认真接受教师的集体指导，教师的指导通常有以下 3 个方面。

（1）教师根据教学实践，从实验目的、内容、原理、方法、操作和注意事项等方面，结合各实验的特点进行意向性的指导。

（2）教师从各实验的重点、难点和易疏漏点的角度出发抽查预习情况，并在汇集学生报告的疑难问题后，进行有针对性的指导。

（3）对新仪器、新装置和难度较大的基本操作进行演示性的指导。

教师的指导将增强学生的实验能力。因此，认真听取教师的指导是做好实验的有力保证，学生应充分重视，如果发现个别学生准备不够，指导教师可以停止其进行本次实验，在指定日期另行补做。

1.2.3　检查

学生接受教师指导进入各自的实验位置后，应立即仔细地查看所配备的各种仪器的规格和数量是否与实验要求或仪器清单相符，仪器是否完好能用，否则必须马上报告教师予以解决。然后再将本次实验需用的仪器取放于各自的实验台上备用。对公用的仪器设备、试剂等，也应查看其所处位置，知晓几人共用。

1.2.4　进行实验

在一切准备就绪后方可进行实验，实验过程中应遵从下列要求。

（1）严格遵守实验室的各种规章制度，爱护公共财物，节约化学试剂、水、气和电。

（2）每次实验都必须由学生独立完成，不得顶替或代做、抄袭他人结果。即使是分组进行的实验，也应分工合作、共同动手来完成。

（3）各实验进行的先后顺序可按实验教材所列，也可按本人预习时拟定的计划统筹实施，但应严格按实验教材上所列的实验内容和操作规程进行。若有特殊情况，可报告教师，经同意后方可进行。这样有利于充分发挥学生学习的主动性、积极性，而且有利于进行教学总结，提高教学质量，达到教学相长。

（4）在实验过程中，要精心操作、仔细观察、深入思考、善于总结提高。对实验每一步聚的操作原理、目的与作用,以及可能会出现的问题都要认真地进行探究。与此同时,更要如实地把观察到的实验现象和测得的实验数据按要求及时准确地记录下来,不得弄虚作假,不得任意涂改实验数据。

（5）当实验需要重新进行时,必须报告教师,在征得教师同意后才能进行。

1.2.5　完成实验报告

实验报告是实验的重要组成部分,是实验结果的反映。实验完毕后,学生应按要求及时完成实验报告,并按时交教师批阅。实验报告要做到文字端正整洁,记载清楚真实,结论准确简明,图表清晰适中。报告不合格者,教师可退回令其重写。

当所做报告有固定格式时,要按格式进行书写。一般实验报告包括下面6个部分。

（1）实验名称,实验日期,实验者的年级、专业、班级、姓名（若有的实验是几个人共同完成,应注明合作者）。

（2）实验目的和原理（原理一般应简明扼要）。

（3）实验内容与步骤（尽量用图、表、化学式、符号表示）。

（4）实验现象和数据记录。

（5）实验解释、实验结论或实验数据的处理和计算。根据实验的现象进行分析、解释,得出结论,写出反应式,或根据记录的数据进行计算,并将计算结果与理论值比较,分析误差的原因。

（6）实验讨论。对本次实验中出现的问题进行认真的讨论,从中得出有益的结论,以利于今后更好地完成实验。

1.3　实　验　规　则

（1）明确实验目的,熟悉实验程序,严格遵守实验操作规程,熟悉和遵守实验安全守则,遵守实验室的各项规章制度。

（2）尊重教师的指导。遵守组织纪律,按时进行实验,如果迟到,必须说明原因,经教师同意后才能入室进行实验。不得无故缺课,凡因病、因事而不能按时完成实验者,应事先向老师请假,否则一律视为无故缺席。

（3）实验室是进行科学实验的课堂,应保持安静,不得高声喧哗,随意走动,影响他人,影响实验室的整体科学气氛。若出现意外,要保持镇静,按照要求进行处理,或者尽量维持现状,并立即报告教师,以便得到妥善处理。

（4）熟悉实验室环境,清点仪器,并将本次实验要用的仪器洗涤干净。合理而科学地布置实验台面,准备好之后,进入实际操作状态。在此过程中,应保持积极的探索精神,严肃、认真、务实的科学态度,争取做好每一次实验。

（5）对实验中公用的仪器、设备、试剂等,应做到随用随取,用后即还,不得堆积于个人实验台上影响他人实验。与本次实验无关的物品,一律不得移动和使用,不得私自拿走实验室的物品,如果损坏了仪器、设备等,应立即报告教师,并按要求进行赔偿。

（6）由于化学实验所用试剂的种类、规格较多，为确保实验的正常进行，使用试剂时应注意下列 4 点：

① 试剂应按实验规定的规格、浓度、用量取用，以免浪费，如未规定用量或是自行设计的实验，在不影响实验效果的前提下应尽量少用试剂，注意节省；

② 取用固体试剂时，注意勿使其撒落在实验容器外，用后的药匙要及时清洗干净，以备再用；

③ 试剂瓶的滴管、瓶塞是配套使用的，用后应立即放回原处，避免混用，污染试剂，试剂瓶中试剂不足时，应报告指导教师，及时补充；

④ 使用试剂时要遵守正确的操作方法，避免污染试剂；试剂自瓶中取出后，不应倒回原瓶中，以免带入杂质而使瓶中试剂污染变质；滴管在未洗净时，不应在其他的试剂瓶中吸取溶液；实验教材中规定的要回收的试剂，应在使用完毕后倒入回收瓶中。

（7）保持实验室和实验台面的清洁与整齐。实验中的废渣、废液应按要求进行处理，废液倒入废液缸；火柴梗、用后的试纸、滤纸和固体废物可放入烧杯中或专用的瓷盘中，待实验结束后，将其倒入垃圾箱（废物篓）内。严禁将废渣、废液等倒入水槽，以免腐蚀、堵塞水槽和下水道。有毒的废物应按要求分别处理。

（8）应在规定的时间内完成实验。如果不能按时完成实验，应提前报告教师，以便得到妥善安排。做完实验后，要将用过的玻璃仪器等洗涤干净并放回原处，整理好试剂架上的试剂瓶，清洁试剂架、实验台面、地面、水槽等，关好水电，洗净双手，然后报告教师。经教师检查、认定后，本次实验结束，学生方可离开实验室。

（9）每次实验后应及时完成实验报告，并且做到独立完成。否则，将按无故缺席实验对待。

1.4　实验室的安全守则及意外事故的处理

1.4.1　实验室的安全守则

化学实验室中的许多试剂易燃、易爆，具有腐蚀性和毒性，玻璃仪器易碎，存在着各种不安全因素。所以进行化学实验时，思想上必须重视安全问题，绝不可麻痹大意。每次实验前应掌握本次实验的安全注意事项。在实验过程中要严格遵守安全守则，避免事故的发生。化学实验安全守则主要有以下几个方面。

（1）实验开始前，检查仪器是否完整无损，装置是否安装正确。了解实验室安全用具放置的位置，熟悉各种安全用具（如灭火器、沙桶、急救箱等）的使用方法。

（2）实验进行时，不得擅自离开岗位。实验室内严禁吸烟、饮食、打闹。

（3）洗液、浓酸、浓碱等具有强腐蚀性的液体，应避免溅在皮肤、衣服、书本上，更应防止溅入眼睛。

（4）注意安全操作，具体要求是：

① 可能产生刺激性或有毒气体的实验，都应在通风橱内进行；

② 使用具有易挥发和易燃物质的实验，应在远离火源的地方进行，最好在通风橱

内进行；

③ 加热试管时,不要将试管口对着自己或他人,也不要俯视正在加热的液体,以免液体溅出受伤；

④ 嗅气体时,应用手轻扇气体,把少量气体扇向自己再闻；

⑤ 稀释浓硫酸时,应将浓硫酸慢慢注入水中,并不断搅拌,绝不能按相反的顺序进行；

⑥ 实验室内任何试剂不得进入口中或接触伤口,有毒试剂(如氟化物、汞盐、铅盐、重铬酸钾等)更应特别注意,剩余的废液不能随便倒入下水道；

⑦ 禁止任意混合试剂,以免发生意外事故。

(5) 实验室的电器设备的功率不得超过电源的负载能力。电器设备使用前应检查是否漏电。使用电器时,人体与电器导电部分不能直接接触,不能用湿手接触电器插头。实验室的所有仪器、试剂不得带出室外。

(6) 实验室中如发生意外事故,应保持镇静,及时处理,并立即报告教师。

(7) 水、电、气等一旦使用完毕应立即关闭,酒精灯使用完毕应立即盖灭。

(8) 实验完毕,应将实验台面整理干净,洗净双手,关闭水、电、气等阀门后才能离开实验室。

1.4.2　意外事故的处理

(1) 割伤:立即用消毒棉棒拭净伤口,若伤口内有玻璃碎片等杂物时,应小心取出,然后涂上红药水(或紫药水),洒上消炎粉或敷上消炎膏并用绷带包扎,若伤口较大,应立即送医院救治。

(2) 烫伤:可用高锰酸钾或苦味酸溶液清洗伤处,再擦凡士林或烫伤油膏。

(3) 强酸烧伤:应立即用大量水冲洗,然后擦碳酸氢钠油膏或凡士林。如果酸溅入眼中,先用大量水冲洗,再用饱和碳酸氢钠溶液冲洗,最后用蒸馏水冲洗。

(4) 浓碱烧伤:应立即用大量水冲洗,然后用柠檬酸或硼酸饱和溶液清洗,再擦凡士林,如果碱溅入眼中,可用3%的硼酸溶液冲洗,再用水洗。

(5) 溴烧伤:用乙醇或100% $Na_2S_2O_3$ 溶液洗涤伤口,再用水冲洗干净,并涂敷甘油。

(6) 磷烧伤:用5% $CuSO_4$ 溶液或 $KMnO_4$ 溶液洗涤伤口,并用浸过 $CuSO_4$ 溶液的绷带包扎。

(7) 触电:立即切断电源,必要时进行人工呼吸。

(8) 吸入刺激性气体:可吸入少量乙醇和乙醚的混合蒸气,然后到室外呼吸新鲜空气。

(9) 火灾:如遇起火,首先不要惊慌,应尽快切断电源或燃气源,移走易燃物品,防止火势蔓延。当身上衣服着火时,切勿惊慌乱跑,应赶快脱下衣服,或就地卧倒翻滚,或用防火布覆盖着火处。如乙醇、苯或醚等引起着火,应立即用湿布或沙土等扑灭；如火势较大,可使用 CCl_4 灭火器或 CO_2 泡沫灭火器灭火,但不可用水扑救,因水能和某些化学试剂(如金属钠)发生剧烈的反应而引起更大的火灾。如遇电气设备着火,必须使用 CCl_4 灭火器,绝不能用水或 CO_2 泡沫灭火器,以防触电,着火范围较大时,应立即用灭火器灭火,并根据火情决定是否报告消防部门。

(10) 毒物进入口内:若有毒物质溅入口内或误服,尚未咽下者应立即吐出,并用大量水冲洗口腔。已经吞下的,应根据毒物性质给以解毒剂,并立即送往医院。对于腐蚀性毒物,若为强酸,先饮大量水,然后服用氢氧化铝膏、鸡蛋白;若是强碱,先饮大量水,然后服用醋、酸果汁、鸡蛋白,然后再给以牛奶灌注,不要吃呕吐剂。对于重金属等其他有毒物,先用牛奶或鸡蛋白使之立即冲淡和缓和,或把 $5\sim10$ mL $1\%\sim5\%$ 稀硫酸铜溶液加入一杯温水中,搅匀后喝下,然后用手指伸入喉部,促使呕吐后立即送医院治疗。

(11) 汞洒落:若不小心将金属汞散落在实验室里(如打碎温度计、压力计等),必须立即用滴管、毛笔或用在硝酸汞的酸性溶液中浸过的薄铜片收集起来,用水覆盖。散落过汞的地面应撒上硫磺粉或喷上 20% 三氯化铁水溶液,干后再清扫干净。如果室内的汞蒸气浓度超过 0.01 mg·m^{-3},可用碘净化,即将碘加热或自然升华,碘蒸气与空气中的汞,以及吸附在墙上、地面上和器物上的汞作用,生成不易挥发的碘化汞,然后彻底清扫干净。

第 2 章　化学实验的基础知识

2.1　普通化学实验的常用玻璃仪器

化学实验室中使用大量玻璃仪器,这是因为玻璃具有一系列优良的性质,它有很高的化学稳定性、热稳定性,有很好的透明性、一定的机械强度和良好的绝缘性能。玻璃原料来源方便,并可用多种方法按需要制成各种不同形状的产品。用于制作玻璃仪器的玻璃称为仪器玻璃,用改变玻璃化学组成的方法可制出适应各种不同要求的玻璃。

玻璃的化学稳定性较好,但并非绝对不受侵蚀,而是其受侵蚀的量符合一定的标准。氢氟酸对玻璃有很强的腐蚀性,故不能用玻璃仪器进行使用氢氟酸的实验。碱液特别是浓的或热的碱液能明显地腐蚀玻璃。贮存碱液的玻璃仪器如果是磨口的,碱液还会使磨口粘在一起无法打开,因此,玻璃容器不能长时间存放碱液。

化学实验室所用到的玻璃仪器种类很多,各专业的实验室还会用到一些特殊的玻璃仪器,这里仅对普通化学实验中涉及的一些常用玻璃仪器作简单的介绍。

1. 烧杯

烧杯有硬质和软质两种。常用的软质烧杯其形状如图 2-1-1 所示。由于其口径较大,便于搅拌,常在室温或加热条件下用作反应物量大时的反应容器。由于反应物易混合均匀,烧杯也常用来配制溶液。烧杯的大小以容积(mL)表示,一般有 25 mL、50 mL、100 mL、250 mL、400 mL、500 mL、1000 mL、2000 mL、3000 mL 等多种规格。烧杯加热时应将杯壁擦干并放置在石棉网上,使其受热均匀。烧杯可加热至高温,但不能骤冷骤热,以防炸裂。

2. 量筒

量筒(图 2-1-2)常用于粗略地量取一定体积的液体。它以所能量度的最大容积(mL)表示。使用时可根据所取液体的体积而选择规格合适的量筒。量筒有 5 mL、10 mL、20 mL、25 mL、50 mL、100 mL、200 mL、250 mL、500 mL、1000 mL、2000 mL 等多种规格。量筒不能加热,不能用来配制溶液和用作反应容器。用量筒取液时,如图 2-1-3所示,先取下试剂瓶塞并将它倒置在桌上,一手拿量筒,一手拿试剂瓶,注意要让试剂瓶上的标签朝向手心,然后倒出所需量的试剂,最后将瓶口在量筒上靠一下,再使试剂瓶竖直,以免留在瓶口的液滴流到瓶的外壁。注意:倒出的试液绝对不允许再倒回试剂瓶。读取量筒内液体的容积时要按图 2-1-4 所示,使视线与量筒内液体的弯月面的最低处保持水平,偏高或偏低都会读数不准而造成较大的误差。

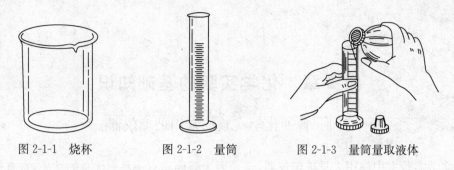

图 2-1-1　烧杯　　　　图 2-1-2　量筒　　　　图 2-1-3　量筒量取液体

3. 试管

普通试管[图 2-1-5(a)]可用作少量试剂的反应容器和收集少量气体的容器,它便于操作和观察。离心试管[图 2-1-5(b)]常用于分离沉淀和分析化学中的沉淀反应。试管是最常用的仪器之一,它分为硬质和软质、有刻度和无刻度、有支管和无支管等多种类型。普通试管规格以管口外径(mm)×长度(mm)表示,如 8 mm×70 mm、10 mm×75 mm、10 mm×100 mm、12 mm×100 mm、15 mm×150 mm 等。离心试管以体积(mL)表示。硬质试管和软质试管均可直接加热,硬质试管可耐高温。试管加热后不能骤冷,以防炸裂。离心试管只能在水浴中加热。

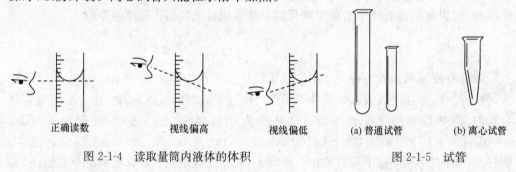

正确读数　　　　视线偏高　　　　视线偏低　　　(a)普通试管　　(b)离心试管

图 2-1-4　读取量筒内液体的体积　　　　　　　　图 2-1-5　试管

4. 锥形瓶

锥形瓶(图 2-1-6)也称三角瓶,可用作反应容器。由于振荡方便,适用于滴定操作,可装配气体发生器。锥形瓶的规格以容积(mL)表示,常用的有 50 mL、100 mL、150 mL、200 mL、250 mL、1000 mL 等规格。

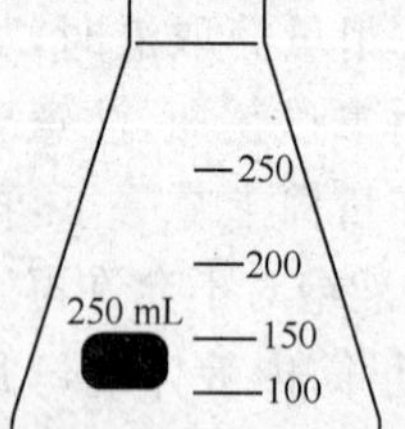

进行滴定操作时,应根据滴定液的总体积来选择规格适宜的锥形瓶。加热锥形瓶时应先将其外壁擦干,然后放在石棉网上进行加热,使之受热均匀。另外磨口三角瓶加热时要打开塞子,非标准磨口要使用原配塞子。

5. 试剂瓶

试剂瓶有棕色和无色两种,按用途分为滴瓶、细口瓶、广口瓶三大类(图 2-1-7)。试剂瓶以容积(mL)表示,有 30 mL、60 mL、

图 2-1-6　锥形瓶

125 mL、500 mL、1000 mL 等规格。滴瓶、细口瓶用于盛放液体试剂或溶液；广口瓶用于装固体试剂；棕色瓶用于存放见光易分解的试剂。细口瓶和广口瓶都有磨口与非磨口之分，不带磨口塞的广口瓶可用作集气瓶。使用滴瓶时滴管不能吸得太满或倒置，滴管应专用，浓酸或其他会腐蚀胶头的试剂，如溴等，不能长期存放于滴瓶中。试剂瓶不能加热，瓶塞不能互换，盛放碱液时要用橡皮塞，以防磨口塞被腐蚀而粘牢在瓶口。试剂瓶不用时应洗净，在磨口处垫上纸条。

滴瓶　　　　　细口瓶　　　　　广口瓶

图 2-1-7　试剂瓶

6. 滴定管

滴定管常用于滴定反应或溶液准确体积的量取。滴定管的大小以容积（mL）表示，有 25 mL、50 mL、100 mL 等三种常量分析用的规格，其中 50 mL 的滴定管最为常用。此外还有 1 mL、2 mL、3 mL、4 mL、5 mL、10 mL 等规格的半微量和微量滴定管。

滴定管根据控制溶液流出的阀门不同分为酸式滴定管和碱式滴定管两种（图 2-1-8）。下端装有玻璃活塞的为酸式滴定管，用来盛放酸性或氧化性溶液。碱式滴定管的阀门是由软胶管和管内粒径合适的玻璃珠构成，用来盛放碱性溶液和无氧化性的溶液，现在也有用聚四氟乙烯等作活塞的通用滴定管。滴定管的使用详见 3.1 节。

7. 漏斗

漏斗（图 2-1-9）主要用于过滤等操作，有长颈漏斗、短颈漏斗、分液漏斗和布氏漏斗等多种。短颈漏斗可进行热过滤，长颈漏斗适用于定量分析中的过滤操作，还常用作装配气体发生器供加液用。漏斗规格以其口径（mm）表示，分为 50 mm、60 mm 等，圆锥角均为 60°。不能用火加热漏斗。分液漏斗在萃取中用于液体的分离，布氏漏斗在减压过滤中使用。

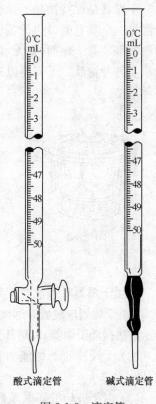

酸式滴定管　　　　碱式滴定管

图 2-1-8　滴定管

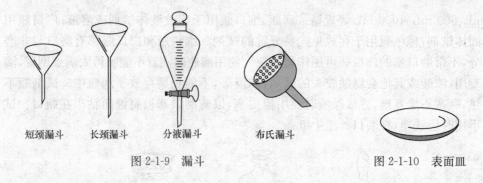

短颈漏斗　　长颈漏斗　　分液漏斗　　布氏漏斗

图 2-1-9　漏斗

图 2-1-10　表面皿

8. 表面皿

表面皿(图 2-1-10)主要用来盖烧杯、漏斗、蒸发皿等,如用于盖在烧杯或蒸发皿上,可防止溶液迸溅或空气对溶液的作用,或减少热损失等;表面皿还用于晾干晶体及分析天平的称量等。表面皿以口径(mm)表示,有 90 mm、75 mm、65 mm、45 mm 等规格。表面皿不能用火直接加热,用作盖时,应将凹面向下,其直径应略大于被盖容器的口径。

9. 干燥器

干燥器是保持物品干燥或使潮湿物质干燥的厚质玻璃仪器[图 2-1-11(a)],干燥器上部是一个具有磨口边的盖子(盖子磨口边上涂有一层薄薄的凡士林,以保持密闭),器内的底部装有干燥剂(如无水氯化钙、硅胶等),中部是一个可取出的洁净的带孔瓷板,以承受各种物品。干燥器以外口径大小表示,有 150 mm、180 mm、240 mm、350 mm 等多种规格。

(a) 干燥器　　　　　　　(b) 开干燥器　　　　　　　(c) 拿干燥器

图 2-1-11　干燥器及其使用

使用干燥器时须注意下列几点。

(1) 干燥器应放置在远离水源的固定处,切勿随意移动,需要搬动时应按图 2-1-11(c)所示方法搬动干燥器,以防其盖子滑落而打碎。

(2) 干燥器的干燥能力是有限的,因此不宜放入湿度过大的物品或放入过多的物品。

(3) 由于玻璃的膨胀系数较小,因此不宜将过热的物品放入,即使放入的物品温度不是很高,为防止盖子跳起,也应时时开盖,最好是让物品完全冷后再放入。

(4) 随时检查干燥器的密封性和干燥剂的可用性,以防干燥器失去干燥作用。

10. 酒精灯

酒精灯(图 2-1-12)以乙醇为燃料,是实验室常用的一种热源玻璃仪器。其加热温度可达 400～500 ℃。酒精灯的大小以容积(mL)表示,有 150 mL、250 mL 等规格。使用酒精灯时应注意以下几点。

(1) 灯内的乙醇不可装得太满,通常不得超过其容积的 2/3。

(2) 对乙醇过量的酒精灯,用时应首先提起灯芯管片刻,然后再点燃灯芯,这样可防止灯内的乙醇蒸气因受热膨胀而将灯芯管冲出。

(3) 严禁用已点燃的酒精灯去点燃其他酒精灯。熄灭灯焰时,用灯罩盖灭,切勿用口吹灭。不用时,应盖好灯罩,防止乙醇挥发。

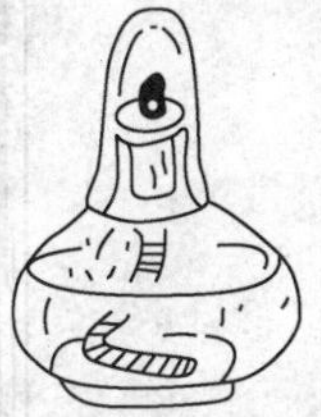

图 2-1-12　酒精灯

11. 蒸发皿

蒸发皿(图 2-1-13)主要用于蒸发液体,还可以用作反应器,它以口径(mm)大小表示,有 30 mm、40 mm、50 mm、60 mm、80 mm、100 mm、250 mm 等多种规格,还可以容积(mL)表示,如 125 mL、100 mL、35 mL 等。蒸发皿有玻璃、瓷、石英、钢、铂等制品,分有柄和无柄两类。使用时根据液体性质不同而选用不同材质的蒸发皿。蒸发皿能耐高温,但不能骤冷。蒸发皿一般放在石棉网上加热,也可直接加热。

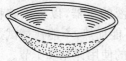

图 2-1-13　蒸发皿

12. 滴管

滴管(图 2-1-14)由尖嘴玻管与橡皮吸头构成。一般玻管可由实验室烧制,配上市售的橡胶吸头,可长可短。滴管主要用于吸取或滴加溶液。使用时应注意滴管尖不要碰到硬物而损坏,若有损坏应即刻更换。注意滴管不能被污染,使用前后应保持干净。

图 2-1-14　滴管

13. 温度计

实验室常用的温度计(图 2-1-15)有酒精温度计与水银温度计两种。前者可测的最高温度为 78 ℃,后者可测的最高测量温度为 360 ℃。两种温度计的精确度常为 0.1 ℃。测量时,根据所测体系温度的高低来选择合适的温度计。温度计用后应立即洗净擦干,放到指定处。温度计不能作玻棒使用。当水银温度计被打碎时,应立即将流散的汞处理妥当。

14. 移液管

移液管是精确量取一定体积的液体物质的量器,按用途有胖肚移液管(通常称为移液管)和刻度移液管(又称吸量管)两种(图 2-1-16)。均以最大容积(mL)表示。移液管的规格通常为 20 mL、25 mL、50 mL 等,吸量管的规格通常有 1 mL、5 mL、10 mL 等。移液管的使用方法详见 3.1 节。

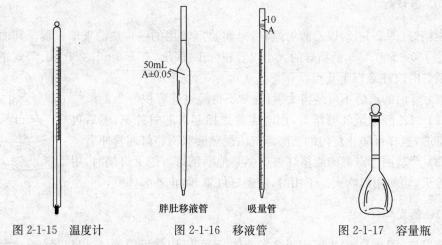

图 2-1-15　温度计　　　　图 2-1-16　移液管　　　　图 2-1-17　容量瓶

15. 容量瓶

容量瓶(图 2-1-17)是用来精确配制一定体积和浓度的溶液的量器,以最大容积(mL)表示,常用的规格为 25 mL、50 mL、100 mL 等。容量瓶不能加热,不能代替试剂瓶存放溶液,不能在其中溶解固体,也不能用作反应器。容量瓶的使用详见 3.1 节。

16. 玻棒

玻棒常以直径为 3～4 mm 的玻棍或玻管烧截而成,无固定规格,长度一般为 150～200 mm。玻棒主要用于人工搅拌操作,或使固体物质加速溶解,或使溶液均匀混合。玻棒也用作蘸取少量试剂和引流。使用时,玻棒要洁净,并放在干净的烧杯里,以防污染和滚落在地上损坏。已碎断的玻棒应停止使用,以免割伤皮肤或划破仪器。

2.2　普通化学实验的其他常用器皿器具

实验室其他常用器皿器具包括:试管夹、试管架、毛刷、三脚架、石棉网、试剂勺、铁架、铁夹、铁环、漏斗架、点滴板、洗瓶、洗耳球等。下面作简略介绍。

1. 试管夹

试管夹(图 2-2-1)有木制和金属制品,其形状大同小异。它主要用于夹持试管加热用。使用试管夹时要防止烧损或锈蚀。

2. 试管架

试管架(图 2-2-2)有木质、塑料、有机玻璃和铝质制品,其造型及大小各异。试管架主要用于放置试管。加热后的试管应用试管夹夹住悬放于架上。铝制试管架要防酸碱腐蚀。

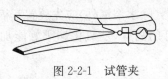

图 2-2-1　试管夹

图 2-2-2　试管架

3. 毛刷

毛刷(图 2-2-3)按洗刷仪器的类别分为试管刷、烧瓶刷、滴定管刷等。它主要用于清洗玻璃仪器,使用时需选择合适的毛刷,并且不能用力过猛,以防刷子顶端的铁丝捅破玻璃仪器底部。

4. 药匙

药匙(图 2-2-4)主要由牛角、瓷、钢或塑料制成,现多为塑料制成。药匙两端各有一个勺,一大一小。药匙用于固体试剂的取用。使用时可根据取用量的多少选用大勺或小勺,用后应洗净,并用滤纸擦干,这样才可取另一种试剂,不能用药匙取灼热的试剂。

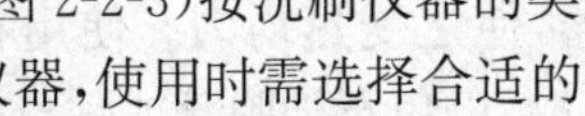

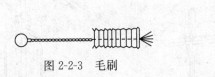

图 2-2-3　毛刷

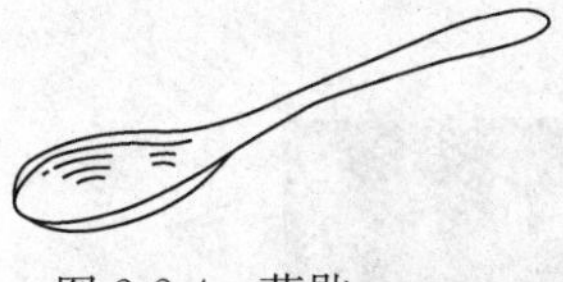

图 2-2-4　药匙

5. 铁夹、铁环和铁架

铁夹、铁环(圈)和铁架三者(图 2-2-5)结合起来用于固定或放置反应容器,其中铁环还可以代替漏斗板使用。铁圈以直径大小表示,如 60 mm、90 mm、120 mm 等。用铁夹夹持仪器时,应以仪器不能移动为宜,不要过松或过紧。加热后的铁圈不能撞击。

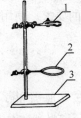

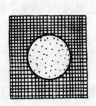

图 2-2-5　铁架台　　　　　　图 2-2-6　三脚架　　　　　图2-2-7　石棉网

1. 铁夹;2. 铁环;3. 铁架

6. 三脚架

三脚架(图 2-2-6)用于放置较大或较重的加热容器。它属于铁制品,比较牢固,有高、低之分,大小各异。在三脚架上放置加热容器(除水浴锅外)应先放置石棉网或铁丝网。由于三脚架高度固定,一般通过调整酒精灯的高度,使氧化焰刚好能加热容器的底部。

7. 石棉网

石棉网(图 2-2-7)由铁丝和涂于网上的石棉制成,其大小以石棉层直径计,有 100 mm、150 mm 等。它用于加热时承垫受热容器,使之受热均匀。使用石棉网时应先检查,石棉脱落的不能使用。石棉网不能与水接触,以免石棉脱落或铁丝锈蚀。石棉网不可卷折。

8. 点滴板

点滴板(图 2-2-8)多为陶瓷制品。它分为黑、白二色,有 6 眼、9 眼、12 眼(孔)等多种规格。点滴板常用于点滴反应,尤其是显色反应。使用时注意其凹面(穴孔内)洁净,一般白色沉淀用黑色板,有色沉淀或溶液用白色板。

图 2-2-8　点滴板　　　　图 2-2-9　漏斗架　　　　图 2-2-10　洗瓶

9. 漏斗架

漏斗架(图 2-2-9)是过滤时用于承放漏斗的,它一般为木制品。松动漏斗架立柱上的螺丝可以调节漏斗板的高度,使其承放的漏斗满足过滤时的要求。使用漏斗架时,漏斗板不能倒放。

10. 洗瓶

洗瓶(图 2-2-10)为塑料或玻璃制品,它以容积(mL)表示,一般为 500 mL。洗瓶内盛蒸馏水或去离子水,用于配制溶液、洗涤沉淀和润洗器皿。塑料洗瓶使用方便(用手轻捏瓶身,水便立即从弯管中喷出)、卫生,故广泛使用。普通化学实验中常用塑料洗瓶。洗瓶不能加热,使用时注意保持清洁、专用,装水量一般为其容积的 2/3 左右。

11. 洗耳球

洗耳球为橡胶制品,内空,外形似鸭梨。它主要用来与移液管配合移取溶液。使用时勿吸取太快,以免溶液进入洗耳球内而使其受到腐蚀,以及污染溶液。洗耳球还可用来排除管内残存的少许液体。不用或用毕时应将洗耳球头部向下放置或插于移液管架上的小孔中,不可侧放。

2.3　普通化学实验常用玻璃仪器的干燥

在实验过程中,有时需要用到干燥的玻璃仪器,现简单介绍常用玻璃仪器的几种干燥方法。

1. 自然风干法

这是将洗净的仪器倒置在实验柜内或专用的仪器架上,让水自然蒸发而干燥的方法。这种干燥法是最简单、最经济的干燥方法,只要不是急用或需要绝对干燥的仪器,一般都采用此法。

2. 烘干法

烘干是将洗净的玻璃仪器放在普通烘箱内在 105 ℃左右烘干或在红外线快速干燥箱中、气流烘干器上烘干的方法。仪器在放入烘箱之前,应尽量将水倒干净,仪器口朝上。如需绝对干燥的仪器,还需将干燥后的仪器放入干燥器内保存,以免空气中的水分进入。

3. 烤干法

一些小型的常用玻璃仪器在急需干燥时,可以在酒精灯上烤干,这种方法也是一种非常经济实用而快速的方法。但在操作时要注意,如烤干试管时,应用试管夹将其夹好,在酒精灯上直接加热烤干。开始时,管口向下,并不断来回移动试管使之受热均匀,当管内不挂水珠后,将管口向上,赶尽水汽。蒸发皿、表面皿、锥形瓶、烧杯等应置于石棉网上烤干,烤前应将仪器外壁的水尽量擦干,灯焰应调小一点,以免烤时炸裂。刚烤干的玻璃仪器温度较高,不能放于潮湿的实验台上,更不能立即使用,应放置待其冷却到室温后再使用。

4. 吹干

该法是用电吹风机加热使仪器干燥的方法,又常与有机溶剂干燥法合用,可提高干燥效果。

5. 有机溶剂干燥法

此法常用于不能用加热方法干燥的有刻度计量仪器,如移液管、量筒、滴定管等。干燥时,在仪器中加入少量易挥发的某些有机溶剂,如乙醇,乙醚,丙酮等,倾斜转动仪器,使器壁上的水和有机溶剂互相溶解,然后倒出,残留在仪器内的少量混合物会很快挥发而使仪器干燥。

2.4 普通化学实验常用化学试剂基本知识

2.4.1 化学试剂的级别与适用范围

化学实验中要用到各种化学试剂。化学试剂是指具有一定纯度标准的各种单质和化合物(有时也可指混合物)。关于化学试剂规格的划分标准,各国是不一致的。

按照化学试剂的纯度及其中杂质含量的多少,我国常把实验室中普遍使用的一般试剂分为 4 个等级,其规格和适用范围见表 2-4-1。

表 2-4-1 试剂的规格和适用范围

级别	名称	英文标志	标签颜色	适用范围
一级	优级纯(保证试剂)	G. R.	绿色	精密分析实验
二级	分析纯(分析试剂)	A. R.	红色	一般分析实验
三级	化学纯	C. P.	蓝色	一般化学实验
四级	实验试剂	L. R.	棕色或其他颜色	常作为实验辅助试剂
	生物试剂	B. R. 或 C. R.	黄色或其他颜色	生化实验

除以上试剂外,还有标准试剂、高纯试剂、专用试剂等。在试剂瓶的标签上,按规定,应标示试剂名称、化学式、摩尔质量、级别、技术规格、产品标准号、生产许可证号、生产批号、厂名、危险和毒品的相应标志等。在使用试剂时,应认真阅读标签,按需要取用。在能满足实验要求的前提下,应尽量选择低价位的试剂。

2.4.2 化学试剂的存放

化学试剂应保存在通风、干燥、洁净的房间里,防止污染或变质。固体试剂一般存放在易于取用的广口瓶中;液体试剂则盛在细口瓶或滴瓶(也可以用带有滴管和橡皮塞的试剂瓶)内;见光容易分解的试剂(如硝酸银、高锰酸钾等)应装在棕色的试剂瓶内;装碱液的瓶子不应使用玻璃塞,而要使用软木塞或橡皮塞;氧化剂、还原剂应密封、避光保存;易挥发性和低沸点试剂应放置于低温阴暗处;易腐蚀玻璃的试剂应保存于塑料瓶中;易燃、易爆、剧毒试剂应由专人妥善保管。有一些特殊试剂要根据其保存要求妥善保管。

取用试剂时,不能用手接触化学药品。应根据用量取用试剂,不能多取,这样可以节约药品,也能取得好的实验结果。

2.4.3　试剂的取用

1. 固体试剂的取用

取用固体试剂一般用药匙。要用干净的药匙取固体试剂。最好每种试剂专用一个药匙。否则用过的药匙须洗净擦干后才能再用，以免污染试剂。常用的塑料药勺和牛角药勺的两端分别为大小两个匙。取大量试剂时用大匙，取小量试剂时用小匙。不要多取。试剂取用后，要立即盖严瓶塞。多取的试剂绝不能倒回原试剂瓶，以免污染整瓶试剂。取用完毕应将试剂瓶放回原处。

要取一定量的固体试剂时，可把固体试剂放在纸上或表面皿上，再根据要求，在天平上称量。易潮解或有腐蚀性的固体试剂不能放在纸上，应放在玻璃容器内进行称量。若试剂颗粒较大时，应在干净的研钵内研细后使用。

要准确称取一定质量的固体试剂时，可用称量瓶按差减法进行称量，即称取试剂的量是由两次称量的差来计算的。操作步骤是：在干燥器中用纸带套取一个洗净并干燥的称量瓶，将比需要量稍多的试剂放进称量瓶，在分析天平上精确称量，称准至 0.1 mg，记为 m_1。再将称量瓶自天平中取出，将它拿到准备盛放试样的烧杯上方，打开瓶盖，使称量瓶倾斜，用瓶盖轻轻敲击瓶口上部，使试剂慢慢落入烧杯中（图 2-4-1）。当倾出的试剂的量差不多时，仍在烧杯上方，一边轻轻敲击瓶口，一边将瓶竖起，使粘在瓶口的试剂落入瓶中或烧杯中，盖好盖子，再放于天平上准确称量，记为 m_2（如果倒出试剂的量与要求相差较大，则重复上述操作，直到符合要求为止）。两次质量之差值即为烧杯中试剂的质量（$m = m_1 - m_2$）。

用纸带套住称量瓶称量的原因是：在使用称量瓶时，不能直接用手拿取，因为手的温度高，而且有汗，会使称量结果不准确，故在取用称量瓶和瓶盖时应先用洁净的纸条叠成两三层厚的纸带，分别将它们套在称量瓶和瓶盖上，再用手捏住纸条操作，见图2-4-1。

图 2-4-1　固体试剂的取用

2. 液体试剂的取用

用倾注法取液体试剂时，瓶塞不能随便放置，以免污染。顶部扁平的瓶塞，要倒放在实验台上，其他形状的瓶塞可放在清洁的表面皿上。然后用左手拿住容器（如试管、量筒等），右手握住试剂瓶，为避免洒出的试剂污损标签，倒试剂时，使标签向着手心，倒出所需量的试剂。倒完后应将试剂瓶口在容器上靠一下，再竖直瓶子，以免液滴沿外壁流下，如图 2-4-2 所示。将液体从试剂瓶中倒入烧杯时，也可使用玻棒引流，即倒出的试剂应沿一个干净的玻棒流入容器（图 2-4-3）或沿试管壁流下，以免洒在外面。已取出的试剂不能再倒回试剂瓶。倒入容器的液体不应超过容器容量的 2/3，加入试管的液体则以不超过试管容量的 1/2 为宜。

图 2-4-2　向试管中倒入液体试剂

图 2-4-3　向烧杯中倒入液体试剂

从滴瓶中取用液体试剂时,要用滴瓶中的滴管。滴管取出后,不要使滴管与承接容器的器壁接触,更不应把滴管伸入其他液体中。应该先提起滴管,吸取试剂后,在向试管或其他容器中滴加试剂时,只能把滴管放在管口上方,不能将滴管伸入试管或其他容器中。滴管不能平放,更不能倒置。如图 2-4-4 所示。每个滴瓶上的滴管只能取本滴瓶中的试剂,而不能用来移取其他试剂瓶中的试剂,在滴管较多、实验者也较多时,更应注意不得用错滴管。从试剂瓶中取

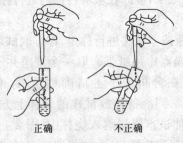

正确　　　　　不正确

图 2-4-4　用滴管滴加试剂

少量液体试剂时,如需用其他滴管取,则滴管一定要洗净,干燥。

在进行某些实验(如在试管里进行的反应)时,无需准确地量取试剂,所以不必每次都用量筒,只要学会估计从瓶内取用的液体的量即可。为此,必须知道 1 mL 液体相当于多少滴,一般而言 1 滴液体约为 0.05 mL,1 mL 液体大约 20 滴。当然 1 滴液体的体积与滴管的大小有关,这只是一个粗略的估计。

如需准确地量取液体试剂,则根据准确度的要求选用仪器。准确度要求不高时,选用量筒量取,准确度要求较高时,应选用移液管、滴定管等仪器量取(使用方法见 3.1 节)。

2.5　普通化学实验的常用指示剂

对于某些化学滴定反应,人们常借助一种辅助试剂在反应到达计量点时即刻产生清晰可辨的特定表观现象予以显示,这类物质称为指示剂。指示剂的种类较多,这里简略介绍常用的酸碱指示剂以及金属指示剂。

2.5.1　酸碱指示剂

1. 指示剂的变色原理

酸碱指示剂一般是弱的有机酸、有机碱或两性物质,它们的共轭酸碱对具有不同结构,因而呈现不同的颜色。当溶液的 pH 改变,指示剂失去或得到质子(引起平衡移动),结构发生变化,各物质浓度发生改变,导致溶液颜色改变。现以甲基橙为例说明指

示剂的变色原理。

甲基橙是一种双色指示剂,在水溶液中存在着下列平衡:

$$(CH_3)_2N \!-\!\!\!\!\bigcirc\!\!\!\!-N\!=\!\!N\!-\!\!\!\!\bigcirc\!\!\!\!-SO_3^- + H_3O^+ \rightleftharpoons (CH_3)_2N^+ \!=\!\!\!\!\bigcirc\!\!\!\!=\!\!N\!-\!\!\overset{\overset{\displaystyle H}{|}}{N}\!-\!\!\!\!\bigcirc\!\!\!\!-SO_3^- + H_2O$$

偶氮结构,黄色(碱色型)　　　　　　　　　　　　　醌式结构,红色(酸色型)

根据酸碱质子理论,上式中左边显黄色的物质是共轭碱,而右边显红色的物质是共轭酸。在溶液中,当 $c(H^+)$ 增大或 $c(OH^-)$ 减小,平衡向右移动,其共轭酸的浓度增大,此时甲基橙主要的存在形式为离子,溶液呈红色,即呈现离子色;当 $c(H^+)$ 减小或 $c(OH^-)$ 增大,平衡向左移动,其共轭碱的浓度增大,此时甲基橙主要的存在形式为分子,溶液呈黄色,即呈现分子色。

2. 指示剂的变色范围

由前述讨论得出,指示剂在不同 pH 的溶液中显不同颜色。但通常只有 $c(碱)$（共轭碱的浓度）与 $c(酸)$（共轭酸的浓度）的比值大于 $10:1$,才能观察到共轭碱(如甲基橙的分子)单独的颜色。同理只有 $c(酸)$ 与 $c(碱)$ 的比值大于 $10:1$,才能观察到共轭酸(如甲基橙的离子)单独的颜色。两者浓度之比为 $1\sim10$ 时,观察到的是两种颜色的混合色。人们把指示剂显混合色时溶液的 pH 范围称为指示剂的变色范围。指示剂的种类不同,其变色范围也不同,见表 2-5-1。

表 2-5-1　几种常见酸碱指示剂

指示剂	缩写	变色范围 pH	pK_{HIn}	颜色		配制方法	用量 (滴/10 mL 试液)
				酸色	碱色		
甲基橙	MO	3.1~4.4	3.4	红	黄	0.1%水溶液	1
甲基红	MR	4.4~6.2	5.0	红	黄	0.1 g 或 0.2 g 指示剂溶于 10 mL 60%的乙醇中	1
溴百里酚蓝	BTB	6.0~7.6	7.3	黄	蓝	0.1 g 或 0.05 g 指示剂溶于 100 mL 20%的乙醇溶液中;或者其钠盐的 0.1%或 0.05%的水溶液	1
酚酞	PP	8.2~10.0	9.1	无	红	0.1 g 指示剂溶于 100 mL 60%的乙醇溶液中	1

使用单一的指示剂,根据其变色范围可粗略地知道溶液的酸碱性。例如,在某溶液中滴加甲基红,溶液显红色,表明溶液的 pH 在 4.4 以下,为酸性溶液。如果溶液显黄色,表明溶液的 pH 大于 6.2,为中性或碱性溶液。如果溶液显橙黄色,表明溶液的 pH 为 4.4~6.2。如果需要比较精确地知道溶液的 pH 时,可使用混合指示剂(具有颜色互补、变色敏锐、变色范围狭窄等特点)或由此制成的广泛 pH 试纸和精密 pH 试纸。

2.5.2　金属指示剂

酸碱指示剂的颜色变化依赖于溶液的 pH,而有一类指示剂的颜色变化却依赖于金属离子的浓度,这类指示剂被称为金属指示剂。金属指示剂通常又是同时具有酸碱指示剂性质的有机染料。在一定 pH 范围内,当金属离子浓度发生突变时,指示剂颜色相应发生突变,以此来确定反应的计量点。金属指示剂能与某金属离子生成有别于本身颜色的配合物,由此可检查该金属离子存在与否。表 2-5-2 为几种常用金属指示剂。

表 2-5-2　几种常用金属指示剂

指示剂	离解平衡和颜色变化			配制方法
铬黑 T(EBT 或 BT)	H_2In^-　紫红	$\xrightarrow{pK_{a2}=6.3}$	HIn^{2-}　蓝　$\xrightarrow{pK_{a3}=11.6}$　In^{3-}　橙	0.5%水溶液
钙指示剂(NN)	H_2In^-　酒红	$\xrightarrow{pK_{a2}=7.4}$	HIn^{2-}　蓝　$\xrightarrow{pK_{a3}=13.5}$　In^{3-}　酒红	0.5%乙醇溶液
钙镁试剂(calmagite)	H_2In^-　红	$\xrightarrow{pK_{a2}=8.1}$	HIn^{2-}　蓝　$\xrightarrow{pK_{a3}=12.4}$　In^{3-}　红橙	0.5%水溶液

注:铬黑 T 和钙指示剂在水溶液中稳定性较差,可以配成与 NaCl 质量之比为 1:100 或 1:200 的固体粉末,密闭保存,滴定时取用少量固体混合物。

2.5.3　普通化学实验常用的试纸

在实验室经常使用试纸来定性检验一些溶液的性质或某些物质是否存在。试纸使用起来操作简单、方便。

1. 试纸的种类

试纸的种类很多,实验室常用的有:pH 试纸、乙酸铅试纸和碘化钾-淀粉试纸。

(1) pH 试纸用以检验溶液的 pH,一般有两类:一类是广泛 pH 试纸,变色范围 pH 为 1~14,用来粗略检验溶液的 pH。另一类是精密 pH 试纸,这种试纸在 pH 变化较小时就有颜色的变化。它可用来较精细地检验溶液的 pH。精密 pH 试纸有很多种,如变色范围分别在 pH 为 2.7~4.7、3.8~5.4、5.4~7.0、6.9~8.4、8.2~10.0、9.5~13.0 等。

(2) 乙酸铅试纸用以定性地检验反应中是否有 H_2S 气体产生(溶液中是否有 S^{2-} 存在)。该试纸曾在 $Pb(Ac)_2$ 溶液中浸泡过。使用时用蒸馏水湿润试纸,将待测溶液酸化,如有 S^{2-},则生成 H_2S 气体逸出,遇到试纸,即溶于试纸上的水中,然后与试纸上的 $Pb(Ac)_2$ 反应,生成黑色的 PbS 沉淀,即

$$Pb(Ac)_2 + H_2S =\!=\!= PbS\downarrow + 2HAc$$

使试纸呈黑褐色并有金属光泽,有时颜色较浅,但一定有金属光泽,这是特征现象。

溶液中 S^{2-} 的浓度若较小,用此试纸不易检出。

(3) 碘化钾-淀粉试纸用以定性地检验氧化性气体(如 Cl_2、Br_2 等)。试纸曾在碘化

钾-淀粉溶液中浸泡过。使用时用蒸馏水将试纸润湿。氧化性气体溶于试纸上的水后，将 I^- 氧化为 I_2

$$2I^- + Cl_2 = I_2 + 2Cl^-$$

I_2 立即与试纸上的淀粉作用，使试纸变为蓝紫色。

要注意的是，如果氧化性气体的氧化性很强且气体浓度较大，则有可能将 I_2 继续氧化成 IO_3^-，而使试纸又褪色，这时不要误认为试纸没有变色，以致得出错误结论。

2. 试纸的使用方法及注意事项

(1) pH 试纸。将一小块试纸放在点滴板上，用沾有待测溶液的玻棒点试纸的中部，试纸即被待测溶液润湿而变色。不要将待测溶液滴在试纸上，更不要将试纸泡在溶液中。试纸变色后，与色阶板比较，得出 pH 或 pH 范围。

(2) 乙酸铅试纸与碘化钾-淀粉试纸。将一小块试纸润湿后粘在玻棒的一端，然后用此玻棒将试纸放到试管口，如有待测气体逸出则变色。有时逸出的气体较少，可将试纸伸进试管，但要注意，勿使试纸接触管壁和溶液。

使用试纸时要注意节约。可将试纸剪成小块，每次用一块。使用后的试纸应置于垃圾筒中，不能随意抛弃，更不能弃于水槽中。取出试纸后，应将装试纸的容器盖严，以免其被实验室内的一些气体污染。

2.6 化学实验用水

化学实验中，洗涤仪器、配制溶液等都需用大量的水。不同的实验对水的纯度要求也不同。水的纯度直接影响实验结果的准确性。应根据实验内容的需要，正确选用不同纯度的水。

在实际工作中，表示水的纯度的主要指标是水中的含盐量(水中各种阴、阳离子的数量)的大小。而含盐量的测定比较复杂，所以，目前通常用水的电阻率或电导率来表示。

化学实验中常用的水有自来水、蒸馏水、重蒸水和去离子水。实验中通常所说的纯水是指蒸馏水或去离子水，现分别简单介绍如下。

1. 自来水

自来水是指一般城市生活用水。它是天然水(如河水、地下水等)经自来水厂人工处理后得到的。它含有 Na^+、K^+、Ca^{2+}、Mg^{2+}、Al^{3+}、Fe^{3+}、CO_3^{2-}、HCO_3^-、SO_4^{2-}、Cl^- 等杂质离子，以及可溶于水的 CO_2、NH_3 等气体及某些有机物和微生物等。

由于自来水中杂质较多，在实验室，自来水主要用于：

(1) 初步洗涤仪器。

(2) 某些无机物、有机物制备实验的起始阶段(因所用原料不纯，所以不必用更纯的水)。

　　(3) 制备蒸馏水等更纯的水。

　　(4) 其他,如实验中水浴加热用水、冷却用水等。

2. 蒸馏水

　　将自来水在蒸馏装置中加热气化,然后将蒸气冷凝就可得到蒸馏水。由于杂质离子不挥发,所以蒸馏水中所含杂质比自来水少得多,比较纯净。但其中仍含有少量杂质。这是因为以下原因:

　　(1) CO_2 溶于蒸馏水中,生成碳酸,使蒸馏水显弱酸性。

　　(2) 冷凝管、接收容器本身的材料(一般是不锈钢、纯铝、玻璃等)可能或多或少地进入蒸馏水。

　　(3) 蒸馏时少量液体成雾状逸出,又进入蒸馏水。

　　尽管如此,蒸馏水仍是实验室最常用的较纯净的溶剂或洗涤剂,常用来清洗仪器、配制溶液、进行化学分析实验等。

　　如要用蒸馏法制备更纯的水,可在蒸馏水中加适量 $KMnO_4$ 固体(除去有机物)再进行蒸馏或用石英蒸馏器进行蒸馏,所得即为重蒸水。

3. 去离子水

　　通过离子交换柱后所得到的水即去离子水(也称离子交换水)。离子交换柱中装有离子交换树脂,它是一种带有能交换的活性基团的高分子聚合物,根据活性基团不同可分为阳离子交换树脂和阴离子交换树脂两大类。阳离子交换树脂含有酸性基团(如磺酸基—SO_3H、羧酸基—COOH 等),它们的 H^+ 能与溶液中的阳离子进行交换。阴离子交换树脂含有碱性基因,如季铵基[—R—$N(CH_3)_3Cl$]、氨基(—NH_2)等,其中的阴离子可与溶液中的阴离子进行交换。

　　市售的离子交换树脂中,阳离子多为钠型,阴子多为氯型,而且树脂中还常混入一些低聚物、色素及灰砂等,所以使用时必须先用水漂洗(除去混入的杂质)并用酸碱分别处理阳、阴离子交换树脂,使之转为氢型和氢氧型。制备去离子水时,一股采用氢型强酸性阳离子交换树脂和氢氧型强碱性阴离子交换树脂。

　　进行交换时,将水先经过阳离子交换柱,水中的阳离子(如 Na^+、Ca^{2+} 等)被交换在树脂上,树脂上的 H^+ 进入水中。然后再经过阴离子交换柱,水中的阴离子(如 HCO_3^-、Cl^- 等)被交换,交换下来的 OH^- 进入水中,与交换下来的 H^+ 结合成 H_2O。最后再经过一个装有阴、阳离子交换树脂的混合柱,除去残存的阴、阳离子。这样得到的去离子水纯度较高。

　　离子交换树脂使用一段时间后,需经处理再生才能继续使用。再生时一般使用约 7% 的 HCl 溶液和约 8% 的 NaOH 溶液分别淋洗阳离子交换树脂和阴离子交换树脂,使被交换上去的阴阳离子被置换下来,恢复成氢型和氢氧型。

2.7　普通化学实验常用的基本操作

2.7.1　加热

在实验时,通常需要对某种试剂或反应物进行加热。根据被加热物质的性质、份量及盛放的器皿,需选择与之相适应的加热器具和加热方法。现分述如下。

1. 加热器具

实验室中的加热仪器有酒精灯、酒精喷灯、电炉、电加热套、浴锅、马弗炉等,可以根据具体情况选用,最常用的加热仪器是酒精灯。

2. 加热方法

1) 直接加热法

该法适用于在较高温度下加热不分解的溶液或纯液体。一般将装有液体的烧杯等仪器放在石棉网上用酒精灯、电炉等直接加热。试管中的液体可直接在酒精灯焰上加热,加热时要注意:

(1) 应该用试管夹夹住试管的中上部,不能用手握住试管加热。

(2) 试管口应稍微向上倾斜,不能把试管口对着自己或别人,以免液体溅出发生意外。

(3) 试管中所盛液体不能太多,一般应少于试管容积的1/2。

(4) 加热时,应使试管和液体各部分均匀受热,先加热液体的中上部,再慢慢向下移动试管,待受热基本均匀后,不时上下移动试管,不能集中加热某一部分,否则易发生液体暴沸,发生危险。

2) 间接加热法(热浴加热)

该法是通过一定的传热介质对试剂进行加热的方法。根据介质的不同,可分为水浴、油浴、沙浴、空气浴等加热法。这种加热方法适合于加热时间较长,被加热物质要求受热均匀,加热温度又不是很高,或者被加热的试剂量很少时使用。

水浴加热是最经济实用的间接加热法,如图 2-7-1 所示,加热温度不高于 100 ℃时常用,可用水浴锅,也可用大烧杯代替水浴锅进行加热。油浴可用甘油、植物油、石蜡、浓硫酸、硅油等作为加热介质,其加热温度适用于 100～250 ℃,但反应物的温度一般应低于油浴液 20 ℃左右,而且由于油浴介质大多易燃烧,故应特别注意安全。沙浴主要适用于温度在 220 ℃以上的加热,但沙浴传热较慢,温度不易控制,因此,沙层要薄一些,但受热容器又不能触及浴盘底部。

固体试剂的加热方法与液体试剂略有不同,在试

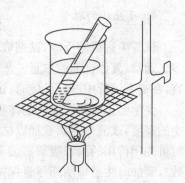

图 2-7-1　水浴加热

管中加热时,管口应向下倾斜,以防止管口的冷凝水倒流回试管底部而导致试管炸裂。若需高温灼烧,则应把固体放入坩埚中用氧化焰灼烧。

2.7.2　溶解、蒸发和结晶

1. 溶解

把一种或几种物质溶于水、酸或碱等溶剂中制备成溶液的过程称为溶解。溶解是化学实验中最常用到的基本操作,应根据溶质、溶剂的性质和量采取引流、加热、搅拌等方法,如稀释浓硫酸就必须以玻棒引流,沿烧杯壁将浓硫酸缓慢加入到水中。

2. 蒸发

蒸发是使溶液中溶剂量减少,溶液浓度变大或使溶质从溶液中结晶析出的一种操作方法。蒸发、浓缩常在水浴上进行,如果溶液很稀且物质对热的稳定性较好,可以将其先放在石棉网上直接加热蒸发,待溶液浓缩后再放在水浴上加热蒸发。蒸发皿是常用的蒸发容器,内盛液体不得超过其容量的 2/3。

3. 结晶

结晶是在一定条件下,溶质从溶液中以晶体形式析出的过程。结晶时溶液的浓度必须达到过饱和程度,如果物质的溶解度随温度变化不大,应将溶液蒸发至稀粥状后再冷却结晶;如果物质的溶解度随温度变化较大,蒸发到液面出现晶膜后即可冷却结晶。

当第一次结晶得到的物质纯度不符合要求时,可以进行重结晶。重结晶是提纯物质的重要方法之一,将待纯化的粗晶体溶解在适量的蒸馏水中,过滤除去杂质,然后蒸发浓缩至一定程度,冷却,结晶,即可得重结晶产物。

2.7.3　试管实验操作

试管和离心试管作为化学反应的容器,具有试剂用量少、操作灵活、易于观察实验现象等优点。试管实验操作是在各种化学实验中经常用到的最基本的操作,但其正确性可能是学生们最容易忽略的,因此有必要加以强调。

1. 反应物的取量

试管中进行的反应,试剂取量一般不要求十分准确,只需粗略估计,但取量不宜太多。通常,液体试剂的取量一般为 $0.5\sim2$ mL,固体试剂的取量以能铺满试管底部为宜,在离心试管中进行反应时,试剂的用量应更少一点。

要学会正确估计液体的体积和固体的质量。对于液体试剂,可以根据液体在试管中的高度,或液体的滴数加以估计。一般小滴管大约 20 滴左右相当于 1 mL(实际操作时可先用待用的滴管吸取蒸馏水向 10 mL 的小量筒中滴加液滴,计数滴满 1 mL 的滴数),滴加时注意每滴间尽量保持均匀。对于固体试剂,可以综合固体的体积和密度来估计质量。

2. 振荡试管

用滴管向试管中滴加试剂及试管的加热等,按上文所述进行操作。但要混匀试管中的试剂时,通常是利用振荡试管的方法。振荡试管时应注意下列几点:

(1) 用右手拇指、食指和中指拿住试管上部,勿用整个手将其握住。

(2) 振荡时用手腕的力来回振荡,不要使试管转圈,且用力不能太猛,以免试剂溅出。

(3) 绝对不能用手指堵住管口上下摇动或翻转试管。

离心试管可以用于少量试剂的反应,也常用于少量固、液混合物的分离。

2.7.4　固液分离

固体和液体的分离方法有倾析法、过滤法和离心分离法。离心分离法按离心机的使用说明进行。

1. 倾析法

如果固体颗粒较大,静置后能较快沉至容器底部,宜用倾析法来分离固液混合物。分离时,将固液混合物静置,沉降,然后通过玻棒引流,把上层清液转移到另一容器中。如需洗涤固体,可在固体中加入少量洗涤液,如蒸馏水,充分搅拌,静置,沉降,再倾出洗涤液,重复 2~3 次即可。

2. 过滤法

过滤法是固液分离最常用的方法,普通化学实验中通常有三种过滤方法,即常压过滤、减压过滤和热过滤,现分述如下。

1) 常压过滤

常压过滤法是在常压下用普通漏斗过滤。此法最为常用,主要适合于过滤胶体沉淀或细小的晶体沉淀,但过滤速度比较慢。

A. 滤纸的折叠与安放

用洁净的手将滤纸对折,然后再对折,展开后成 60°的圆锥体,一边为一层,另一边为三层(图 2-7-2)。将滤纸放入漏斗,滤纸应与漏斗紧密贴合。可将滤纸三层外面两层撕下一角而使漏斗与滤纸贴紧。注意:撕下的滤纸可用于残留沉淀的擦拭,在某些实验中还需用到其质量,故不能随意抛弃,而应保存于干燥的表面皿中备用。滤纸应在漏斗边缘下 0.5~1 cm 处。滤纸放好后,手按滤纸三层的一边,从洗瓶吹出少量去离子水润湿滤纸,轻压滤纸,赶出气泡,使

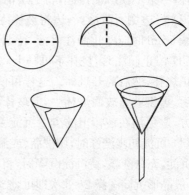

图 2-7-2　滤纸的折叠和安放

滤纸锥体上部与漏斗壁刚好贴合。加去离子水至滤纸边缘,漏斗颈内应全部充满水形成水柱。形成水柱的漏斗,可借水柱的重力抽吸漏斗内的液体,使过滤速度加快。漏斗颈内没形成水柱,可用手指堵住漏斗下口,将滤纸的一边稍掀起,用洗瓶向滤纸与漏斗之间的空隙里加水,使漏斗颈和锥体的大部分被水充满,然后压紧滤纸边,松开堵住下口的手指,水柱即可形成。

B. 安放漏斗

把洁净的漏斗放在漏斗架上,下面放一个洁净的承接滤液的烧杯,应使漏斗颈口斜面长的一边紧贴杯壁,这样滤液可顺杯壁流下,不致溅出。漏斗放置的高度应以其颈的出口不触及烧杯中的滤液为宜。

C. 过滤

一般采用倾泻法过滤:待沉淀沉降后,将上层清液先倒入漏斗中,沉淀尽可能留在烧杯中。待上层清液倒出后,再向烧杯中加入洗涤液,搅起沉淀充分洗涤,再静置,待沉淀沉降后,再倒出上层清液。这样既可以充分洗涤沉淀,又不致使沉淀堵塞滤纸,从而可加快过滤速度。操作过程如图 2-7-3 所示。

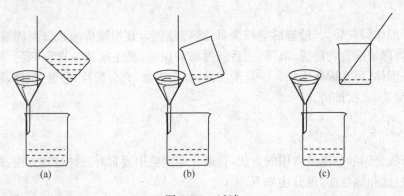

图 2-7-3　过滤

(1) 右手持玻棒,将玻棒垂直立于滤纸三层部分的上方,但不要接触滤纸;这样滤液不至于冲破滤纸,玻棒也不会碰破滤纸。左手拿起烧杯,让烧杯嘴贴着玻棒,慢慢倾斜烧杯,尽量不使沉淀浮起,将上层清液沿玻棒慢慢倒入漏斗[图 2-7-3(a)]。

(2) 一边倒入溶液,一边将玻棒逐渐上提,避免玻棒触及液面。当漏斗中液面离滤纸边缘 5mm 时应停止倾注溶液,待漏斗中溶液液面下降后,再继续倾注[图 2-7-3(b)]。

(3) 停止倾注时,烧杯不可马上离开玻棒,应将烧杯嘴沿玻棒向上提 1~2 cm,并慢慢扶正烧杯,然后离开玻棒。这样可使烧杯嘴上的液滴顺玻棒流入漏斗中。烧杯离开玻棒后,再将玻棒放回烧杯中,但玻棒不应放在烧杯嘴处,更不可随意放在桌面上或其他地方,避免沾在玻棒上的少量沉淀丢失和污染[图 2-7-3(c)]。

(4) 沉淀初步洗涤时,用洗瓶(或滴管)沿烧杯壁四周挤入洗涤液 10~15 mL,用玻棒搅动沉淀,充分洗涤,待沉淀沉降后,将上层清液以倾泻法过滤。洗涤应以少量多次为原则,一般晶形沉淀洗涤 2~3 次即可,胶状沉淀需洗 5~6 次。洗涤液一般用去离子水。

(5) 沉淀经过初步洗涤以后,即可转移到滤纸上。在盛有沉淀的烧杯中加入少量

洗涤液,加入洗涤液的量,应该是滤纸上一次能
容纳的量。用玻棒搅起沉淀,然后立即按上述方
法将悬浮液转移到滤纸上。这样大部分沉淀可
从烧杯中转移到滤纸上。这步操作必须十分小
心,不可损失一滴悬浮液,否则会导致较大的误
差。然后从洗瓶中挤出少量去离子水,将玻棒及
烧杯壁上的沉淀冲洗到烧杯中,再搅起沉淀,转移
到滤纸上。这样重复几次后,沉淀可基本全部转移
到滤纸上。最后烧杯中还有少量沉淀,可按下述方
法转移:将烧杯倾斜放在漏斗上方(图 2-7-4),烧

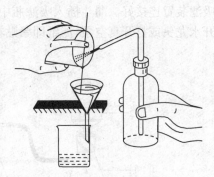

图 2-7-4　冲洗沉淀的方法

杯嘴向着漏斗,将玻棒架在烧杯口上,下端向着滤纸的三层部分,从洗瓶中挤出水流,旋
转冲洗烧杯内壁,沉淀即被涮出转移到滤纸上。待沉淀全部转移后,将前面折叠滤纸时
撕下的纸角,用去离子水润湿,先擦拭玻棒上的沉淀,再用玻棒压住此纸块沿烧杯壁自
上而下旋转着把沉淀擦"活",然后将滤纸块取出放入漏斗中心的滤纸上,与主要沉淀合
并。再用洗瓶按图 2-7-4 的方法吹洗烧杯,把擦"活"的沉淀微粒涮洗到漏斗中。

(6) 沉淀全部转移到滤纸上后,应作最后的洗涤,以除去沉淀表面吸附的杂质和残
留的母液,洗涤方法如下:从洗瓶中挤出洗涤液至充满洗瓶的导出管,再将洗瓶拿在漏
斗上方,挤出洗涤液浇在滤纸的三层部分的上沿稍下的地方。然后再按螺旋形向下移
动(图 2-7-5)。并借此将沉淀集中到滤纸圆锥体的下部。

图 2-7-5　沉淀在漏斗上的洗涤

洗涤时应该在前一次洗涤液完全滤出后,再进行下
一次洗涤。洗涤液的使用应本着少量多次的原则,即总
体积相同的洗涤液应尽可能分多次洗涤,每次用量要少。

沉淀洗涤数次后,用洁净的小试管或表面皿接取
1~2 mL 滤液,用灵敏而又迅速显示结果的定性反应检
查其中是否还存在母液成分。

2) 减压过滤(真空过滤或抽滤)

减压能加速过滤,而且沉淀抽吸得比较干燥。对颗
粒太小的沉淀或胶体沉淀,减压法不适合,因颗粒太小的
沉淀易堵塞滤孔,而胶体沉淀易穿透滤纸。

减压过滤的原理是利用水泵冲出的水流带走空气,使吸滤瓶内的压力减小,或者直
接用真空泵将吸滤瓶中的空气抽走。布氏漏斗的液面上与吸滤瓶内形成压差,使过滤
速度加快。水泵与吸滤瓶之间装一个安全瓶,防止关水龙头后,由于吸滤瓶内压力低于
外界压力而使自来水倒吸,污染滤液,使用真空泵时可以不用安全瓶,减压过滤装置见
图 2-7-6。减压过滤操作步骤如下。

(1) 准备滤纸。剪一张比布氏漏斗内径略小的滤纸,滤纸应能全部覆盖布氏漏斗
上的小孔。

(2) 铺平滤纸。将滤纸放入漏斗内,铺平,用洗瓶吹出少量去离子水润湿滤纸,将

吸滤装置连接好。漏斗插入吸滤瓶中时,其下端的斜面应对着吸滤瓶侧面的支管。微开水龙头或打开真空泵,滤纸即紧贴在漏斗上。

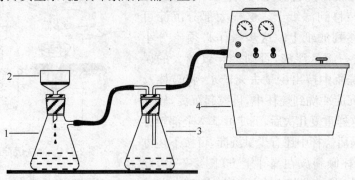

图 2-7-6　吸滤装置

1. 吸滤瓶;2. 布氏漏斗或玻璃砂漏斗;3. 安全瓶;4. 真空泵或水吸滤泵

　　(3) 过滤。先将上层清液沿玻棒倒入漏斗,每次倒入量不应超过漏斗容量的 2/3,然后开大水龙头或打开真空泵进行抽滤,待上层清液滤下后,再转移沉淀,把沉淀平铺在漏斗上,直至沉淀被抽吸得比较干燥为止,吸滤瓶中的滤液不应超过吸气口。

　　(4) 过滤完毕。先拔下连接在吸滤瓶上的橡皮管,再关水龙头或真空泵,防止倒吸。

　　(5) 洗涤沉淀。洗涤沉淀时,应先拔掉橡皮管,关好水龙头或关掉真空泵,加入洗涤液全部润湿沉淀。然后微开水龙头,接好橡皮管,让洗涤液慢慢透过全部沉淀。最后开大水龙头或打开真空泵,把沉淀吸干。

　　(6) 取出沉淀及滤液。把漏斗取下倒放在滤纸上或容器中,在漏斗的边缘轻轻敲打或用洗耳球从漏斗出口处往里吹气,滤纸和沉淀即可脱离漏斗。滤液应从吸滤瓶的上口倒入洁净的容器中,不可从侧面的支管倒出,以免滤液被污染。

　　3) 热过滤

　　如果溶质的溶解度因温度下降而减小很多,过滤时又不希望溶质结晶析出,就需采取热过滤。热过滤时可用热滤漏斗,通常是把普通玻璃漏斗放在铜质的热滤漏斗中,热滤漏斗内装有热水,在过滤过程中还可以加热,以保持溶液的温度。也可以在过滤前将短颈玻璃漏斗放在水浴上用蒸气加热后再使用,或用热水先通过滤纸,使漏斗颈预热后迅速过滤。

2.8　普通化学实验的数据记录、运算与处理

　　在化学实验中,经常需要进行计量或测定。在这些计量或测定过程中,需要正确记录、运算及处理所得到的各种数据,这样才能从中找出规律,正确地说明及分析实验结果。针对普通化学实验的特点,就此进行简要的介绍。

2.8.1　计量或测定中的误差

　　在计量或测定过程中,误差总是客观存在的,它是数据采集及处理中首先要考虑的

问题。所谓误差,是指分析结果与真实值相符合的程度,误差越小,表示分析结果越接近真实值,即分析结果准确度越高,可靠性越大,反之亦然。

误差的表示方法有绝对误差和相对误差两种,即

$$绝对误差＝测定值－真实值$$

$$相对误差＝\frac{测定值－真实值}{真实值}×100\%$$

测定结果常用相对误差表示。绝对误差和相对误差都可以为正值,也可以为负值。当测量结果大于真实值时,误差为正值,反之为负值。若测量中误差很小,测定值与真实值很接近,此时以上两式中的真实值可用测定值的算术平均值代替。在化学实验中,如不知道真实值,通常可用多次平行测量结果的算术平均值代替真实值。

根据误差产生的原因及性质,误差可分为系统误差、随机误差及操作误差三大类。

1. 系统误差

系统误差是由测定方法、仪器、试剂,以及操作者自身的特点等造成的,且是重复出现的、可测的误差,因此它是影响测定结果准确度的重要因素之一。若能找出其产生的原因,系统误差是可以设法减免或消除的。

2. 随机误差

随机误差即偶然误差,是由某些难以控制的偶然原因所引起的,如计量或测定过程中的温度、湿度、电压、灰尘等外界因素的微小的随机波动,或计量读数时的不确定性及操作上的微小差异等。它的特点是大小相近的正、负误差出现的机会相等,小误差出现频率高,多次重复测定可发现上述规律,可用正态分布曲线表示(符合统计规律)。随机误差随着测定次数的增加,其平均值将会趋于零。因此,可通过增加平行测定次数来减小随机误差。

3. 操作误差

操作误差又称过失误差,是由分析人员粗心所造成,因而,严格地说,它不是一种误差,而是失误,它没有任何规律可循,是造成准确度不高的重要因素之一。操作误差可以通过加强责任心,严格按操作规程等予以避免。

2.8.2　正确记录测量数据

在实验过程中,测定值能否正确记录,将直接关系到误差的大小。例如,在天平上称量某物,读得该物质量为 50.4 g,因此天平只能称准到 0.1 g,测定值的最后一位 4 是可疑的,有上下一个单位的误差,即该物体的实际质量是 50.3～50.5 g。此时,称量的最大绝对误差为 ±0.1 g,而相对误差为

$$\frac{±0.1}{50.4}×100＝±0.2\%$$

　　若将上述测量值记录成 50 g,则该物体的质量将是 49~51 g,此时绝对误差为±1 g,相对误差为±2%;若将上述测量值记录成 50.40 g,则该物体的质量为 50.39~50.41 g,绝对误差为±0.01 g,相对误差为±0.02%。由此表明,实验数据的记录不应超过或低于仪器的准确度。如果记录时多写一位或少写一位数字,其分析结果的准确度将被提高 10 倍或降低为原来的 1/10。因此,正确记录实验过程中的每一个实验数据,对获得准确可靠的分析结果是非常重要的。

2.8.3　有效数字及其运算规则

　　1. 有效数字的概念

　　有效数字是指能够正确反映分析对象量的多少的数字,有效数字是由确定的数字和它后面一位具有一定不确定度的不定数字构成,数字前面的 0 取决于单位,其和多余的不定数字不是有效数字。通常有效数字是实验中能从仪器上直接读出的实验数据。例如,用一支 50 mL 滴定管进行滴定操作,滴定管最小刻度为 0.1 mL,所得滴定体积为 28.78 mL。这个数据中,前三位数字是准确可靠的,只有最后一位数字是估读出来的,属不定数字,因而这个数据为四位有效数字。又如,某物在天平上称量为 50.4 g,这个实验数据为三位有效数字。如果改用分析天平称量该物为 50.4037 g,则这个实验数据便是六位有效数字。比较 50.4 与 50.4037 这两个实验数据,后者的准确度远远超过了前者,因为后者的相对误差为±0.0002%,仅为前者的 $\frac{1}{1000}$。这表明测定值 50.4037 更接近该物质量的真实值。因此,有效数字不仅代表了测量值的大小,而且还能反映仪器的精确度、量度方法及实验数据的准确程度。

　　在计算有效数字时,数字 0 有双重意义。0 在数字的中间或末端,如在 50.4030 g 中,所有的 0 都是有效的,是有效数字。而在数字前的 0 不是有效数字。例如,0.0054 kg中,0 只起定位作用,为非有效数字,因它只与使用的单位有关,而与测量仪器的精度无关,当改用 g 为单位则为 5.4 g,该有效数字的位数是两位,其中所有的 0 都是无效数字。

　　以 0 结尾的正整数,其有效数字的位数比较含糊。例如,1000 这个数,一般可看成四位有效数字,也可以认为是两位或三位有效数字,遇到这种情况,应按照实际的精度来确定有效数字位数,采用科学计数法,写成 $1.0×10^3$、$1.00×10^3$、$1.000×10^3$。对于倍数、分数或计量系数,由于它们不是测量所得的数据,故在运算时视其为无限多位有效数字。

　　2. 有效数字的运算规则

　　(1) 有效数字运算的结果也应是有效数字。多余的数字按"大五入,小五舍,五成双"的原则处理。"大五入,小五舍,五成双"是将有效数字后面要修约的数据视为一个整体,与 5 添 0 对齐位数后比较,若小于 5 就舍去;若大于 5 就进位;等于 5 时,若进位后得偶数就进位,若进位后得奇数便弃去,总之保留尾数为偶数。上述过程称为有效数字的修约。修约时只允许对原数据一次修约到所需要的位数,不得连续修约。例如,将

3.4536 修约为两位有效数字时,不能修约为 3.4536→3.454→3.45→3.4,而应将要修约的 536 视为一个整体与 500 比较,536 大于 500,故进位,一次修约为 3.5。

(2) 当几个数相加减时,其和或差有效数字的保留,应以小数点后位数最少的数据为依据。例如,18.2154、2.563 及 0.55 三个数相加,则在 0.55 中小数点后第二位数已为可疑,因此三个数之和的第二位小数已属可疑,其余两个数应按"大五入,小五舍,五成双"的原则分别改为 18.22 和 2.56 后再相加,即

$$18.22+2.56+0.55=21.33$$

(3) 几个数相乘除时,积或商有效数字的保留应以有效数字位数最少者为准,而与小数点的位置无关。例如,0.0121、1.058 和 25.64 这三个数相乘之积应为三位有效数字,即

$$0.0121×1.06×25.6=0.328$$

因为这三个数中有效数字位数最少者为三位,计算结果也应保留三位数字。此外应注意,在进行有效数字取舍时,如遇到首位为 9 的大数,如 9.23,9.56,9.00 等,可多保留一位不定值,将它当作四位有效数字处理。

(4) 对数的有效数字位数仅由小数部分(尾数)数字的位数来确定,其整数部分(首数)不是有效数字,只起定位作用,可表示成 10 的幂。例如,某溶液 $c(H^+)=5.13×10^{-6}$ mol·L^{-1},则其 pH=5.272,其有效数字为三位。

在较复杂的计算过程中,中间各步可暂时多保留一位不定值,以免多次修约造成误差的累积,待到运算最后结束时,再弃去多余的数字。

2.8.4　实验数据的处理方法

实验数据处理有不同的方法,如列表法、作图法及方程式法等。通常使用列表法与作图法,有时三种方法配合使用。一般情况下,列表法总是以清晰明了见长,可以一眼看出实验测定了哪些量、结果如何等。而作图法则更加形象直观,可以很容易地找出数据的变化规律,并能利用图形确定各函数的中间值、最大值与最小值或转折点,可以求得斜率、截距、切线,还可根据图形特点,找到变量间的函数关系,求得拟合方程的待定系数。另外,根据多次测量数据所得到的图像一般具有平均的意义,从而可以发现和消除一些随机误差。现简介下列两种方法。

1. 列表法

列表法使用应注意以下 4 点(表 2-8-1)。

表 2-8-1　BaCO$_3$ 的技术标准

项目	指标	项目	指标
BaCO$_3$	≥99.8%	MgCO$_3$	<0.005%
Fe$_2$O$_3$	<0.002%	SrCO$_3$	<0.1%
Na$_2$O	<0.010%	D$_{30}$/μm	≤1.0
粉粒形状	球形或近似球形		

（1）要有一个简明的表格名称，以便使他人快速知道表格中的数据反映了什么结果。

（2）行名及其量纲一般填写在每行的第一列中，若以指数、百分数、千分数等表示数据时，指数、百分号、千分号均在行名旁。

（3）表格中的数据填写一般按实验顺序，若是函数表，自变量一般最好按均匀增加的顺序。

（4）科研论文及文献中一般采用三线表，如表 2-8-1 所示，就是某文献采用的表达式。但教学实验中相对内容较多，为使报告清晰，表格设计时一般采用竖线分隔方式。

2. 作图法

作图法使用时应注意以下 9 点。

（1）坐标标度的选择应便于从坐标纸上读出一点的坐标值，通常应使单位坐标所代表的变量为简单的整数，一般选 1、2、5 的倍数，不宜选 3、7、9 的倍数。

（2）最好能表示出全部有效数字的位数，这样由图形所求物理量的准确度与测量的准确度相一致。

（3）不一定以坐标原点作为分度起点，可以从略小于最小测量值的整数开始，充分利用坐标纸。要能使各个数据点分散开来，占满纸面，使全图布局匀称，而不使作的图太小或太大或偏于一角。但注意，图形的任何部分，包括延长线等，都不能超过坐标纸边缘。

（4）为正确反映数据的有效数字，坐标分度的设置应使变量的绝对误差值大约相当于坐标最小分度的 0.5～1 格。坐标选好后立即在坐标轴外面记上数字，且应与原数据的有效数字位数相同。

（5）如所作的图形是直线，则应使直线与横坐标的夹角在 45°左右，角度勿太小或太大。

（6）坐标轴上应标明变量和它的单位。

（7）测得的数据在图上的点可用◎、□、■、△、◇、×、○等不同符号标示清楚。若在一幅图上作多条曲线，应采用不同符号区分开来。符号重心所在即表示读数值，符号面积大小应近似表示出测量误差的范围。

（8）作图时，直线、曲线应尽可能贯串大多数点，并使处于光滑曲线两边的数据点大致相当，这样的曲线就近似代表测量值的平均值。注意作出的曲线应平滑，采用曲线板来连接曲线较好。在使用曲线板前，先用铅笔按实验点的变化趋势轻轻地手工绘制曲线，再用曲线板逐段吻合手绘线。

（9）每个图应有简明标题，且注明每条曲线的实验条件。

目前，由于计算机的广泛使用及软件的大量普及，以上这些处理工作可利用计算机方便快捷完成，所得表格和图形的质量都非常好，并能符合数据处理的要求。若要自己处理结果，可按上述要求设计。

第 3 章 实　验

3.1　滴定基本操作与技能练习

3.1.1　实验目的

(1) 熟悉普通化学实验的基本操作知识。

(2) 掌握滴定等普通化学实验的常用基本操作与技能。

3.1.2　基本操作

1. 玻璃仪器的洗涤

化学实验中经常使用各种玻璃仪器,如果使用的玻璃仪器不洁净,往往会由于污物和杂质的存在而得不到正确的结果,因此,玻璃仪器的洗涤对化学实验是很重要的。

玻璃仪器的洗涤应根据实验要求、污物的性质和污染的程度来选择合适的洗涤方法。现分述如下。

(1) 对于水溶性污物,一般可直接以自来水冲洗,冲洗不掉的物质,可以选用合适的毛刷刷洗,如果毛刷刷不到,可用碎纸捣成糊浆,放进容器,刷烈摇动,使污物脱落下来,再用水冲洗干净。

(2) 对于有油污的仪器,可先用水冲洗掉可溶性污物,再用毛刷蘸取肥皂液或合成洗涤剂刷洗。

(3) 用肥皂水或合成洗涤剂仍刷洗不掉的污物,或因口径小、管径细不便用毛刷刷洗的仪器,可用洗液、少量浓 HNO_3 或浓 H_2SO_4 浸洗。

在选择洗液时,氧化性污物可选用还原性洗液洗涤,还原性污物则选用氧化性洗液洗涤。最常用的洗液是 $KMnO_4$ 洗液和 $K_2Cr_2O_7$ 洗液,分别是 $KMnO_4$ 或 $K_2Cr_2O_7$ 与浓 H_2SO_4 混合而成。无机污物常选用 $K_2Cr_2O_7$ 洗液,有机污物一般选用 $KMnO_4$ 洗液,若还无法去除时,可选用合适的有机试剂浸洗。

洗涤仪器前,应尽可能倒尽仪器内残留的水分,然后向仪器内注入约 1/5 体积的洗液,使仪器倾斜并慢慢转动,让内壁全部被洗液润湿,如能浸泡一段时间或用热的洗液洗涤,效果会更好。用后的洗液应倒回原瓶中以便继续使用。

用上述方法洗去污物后的仪器,还必须用自来水冲洗以除去残留的洗液,然后用蒸馏水或去离子水润洗 2~3 次。洗涤干净的玻璃仪器在表观上应是清晰透明的,仪器壁被水均匀润湿而形成一层薄薄的水膜,不应有挂壁的水珠,更不能有水成股流下的痕迹。同时,已洗净的仪器切勿用纸或布擦拭其内壁,以防被再次污染。

使用具有强腐蚀性的洗液时,必须细心谨慎,防止它溅在衣物、皮肤或台面上而造成伤害或腐蚀,若有之,应立即用水冲洗。废的洗液或洗液的首次冲洗液应倒在废液缸里,不能倒入水槽,以免腐蚀下水道。洗液用后,应倒回原瓶,可反复多次使用。经多次使用后,若 $K_2Cr_2O_7$ 洗液由深褐色变成了绿色,$KMnO_4$ 洗液由暗红色变成了浅红或无色,底部有时可能出现黑色 MnO_2 沉淀,这时洗液已不具有强氧化性,不能再继续使用。

2. 移液管的使用

1) 移液前的准备

按玻璃仪器的洗涤方法将移液管洗涤干净,用干净的滤纸碎片吸干管尖内外的

残留水分。以右手拇指及中指捏住管颈标线以上的地方,将移液管垂直插入待取溶液液面下约 1 cm,不应伸入太多,以免管尖外壁粘有过多溶液或插至容器底部而吸入沉渣;也不应伸入太少,以免液面下降后而吸空。左手拿洗耳球(一般用 60 mL 洗耳球),先挤压排出洗耳球中的空气,再放至移液管上口,缓慢放松,借助洗耳球的作用(图 3-1-1)吸取适量溶液(胖肚移液管约至“胖肚”的 1/4 处,吸量管为其容积的 1/3),当达到吸取量时,移开洗耳球,迅速用食指封住管口而取出(不得回流)。然后,将管尖置于一个空烧杯上方,松开封堵管口的食指,用双手平持移液管,并不断转动及适当倾斜两端,使溶液充分润洗移液管的内壁。最后将润洗液从移液管的尖嘴端放

图 3-1-1　吸取溶液

出,如此润洗移液管 2~3 遍,该移液管方可待用。

2) 移取溶液

将润洗后的移液管插入待取溶液的液面以下约 1 cm 深处,重复前述操作吸取溶液,当液面高出标线 2~3 cm 时,移开洗耳球,迅速用食指封住管口,将移液管提出液面,倾斜容器,将管尖紧贴容器内壁约成 $45°$,等待 15 s 左右,以除去管外壁的溶液,然后微微松动食指,并用拇指和中指慢慢转动移液管,使液面缓慢下降,直到溶液的弯月面与标线相切。此时,应立即用食指压紧管口,使溶液不再流出。将接受容器倾斜约 $45°$,小心将移液管移入接受溶液的容器中,使移液管的下端与容器内壁上方接触(图 3-1-2),松开食指,让溶液自由流下,当溶液流尽后,再停留 15 s,并将移液管左右转动一下,取出移液管。注意,除标有“吹”字样的移液管外,不要把残留在管尖的液体吹出,因为在校准移液管容积时,没有算上这部分液体。具有双标线的移液

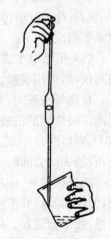

图 3-1-2　放出溶液

管,放溶液时还应注意下标线。

3. 容量瓶的使用

(1) 检查。使用容量瓶前应先检查其标线是否离瓶口太近,如果太近则不利于溶液混合,故不宜使用。另外还必须检查瓶塞是否漏水。检查时,加自来水近刻度,盖好

制活塞的转动(图 3-1-8),以此控制溶液的流出及流出的速度大小,但要注意手心不能用力,以免活塞退出造成漏液。碱式滴定管阀门的操作方法是:用左手的无名指与小指夹住滴定管玻璃尖嘴部分,以拇指与食指推挤玻璃珠部位旁侧乳胶管,使胶管与玻璃珠之间形成一条缝隙,溶液即可流出(图 3-1-9),控制缝隙的大小可控制滴定速度。

　　为促进反应的进行,还要朝单方向旋转锥形瓶(或用玻棒搅动烧杯中的溶液),使滴定液充分反应(图 3-1-10)。但应注意滴定管尖嘴不能接触锥形瓶口或烧杯壁及玻棒。

图 3-1-9　碱管溶液的流出　　　　　　图 3-1-10　滴定操作

　　6) 滴定速度

　　滴定时,一般应先快后慢,快时,一般以每分钟约 10 mL 滴定液的滴定速度进行控制,预计接近滴定终点时,应减慢滴定速度,即加 1 滴摇匀反应液,如果无任何变化再接着滴加,如此操作,当有颜色变化且摇匀后又消失,这时只能半滴半滴的滴加(液珠悬而不滴,用容器壁靠一下,让其沿器壁流入容器,再用少量纯水冲洗于反应液中,并摇匀)至终点为止。静置片刻,读取终读数。终读数与初读数之差,即为滴定液的用量。

　　滴定完毕后,应放出余液,洗净滴定管以备用。

3.1.3　仪器和试剂

　　50 mL 酸式和碱式滴定管各 1 支、10 mL 吸量管 1 支、25 mL 移液管(公用)、250 mL 锥形瓶 3 只、100 mL 容量瓶 1 只、100 mL 和 250 mL 烧杯各 1 只、100 mL 量筒 1 个、表面皿 1 个、玻棒 1 根、滴定台 1 个、洗瓶 1 个、洗耳球、天平(公用)、滤纸碎片。

　　HCl(1.0000 mol·L^{-1})、NaOH(固体)、酚酞指示剂、凡士林。

3.1.4　实验内容与步骤

　　1. 玻璃仪器洗涤操作技能练习

　　将本次实验将要用的各种玻璃仪器按照要求洗涤干净。

　　2. 溶解及定容操作技能练习

　　用精度为 0.1 g 的天平(见 6.1 节天平的使用)称取约 1 g NaOH 固体于干净的 250 mL 烧杯中,用量筒量取 100 mL 纯水加入烧杯中,使 NaOH 溶解备用。

用 25 mL 移液管吸取 25 mL 1.0000 mol·L⁻¹的 HCl 溶液于干净的 100 mL 容量瓶中，加纯水至刻度，即得 $0.2500\ mol\cdot L^{-1}$ 的 HCl 溶液，摇匀备用。

3. 溶液移取操作技能练习

(1) 用 10 mL 吸量管移取 10 mL 上述配好的 NaOH 溶液于锥形瓶中，再加入酚酞指示剂 1～2 滴，摇匀待用。

(2) 用 25 mL 移液管从容量瓶中移取 25 mL 稀释后的 HCl 溶液于干净的锥形瓶中，再加入酚酞指示剂 2～3 滴，摇匀待用。

4. 滴定操作技能练习

(1) 以酸滴碱的操作练习。按酸式滴定管的使用方法与步骤，装好 $0.2500\ mol\cdot L^{-1}$ HCl 溶液（取自容量瓶），记下初读数，然后用该 HCl 溶液滴定前述已备好的 NaOH 溶液，直到加入 1 滴或半滴 HCl 溶液，使瓶内溶液由红色突变为无色，并能保持 0.5 min 左右不褪色为止，记下终读数。由此计算自己配制的 NaOH 溶液的准确浓度。

(2) 以碱滴酸的操作练习。按碱式滴定管的使用方法与步骤，装好配制的 NaOH 溶液，记下初读数，然后用 NaOH 溶液滴定前述已备好的 HCl 溶液，直到加入 1 滴或半滴 NaOH 溶液，使锥形瓶内溶液由无色突变为浅红色，并在 0.5 min 内不消失为止，记下终读数。由此计算 NaOH 溶液的浓度，与(1)计算的结果相比较，计算其相对误差。

5. 实验数据记录

酸滴碱数据记录

滴定次数		1	2	3
HCl 溶液	初读数/mL			
	终读数/mL			
	用量/mL			
NaOH 溶液浓度/(mol·L⁻¹)				
NaOH 溶液浓度平均值/(mol·L⁻¹)				

碱滴酸数据记录

滴定次数		1	2	3
NaOH 溶液	初读数/mL			
	终读数/mL			
	用量/mL			
NaOH 溶液浓度/(mol·L⁻¹)				
NaOH 溶液浓度平均值/(mol·L⁻¹)				

3.1.5　预习后的思考要点

（1）玻璃仪器怎样才算洗涤干净？

（2）移液管和滴定管在正式使用前为何要用待吸液或待装液润洗？

（3）滴定管的初读数调至哪个读数范围比较合理？为什么？

（4）移液管尖端内的溶液是否应吹出？为什么？

3.2　称量操作与技能练习

3.2.1　实验目的

（1）掌握各种精度天平的构造特征、计量性能、操作方法及维护。

（2）掌握直接法和差减法两种称量操作技术。

3.2.2　实验原理

准确质量的称取在化学实验中非常重要，正是天平的发明，促使人们发现了质量守恒定律，使化学进入了定量研究的阶段。

根据称量原理，天平有机械天平和电子天平两大类，由于使用上的方便，现在各实验室常用的都是电子天平。电子天平是根据电磁力平衡被称物体重力原理制造的，按分度值和最大载荷不同，电子天平可分为超微量、微量、半微量和常量天平等几类。超微量电子天平的最大载荷是 $2\sim5$ g，其分度值为 ±0.001 mg；微量电子天平的最大载荷一般为 $3\sim50$ g，分度值为 ±0.001 mg 或 0.01 mg；半微量电子天平的最大载荷一般为 $20\sim100$ g，分度值为 ±0.01 mg；常量电子天平的最大载荷一般为 $100\sim200$ g，其分度值为 ±0.1 mg。通常所说的分析天平其实是常量天平、半微量天平、微量天平和超微量天平的总称，即分度值小于 ±0.1 mg 的电子天平。分度值为 0.1 g、0.01 g、0.001 g 等的电子天平称为精密电子天平。在实际称量时，应根据称量精度的要求选择合适的天平，一般的实验室中，常用的是分度值为 ±0.1 mg 的电子分析天平及分度值为 0.1 g 的精密电子天平。

常用的电子分析天平的示值变动性误差为 ±0.1 mg，在用差减称量法称取稳定试样的质量时，称入小烧杯中的试剂质量与从称量瓶中倾出的试样质量与之差的随机误差应在 0.4 mg 内，以此为依据可以检验称量操作是否正确。

3.2.3　仪器和试剂

0.1 g 分度值的精密电子天平、0.1 mg 分度值的分析天平、小烧杯、称量瓶（内盛干燥的河沙试样约 2 g）、干燥器 2 个（分别用于存放称量瓶和小烧杯）。

3.2.4　实验内容与步骤

1. 检查调平天平

根据天平说明书，观察两种天平的结构，了解各按键功能和使用方法。清扫天平盘,调节天平底板水平,检查天平各部件是否正常。

2. 精密电子天平的操作练习

打开分度值为 0.1 g 的精密电子天平的电源开关,称取小烧杯的质量,按清零键后,向其中倾倒河沙,称取 2.0 g 左右的河沙,并记录称得质量。反复练习,直至熟练为止。

3. 分析天平的操作练习

1) 直接法称量小烧杯质量

打开分析天平电源开关,稳定 10 min 后,清零,用干净纸带或塑料带从干燥器中套住取出 1 个小烧杯,直接轻置于天平盘中央,关闭天平门,待读数稳定后(0 标志消失或 g 单位显示)即可读数,正确记录小烧杯的质量 $m_{烧杯}$。

2) 差减法称取试剂的质量

本实验要求称得 0.40~0.60 g 试样的质量。用干净纸带或塑料带从干燥器中套住取出 1 个盛有河沙试样的称量瓶,轻置于天平盘中央,关闭天平门,待读数稳定后,准确记录质量,记为 m_1(g),或利用电子天平清零功能将其置零。用纸条套住并取出称量瓶,移至已称出准确质量的小烧杯上方,用纸片包住称量瓶盖柄,轻轻取下称量瓶盖,按操作要求轻轻敲击瓶口内缘,小心倾出 0.4~0.6 g 河沙,然后一边敲击瓶口内缘,一边慢慢立起称量瓶,并在小烧杯口上方盖好瓶盖,重新将称量瓶置于天平盘中称量,检验是否倾出足够的试样,直到倾出量为 0.4~0.6 g 为止。记录称量瓶和剩余河沙的准确质量,为 m_2(g)。则倾出试样的质量为 $m_{称出}=(m_1-m_2)$(g)。若前一次称量时使用了清零,则第二次称量显示的负值即为称出试样的质量。

3) 检验称得试样质量

用直接法称量小烧杯及倾入试样质量为 $m_{烧杯及试样}$(g),则小烧杯内所得试样质量为 $m=m_{烧杯及试样}-m_{烧杯}$(g)。

4) 操作检验与讨论

如果 $|m_{称出}-m| \leqslant 0.4$ mg,则说明称量合格。如果称量不合格,误差的原因可能是操作不仔细或操作错误,如试样撒出小烧杯外;直接用手拿取称量瓶;称量时未关天平门;或随意乱放称量瓶,造成污染;也可能是天平有故障或计量性能太差。应仔细分析,找出误差原因以进行纠正,继续反复练习直到达到实验要求(快速、准确、熟练)。

5) 天平称量后的检查

天平称量完成后,要及时检查,检查的主要内容有:①检查称量瓶是否放回干燥器,干燥器是否盖好,纸条、纸片、凳子是否还原;②检查天平电源是否关闭,天平门是否关好;③检查天平盘是否有撒落物,如有应用毛刷刷净;④检查天平罩是否罩上。

4. 实验数据记录

称量样品编号	1	2	3
小烧杯质量 $m_{烧杯}$/g			
称量瓶及试样质量 m_1/g			
倾出部分试样后称量瓶质量 m_2/g			
倾出试样质量 $m_{称出}$/g			
小烧杯及倾入试样质量 $m_{烧杯及试样}$/g			
倾入试样质量 m/g			
操作结果检验 $|m_{称出}-m|$/g			
操作结果检验是否合格			

3.2.5　预习后的思考要点

(1) 电子分析天平的分度值及其示值变动性是多少? 在实验中记录数据应准确至多少克?

(2) 开启天平之前应做好哪些准备工作?

(3) 差减法称样是怎样进行的?

(4) 使用称量瓶时,如何操作才能避免样品损失?

(5) 差减法称量误差来源有哪些? 应如何避免?

3.3　萘相对分子质量的测定

3.3.1　实验目的

(1) 学习应用稀溶液凝固点下降原理测定溶质相对分子质量的方法。

(2) 进一步掌握天平、移液管的使用方法。

(3) 练习温度计的读数与基本操作。

3.3.2　实验原理

难挥发非电解质稀溶液的凝固点下降 ΔT_f 是稀溶液依数性的一个方面,根据拉乌尔定律,ΔT_f 与溶液的质量摩尔浓度 b_B 成正比,即

$$\Delta T_f = T_f^0 - T_f = K_f \cdot b_B \tag{3-3-1}$$

式中,T_f^0 为纯溶剂的凝固点;T_f 为溶液的凝固点;K_f 为凝固点下降常数。若用 m_A 表示溶剂质量(g),m_B 表示溶质质量(g),M_B 表示溶质摩尔质量(g·mol^{-1}),则溶液的质量摩尔浓度为

$$b_B = \frac{m_B}{M_B} \cdot \frac{1}{m_A} \cdot 1000 \tag{3-3-2}$$

将式(3-3-2)式代入式(3-3-1),经整理可得

$$M_B = K_f \cdot \frac{m_B}{m_A} \cdot \frac{1}{\Delta T_f} \cdot 1000 \tag{3-3-3}$$

可见,只要测得 m_A、m_B 及溶液的凝固点下降 ΔT_f,由上式便可求得溶质的摩尔质量 M_B,从而获得溶质的相对分子质量。本实验是通过萘的苯溶液的凝固点下降来测定萘的相对分子质量。

3.3.3　仪器和试剂

天平 1 台(公用)、0.1 ℃刻度温度计 1 支、大试管 1 支、大烧杯 1 个、25 mL 移液管 1 支、洗耳球 1 个、双孔软木塞或橡皮塞 1 个、金属丝搅拌器 1 个、铁夹与铁架台 1 套。

苯(化学纯或分析纯)、萘(固体,化学纯或分析纯)、冰块。

3.3.4　实验内容与步骤

1. 装置仪器

根据图 3-3-1 装置仪器。大烧杯中加入适量水和碎冰块,将大试管在铁架台上固

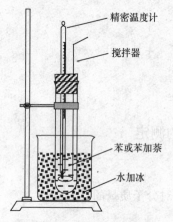

图 3-3-1　凝固点测定装置

定好,在双孔橡皮塞上插入刻度为 0.1 ℃的温度计和金属丝搅拌器,搅拌器应能上下自由活动,不能碰撞温度计。注意大试管、温度计和搅拌器均应保持洁净和干燥。

2. 纯溶剂苯凝固点 T_f^0 的测定

移液管用纯苯润洗 3 次,移取纯苯 25 mL 于大试管中,大试管中苯的液面应低于冰水浴的液面,调节温度计的位置,使水银球全部浸没于苯中,且离试管底部 1 cm 左右,塞紧橡皮塞,上下移动搅拌器,使温度缓慢降低,并且密切注意温度计的变化,当观察到温度持续下降到一定程度,又开始回升

时,立刻停止搅拌,观察温度计读数,当回升的温度相对恒定而不随时间变化时,记下此温度即为苯的凝固点 T_{f1}^0。

取出大试管,用手握住管的下部,使苯受热熔化后,重复上述操作两次,测得凝固点 T_{f2}^0、T_{f3}^0,将所测数据记录下来,并计算出平均值。

3. 萘溶液凝固点 T_f 的测定

从冰水中取出大试管,使管中的苯熔化为液体,用天平准确称取 1.6 g 萘于已熔化的苯中,并不断搅拌,待萘全部溶解后,再按测定纯苯凝固点的方法测定萘溶液的凝固点得 T_{f1}、T_{f2}、T_{f3},并取其平均值。

T_f^0 测定记录

测定次数	1	2	3	平均值
T_f^0/K				

T_f 测定记录

测定次数	1	2	3	平均值
T_f/K				

必须指出,在测定溶液的凝固点时,随着溶液苯晶体的不断析出,溶液浓度逐渐增大,其凝固点要逐渐下降,故其温度回升到最高点持续的时间非常短,应特别注意观察。也可每隔 20 s 左右即记录一次温度,然后作出溶液的冷却曲线,以外推的方法找出溶液的凝固点,该方法所得结果更准确。

4. 数据记录

(1) 室温＿＿＿＿＿＿＿℃。

(2) 室温下纯苯密度(d)＿＿＿＿＿＿g·mL^{-1}。

苯在不同温度时的密度

温度/℃	10	15	16	17	18	19	20	21	22	23	24	25	30
密度/(g·mL^{-1})	0.887	0.883	0.882	0.882	0.881	0.880	0.879	0.879	0.878	0.877	0.876	0.875	0.871

(3) 纯苯取量体积 V＿＿＿＿＿mL,质量 m_A＿＿＿＿＿g。

(4) 苯的凝固点下降常数 K_f＿＿＿＿＿＿K·kg·mol^{-1}。

(5) 萘的称取质量 m_B＿＿＿＿＿＿g。

(6) 萘溶液凝固点下降值 ΔT_f＿＿＿＿＿＿K。

(7) 萘的相对分子质量(理论值)＿＿＿＿＿。

根据以上数据,应用式(3-3-3)计算萘的相对分子质量(由于本实验所用温度计,天平及仪器装置都比较粗略,故计算时只需保留小数点后 1 位即可)。此值即为实验测定值,与理论值对照,可求出相对误差。

3.3.5　预习后的思考要点

(1) 测定凝固点时,为什么温度下降后,又要回升?

(2) 本实验所使用的大试管、温度计、搅拌器为什么必须洁净而干燥? 若不能保持洁净、干燥,对结果有何影响?

3.4　溶胶与乳状液

3.4.1　实验目的

(1) 学习溶胶的制备方法。

(2) 掌握电解质溶液使溶胶聚沉的规律性和其聚沉值的测定方法,巩固滴定操作技能。

　　(3) 了解高分子溶液对溶胶的保护作用。

　　(4) 了解乳状液的形成和常用的鉴别方法。

3.4.2　实验原理

　　溶胶是由直径为 1～100 nm 的固体粒子(分散相)分散在分散剂(分散介质)中形成的多相体系。溶胶的制备方法通常有凝聚法和分散法两种。凝聚法是实验室制备溶胶的常用方法。该法又分为化学反应法和改换溶剂法。本实验则采用化学反应法制备 $Fe(OH)_3$ 和 AgBr 溶胶。

　　胶粒表面带有电荷,带正电荷的称为正电性溶胶(简称正溶胶),带负电荷的称为负电性溶胶(简称负溶胶)。溶胶是正电性还是负电性的,与它的电位离子(胶核从溶液中选择吸附的离子)所带电荷的正或负是相一致的。

　　溶胶粒子的强烈布朗运动使其得以均匀地分布于介质中,而不至于因重力场的作用向下沉积,即溶胶具有动力学稳定性。溶胶粒子的扩散双电层所产生的排斥作用和溶剂化作用,阻止了溶胶粒子的聚结合并,使溶胶具有凝结稳定性。因此,溶胶在一定条件下能够稳定存在。但溶胶的分散度高,具有巨大的表面能,从能量角度看是不稳定体系,有自发凝结(溶胶粒子自动聚集,合并变大)以减小表面积,降低体系的表面能之趋势。因此,在溶胶中加入电解质溶液,或带相反电荷的溶胶,或较长时间加热,都会降低溶胶的稳定性,使其发生聚沉(溶胶粒子相互合并变大而从分散介质中析出的现象)。电解质对溶胶的聚沉能力的强弱可用聚沉值来衡量,所谓聚沉值是指对一定量的溶胶,在一定时间内使溶胶发生明显聚沉所需电解质的最低浓度。因此,聚沉值越小,该电解质对溶胶的聚沉力越强,反之亦然。在溶胶中加入适量的高分子溶液,可提高溶胶的稳定性。

　　聚沉值的计算公式为

$$j(聚沉值) = \frac{c_{电解质} \cdot V_{电解质}}{V_{溶胶} + V_{电解质}}$$

　　乳状液是由两种互不相溶的液体物质混合而成的。使乳状液稳定存在的第三种物质称为乳化剂,它是一类表面活性物质,能显著降低界面能。当加入亲水性乳化剂可制得 O/W 型乳状液,加入亲油性乳化剂可制得 W/O 型乳状液。乳状液的类型可用简单的稀释法或者染色法进行鉴别。在乳状液中加水稀释,如果不发生分层现象,表明外相是水,内相是油,即该乳状液是 O/W 型,否则为 W/O 型乳状液。在乳状液中加入水溶性亚甲基蓝染料,如果呈现星星点点的蓝色液滴,表明外相是油,内相是水,即该乳状液是 W/O 型,否则为 O/W 型乳状液。

3.4.3　仪器和试剂

　　50 mL 碱式滴定管 1 支、100 mL 烧杯 2 只、250 mL 烧杯 1 只、250 mL 锥形瓶 1 只(干燥的)、配套试管及试管架 1 套、25 mL 移液管(公用)、10 mL 和 50 mL 量筒各 1 个、玻棒 2 根、洗耳球(公用)、滴定台 1 个、酒精灯 1 个、铁三脚 1 个、石棉网 1 块、洗瓶 1 个。

NaCl(0.05 mol·L^{-1}、0.5 mol·L^{-1}、4 mol·L^{-1})、Na$_2$SO$_4$(0.01 mol·L^{-1})、KBr(0.1 mol·L^{-1})、K$_3$[Fe(CN)$_6$](0.01 mol·L^{-1})、MgCl$_2$(0.05 mol·L^{-1})、AlCl$_3$(0.05 mol·L^{-1})、FeCl$_3$(20%)、AgNO$_3$(0.1 mol·L^{-1})、1%的白明胶、钠皂液、锌皂液、植物油、亚甲基蓝(0.1%)、灯用乙醇、火柴。

3.4.4　实验内容与步骤

1. 溶胶的制备

1) Fe(OH)$_3$ 溶胶的制备

用洗净的量筒量取 50 mL 纯水,倒入洗净的 100 mL 烧杯中。在烧杯上盖一个表面皿,置于石棉网上用酒精灯加热至沸腾,在不断搅拌之下逐滴加入 2 mL 20% 的 FeCl$_3$ 溶液,滴加完后继续煮沸 1～2 min,直至获得红棕色的 Fe(OH)$_3$ 溶胶,冷却待用。记录观察到的现象,写出胶团结构式。

2) AgBr 溶胶的制备

用洗净的量筒量取 50 mL 纯水,倒入洗净的 100 mL 烧杯中。用小量筒量取 1 mL 0.1 mol·L^{-1} KBr 溶液加入烧杯中,在不断搅拌之下逐滴加入 3～4 滴 0.1 mol·L^{-1} AgNO$_3$ 溶液,同时剧烈搅拌 1～2 min,即得 AgBr 溶胶,放置待用。记录观察到的现象,写出胶团结构式。

2. 溶胶的聚沉

1) 加入电解质溶液

A. Fe(OH)$_3$ 溶胶的聚沉

在 5 支试管中分别加入 2 mL Fe(OH)$_3$ 溶胶,其中 1 支作对比,向其余 4 支试管中分别逐滴加入 0.01 mol·L^{-1} K$_3$[Fe(CN)$_6$]、0.01 mol·L^{-1} Na$_2$SO$_4$、0.5 mol·L^{-1} NaCl、4 mol·L^{-1} NaCl 溶液,滴加溶液的同时应不断摇动试管,直到溶胶刚出现浑浊为止,记录下加入的溶液滴数。

Fe(OH)$_3$ 溶胶聚沉记录

	名称	K$_3$[Fe(CN)$_6$]	Na$_2$SO$_4$	NaCl	NaCl
电解质溶液	浓度/(mol·L^{-1})	0.01	0.01	0.5	4
	加入滴数				

B. AgBr 溶胶的聚沉

在 5 支试管中分别加入 2 mL AgBr 溶胶,其中 1 支作对比,向其余 4 支试管中分别逐滴加 0.05 mol·L^{-1} AlCl$_3$、0.05 mol·L^{-1} MgCl$_2$、0.05 mol·L^{-1} NaCl、4 mol·L^{-1} NaCl 溶液,并不断摇动试管直到溶胶刚呈现浑浊为止,记录下加入的溶液滴数。

AgBr 溶胶聚沉记录

电解质溶液	名称	AlCl₃	MgCl₂	NaCl	NaCl
	浓度/(mol·L⁻¹)	0.05	0.05	0.05	4
	加入滴数				

从上述实验事实,总结说明电解质溶液使溶胶聚沉的规律性。

2) 加入电性相反的溶胶

在试管中加入 2 mL AgBr 溶胶,然后在不断搅拌下逐滴加入 $Fe(OH)_3$ 溶胶,直到刚产生浑浊为止。记录加入 $Fe(OH)_3$ 溶胶的滴数,解释发生的现象。

3) 将溶胶加热

在试管中加入 2 mL AgBr 溶胶,用试管夹夹着试管在酒精灯上加热(防止爆沸)至产生浑浊为止,观察并解释发生的变化。

3. 聚沉值的测定

用 25 mL 移液管准确移取 $Fe(OH)_3$ 溶胶 25.00 mL 于烘干的 250 mL 锥形瓶中,然后用 0.01 mol·L⁻¹Na₂SO₄ 溶液滴定至溶胶产生明显的浑浊为止,根据记录计算聚沉值。

聚沉值测定记录

测定次数	1	2	3
Na₂SO₄ 溶液用量/mL			
j(聚沉值)/(mmol·L⁻¹)			
j(聚沉值)平均值/(mmol·L⁻¹)			

4. 高分子溶液对溶胶的保护作用

在 2 支试管中分别加入 2 mL AgBr 溶胶,然后向其中 1 支加入 10 滴 1% 白明胶,另 1 支中加入 10 滴纯水,摇匀后分别滴加 0.05 mol·L⁻¹MgCl₂ 溶液,直至产生明显的浑浊为止,记录所用 MgCl₂ 溶液的滴数,观察、记录并解释所发生的现象。

5. 乳状液的制备与鉴别

1) 乳状液的制备

(1) O/W 型乳状液:在试管中加入 1 mL 纯水和 2 滴植物油,用力摇动 1~2 min 后静置片刻,记录产生的现象。然后再加入 1 mL 钠皂液,重复前述操作,即得 O/W 型乳状液。比较前后发生的现象,说明原因。

(2) W/O 型乳状液:在试管中加入 1 mL 植物油、2 滴纯水,用力摇动 1~2 min 后静置片刻,记录产生的现象。然后再加入 1 mL 锌皂液,然后用力摇动试管 1~2 min,静置,即得 W/O 型乳状液,比较前后发生的现象,说明原因。

(3) 乳状液的鉴别:将刚制得的两种类型的乳状液分别等分为两份,分别加入 2 mL 纯水和 1~2 滴亚甲基蓝溶液,然后用力摇动试管 1~2 min,静置少许时间后,观察并记录实验现象,由此判断乳状液的类型并解释原因。

3.4.5　预习后的思考要点

(1) 可否用自来水制备溶胶? 为什么?

(2) 测定聚沉值时,滴定液的滴定速度应怎样控制才能使测定结果的误差不会偏高?

(3) 乳状液在形成时加入第三种物质起什么作用? 该物质与乳状液的类型有何关系?

(4) 鉴别乳状液类型的方法有哪些?

3.5　瞬时反应速率的测定

3.5.1　实验目的

(1) 加深对瞬时反应速率基本概念的理解。

(2) 了解瞬时反应速率的测定原理和方法。

(3) 掌握利用作图法处理数据。

3.5.2　实验原理

瞬时反应速率是指反应在某一时刻的真实速率,即反应时间间隔趋于零时的平均速率。

$$v = \lim_{\Delta t \to 0}\left(\frac{1}{\nu_B} \cdot \frac{\Delta c(B)}{\Delta t}\right) = \frac{1}{\nu_B} \cdot \frac{dc(B)}{dt}$$

式中,ν_B 为反应任一物质 B 的化学计量数,对任意反应 $aA + dD \Longrightarrow gG + hH$ 有

$$v = -\frac{1}{a}\frac{dc(A)}{dt} = -\frac{1}{d}\frac{dc(D)}{dt} = \frac{1}{g}\frac{dc(G)}{dt} = \frac{1}{h}\frac{dc(H)}{dt}$$

测量反应体系中某一反应物或生成物在不同反应时刻对应的浓度,绘制该物质浓度随时间的变化关系曲线 $c\text{-}t$ (图 3-5-1),则反应在任一时刻的瞬时反应速率为

$$v_B = \frac{1}{\nu_B} \cdot \frac{dc(B)}{dt} = \frac{1}{\nu_B} \cdot k_t$$

式中,k_t 为曲线在时刻 t 时的斜率,如图 3-5-1所示。

$$k_t = k_{EF} = \frac{ED}{DF} = \frac{c_D - c_E}{t_F - t_D}$$

所以,$v_B = \dfrac{1}{\nu_B} \cdot \dfrac{dc(B)}{dt} = \dfrac{1}{\nu_B} \cdot k_{EF} = \dfrac{1}{\nu_B} \cdot \dfrac{c_D - c_E}{t_F - t_D}$

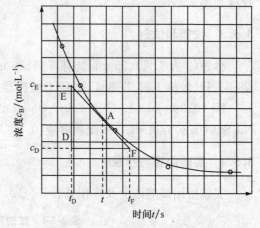

图 3-5-1　$c\text{-}t$ 曲线图

本实验以过二硫酸铵与碘化钾的反应为测量体系,以过二硫酸铵作为测量标准测定反应的瞬时反应速率。在水溶液中,

$(NH_4)_2S_2O_8$ 和 KI 的反应为

$$S_2O_8^{2-} + 2I^- \longrightarrow 2SO_4^{2-} + I_2 \tag{3-5-1}$$

实验中,利用 $(NH_4)_2S_2O_8$ 的初始浓度与反应一段时间 Δt 后消耗掉的 $(NH_4)_2S_2O_8$ 浓度相减而计算得到反应体系中反应时刻 t 对应的 $(NH_4)_2S_2O_8$ 浓度,为此,向反应体系加入一定体积和浓度的 $Na_2S_2O_3$ 溶液和淀粉溶液。$Na_2S_2O_3$ 与反应 (3-5-1) 生成的 I_2 即刻发生下列反应

$$I_2 + 2S_2O_3^{2-} \longrightarrow 2I^- + S_4O_6^{2-} \tag{3-5-2}$$

反应(3-5-2)比反应(3-5-1)的反应速率快得多,反应(3-5-1)生成的 I_2 立即被 $S_2O_3^{2-}$ 所消耗,故溶液中即使有淀粉,也不会显蓝色。当溶液中的 $S_2O_3^{2-}$ 反应完时,反应(3-5-1)生成的 I_2 不能再被消耗,I_2 遇淀粉使体系显示蓝色。并且,在体系显示蓝色之前,体系中 KI 的浓度保持不变,而消耗掉的 $(NH_4)_2S_2O_8$ 浓度可由加入的 $Na_2S_2O_3$ 计量。体系显示蓝色时对应时刻的 $(NH_4)_2S_2O_8$ 浓度为

$$c = c_0 - \frac{V \cdot c(Na_2S_2O_3)}{2V_{总}}$$

式中,c_0 为反应体系中 $(NH_4)_2S_2O_8$ 的初始浓度;c 为反应体系变色时刻 $(NH_4)_2S_2O_8$ 的浓度;$c(Na_2S_2O_3)$ 为 $Na_2S_2O_3$ 试剂的浓度;V 为所加 $Na_2S_2O_3$ 溶液的体积;$V_{总}$ 为反应体系的总体积。

在 $(NH_4)_2S_2O_8$ 和 KI 初始浓度相同的 5 个体系中,分别加入不同体积的 $Na_2S_2O_3$ 溶液,则每个反应体系从反应开始到体系显示蓝色所经历的时间内消耗的 $(NH_4)_2S_2O_8$ 不一样,所经历的时间也不一样,即相当于在同一体系中测得了 5 个不同时刻对应的 $(NH_4)_2S_2O_8$ 浓度。测量反应开始到体系显示蓝色所经历的时间 t,可得 $(NH_4)_2S_2O_8$ 的浓度 c 与时间 t 的关系,通过作图法即可计算得到反应(3-5-1)的瞬时反应速率。

3.5.3　仪器和试剂

秒表(2 人 1 只)、25 mL 烧杯 5 只、10 mL 吸量管 1 支、5 mL 吸量管 4 支、250 mL 烧杯 1 只、玻棒 1 根、洗瓶 1 个、磁力搅拌器 1 台、磁棒(搅拌子)1 个。

KI($0.90\ mol \cdot L^{-1}$)、$Na_2S_2O_3$($0.80\ mol \cdot L^{-1}$)、$(NH_4)_2S_2O_8$($0.80\ mol \cdot L^{-1}$)、Na_2SO_4($0.80\ mol \cdot L^{-1}$)、淀粉溶液(0.2%)。

3.5.4　实验内容与步骤

实验所用试剂浓度及体积见表 3-5-1。

表 3-5-1　试剂用量和数据记录

	实验编号	①	②	③	④	⑤
A	KI($0.90\ mol \cdot L^{-1}$)用量/ mL	10	10	10	10	10
B	$Na_2S_2O_3$($0.80\ mol \cdot L^{-1}$) 用量/ mL	1	2	3	4	5

续表

实验编号		①	②	③	④	⑤
C	淀粉(0.2%)用量/ mL	1	1	1	1	1
D	Na_2SO_4(0.80 mol · L^{-1})用量/ mL	5	4	3	2	1
E	$(NH_4)_2S_2O_8$(0.80 mol · L^{-1})用量/ mL	3	3	3	3	3
反应体系总体积 $V_总$/mL						
$S_2O_8^{2-}$ 初始浓度 c_0/(mol · L^{-1})						
变色时刻 $S_2O_8^{2-}$ 浓度 c/(mol · L^{-1})						
变色时间 t/s						

(1) 根据表 3-5-1 所列试剂名称,将其序号贴在洗净的吸量管上,然后用待取的相应试剂分别润洗吸量管 2～3 次。

(2) 在室温下,按表 3-5-1 中实验编号①所列试剂用量,以相应吸量管分别准确量取 KI、$Na_2S_2O_3$、淀粉和 Na_2SO_4 溶液于干净的 25 mL 烧杯中,加入磁棒,置于磁力搅拌器上,打开搅拌器搅拌均匀,然后迅速加入已量取好的 $(NH_4)_2S_2O_8$ 溶液于烧杯中,同时启动秒表计时。持续搅拌,仔细观察溶液颜色变化,待蓝色刚一出现,立即按停秒表,将反应时间记录于表 3-5-1 中。

(3) 重复操作(2)的实验步骤,进行编号②～⑤的实验,将各实验编号的反应时间记录于表 3-5-1 中。

(4) 计算表 3-5-1 中的其他各项,依据表中的 c、t 数据,作 c-t 曲线图,并求出 $t=100$ s时的瞬时反应速度。

本实验注意事项:

(1) 量取试剂的吸量管要严格专用,不得混用,否则会影响测定的准确性。

(2) 实验中加入的 Na_2SO_4 溶液是为保持各反应体系总体积相同,离子强度基本一致。

(3) 本实验所用 $(NH_4)_2S_2O_8$ 和淀粉溶液要求是新配制的,且 $(NH_4)_2S_2O_8$ 的 pH 应大于 3,否则 $(NH_4)_2S_2O_8$ 已部分分解,不能使用。KI 溶液应为无色透明溶液,如已呈浅黄色,表示有 I_2 析出,不能使用。所用试剂中如混有少量 Cu^{2+}、Fe^{3+} 等杂质,对反应有催化作用,必要时可加几滴 0.01 mol · L^{-1} EDTA 溶液消除这些金属离子的影响。

3.5.5　预习后的思考要点

(1) 时间用分或小时为单位作图是否可以? 为什么?

(2) 实验中,当溶液出现蓝色后,反应是否就停止了?

(3) 下列情况对实验结果有何影响? 你认为还有哪些因素会影响实验结果?

① 取用试剂的吸量管没有分开专用;

② 缓慢地加入 $(NH_4)_2S_2O_8$ 溶液;

③ 先将 $(NH_4)_2S_2O_8$ 溶液与其他试剂溶液混合,最后加 KI 溶液;

④ 加入 $(NH_4)_2S_2O_8$ 溶液后,采取先计时后搅拌或先搅拌后计时;

⑤ 反应过程中温度不恒定。

3.6　化学反应焓变的测定

3.6.1　实验目的

(1) 巩固有关热化学的基础知识。

(2) 了解测定化学反应焓变的原理和方法。

3.6.2　实验原理

化学反应在等压条件下进行时,其反应的热效应称为等压反应热,在化学热力学中用反应体系焓 H 的变化 ΔH 来表示,ΔH 简称为焓变。本实验的反应体系为

$$Zn(s) + Cu^{2+} \Longrightarrow Zn^{2+} + Cu(s)$$

该体系的焓变 ΔH 可由溶液的定压比热容和反应前后溶液的温度变化而求得,计算公式为

$$\Delta H = -\Delta T \cdot C_p \cdot V \cdot d \cdot \frac{1}{n} \cdot \frac{1}{1000} \tag{3-6-1}$$

式中,ΔH 为反应的焓变($kJ \cdot mol^{-1}$);ΔT 为反应前后溶液的温度变化(K);C_p 为溶液的定压比热容(近似为 $4.18\ J \cdot g^{-1} \cdot K^{-1}$);$V$ 为溶液的体积(mL);d 为溶液的密度(近似的取值为 $1.0\ g \cdot mL^{-1}$);n 为 V mL 溶液中溶质的物质的量(mol)。

由此表明,只要测得反应前后溶液的温度变化 ΔT,将 ΔT 代入式(3-6-1),就可求得 ΔH 值。

3.6.3　仪器和试剂

简易量热计一套(包括具有 0.1℃ 刻度的温度计在内,2 人 1 套)、磁力搅拌器(2 人 1 台)、0.1 g/(分度值)的电子天平(公用)、50 mL 移液管(公用)、250 mL 烧杯 1 只、磁棒(2 人 1 根)、洗耳球(公用)、洗瓶 1 个、称量纸、滤纸碎片、秒表(2 人 1 个)。

$CuSO_4$(0.2000 mol $\cdot$ L^{-1},分析纯)、锌粉(化学纯)。

3.6.4　实验内容与步骤

(1) 用精度为 0.1 g 的电子天平(其使用方法见 6.1 节)称取 1.5 g 锌粉(放于称量纸上进行称量)。

(2) 将热量计(其结构和使用方法见 6.3 节)的反应杯及精密温度计洗涤干净,并用干净的滤纸片吸干水分。用 50 mL 移液管从试剂瓶中移取 $CuSO_4$ 溶液 50.00 mL 于量热计的反应杯中,放入洗净干燥的磁棒 1 根,盖好盖子,然后放于磁力搅拌器的载盘中央。

(3) 启动磁力搅拌器(其使用见 6.5 节),每隔 30 s 记录一次温度 T_1,至溶液与热量计达热平衡(温度保持不变),但至少需要记录 5～6 次。

T_1 测定记录

时间 t/min	0.5	1.0	1.5	2.0	2.5	3.0
T_1/K						

（4）按要求记录好 T_1 后停止搅拌，然后开盖迅速加入锌粉，即刻盖好盖子，再次启动搅拌器，并继续每隔 30 s 记录一次温度 T_2，直至反应液的温度升到最高温度数值后再继续测定 4 min 左右。

T_2 测定记录

时间 t/min	3.5	4.0	4.5	5.0	5.5	6.0	6.5	7.0	7.5	8.0	8.5	9.0
T_2/K												

（5）在坐标纸上以温度 T(K) 为纵轴，时间 t(min) 为横轴作图，得热量计的温度-时间曲线。用图 3-6-1 所示的外推法求出反应前后溶液的温度变化 ΔT。采用这种方法可在一定程度上减小因反应体系与环境间的热交换而带来的实验误差（该反应焓变的理论值为 $\Delta H^{\ominus}_{298.15} = -217 \text{ kJ} \cdot \text{mol}^{-1}$）。

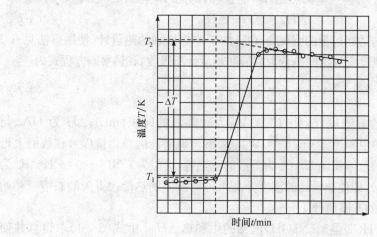

图 3-6-1　T-t 关系图

3.6.5　预习后的思考要点

（1）在测定 T_1 和 T_2 时为什么要不停地搅拌？

（2）ΔH 值是以反应中哪一种反应物为基准而计算的？

（3）影响测定误差的因素主要有哪些？

（4）该反应的内能变化 ΔU 与 ΔH 是否相等？为什么？

3.7　HAc 电离热的测定

3.7.1　实验目的

(1) 巩固热量计的使用方法,了解热量计热容量的测定原理。

(2) 学习弱电解质电离热的测定原理和操作技能。

3.7.2　实验原理

根据电离理论,强酸强碱在溶液中几乎完全电离。在一定压力、温度下,1 mol 强酸和 1 mol 强碱中和时的热效应称为中和热,以 $\Delta H_{中}$ 表示,可简单地按式(3-7-1)计算:

$$\Delta H_{中} = -57112 + 209(T - 298.15) \ \text{J} \cdot \text{mol}^{-1} \qquad (3\text{-}7\text{-}1)$$

式中,T 为实际反应温度(K);数值 $-57\,112$ 为 1 mol 强酸和 1 mol 强碱在 298.15 K 下中和时的热效应,单位 J·mol^{-1}。

乙酸是弱酸,在溶液中只部分电离,当在一定压力和温度下与强碱中和时,其中和热 ΔH 应是上述 $\Delta H_{中}$ 与自身电离热 $\Delta H_{电}$ 的总和,即 $\Delta H = \Delta H_{中} + \Delta H_{电}$,所以有

$$\Delta H_{电} = \Delta H - \Delta H_{中} \qquad (3\text{-}7\text{-}2)$$

将一定量的乙酸与适当过量的强碱 NaOH 加于绝热良好的热量计(使用方法见 6.3 节)里进行中和反应,视反应放出的热量为溶液和热量计所吸收,其热平衡方程式为

$$\frac{c_{酸} \ V_{酸}}{1000} \cdot \Delta H + (W_{溶液} \cdot C_p + C) \cdot \Delta T = 0 \qquad (3\text{-}7\text{-}3)$$

式中,$c_{酸}$ 为酸的物质的量浓度(mol·L^{-1});$V_{酸}$ 为酸溶液的体积(mL);ΔH 为 HAc 与 NaOH 在反应温度下的中和热(J·mol^{-1});$W_{溶液}$ 为酸与碱溶液的总质量(g),在数值上近似地等于酸与碱溶液的总体积(mL);C_p 为溶液的比热容,近似为 4.18 J·g^{-1}·K^{-1};C 为热量计的热容(J·K^{-1}),即使热量计的温度升高 1 K 时所需的热量;ΔT 为酸碱溶液初始温度相同时,溶液温度的升高值(K)。

本实验利用强酸(HCl)强碱(NaOH)已知的中和热 $\Delta H_{中}$[由式(3-7-1)求得],并使其在热量计中反应测得 ΔT,将 $\Delta H_{中}$、ΔT 代入式(3-7-3)便求得热量计的热容 C。然后再利用同一热量计测定 HAc 与 NaOH 反应的 ΔT,代入式(3-7-3)可求得 HAc 与 NaOH 中和时的中和热 ΔH,再应用式(3-7-2)就可求得 HAc 的电离热 $\Delta H_{电}$。

3.7.3　仪器和试剂

热量计(2 人 1 台)、磁力搅拌器(2 人 1 台)、磁棒(2 人 1 根)、100 mL 和 50 mL 的移液管各 1 个、50 mL 量筒 1 个、温度计(精确度 0.01 ℃ 或 0.1 ℃)、玻棒 1 根、洗瓶 1 个、滤纸碎片。

HCl(0.2000 mol·L^{-1})、HAc(0.2000 mol·L^{-1})、NaOH(1.2 mol·L^{-1})、酚酞指示剂。

3.7.4　实验内容与步骤

1. 测定热量计的热容 C

用 100 mL 和 50 mL 的移液管量取 250 mL 0.2000 mol・L^{-1} HCl 标准溶液于洁净且吸干水分的热量计中,用精密温度计测出 HCl 溶液的温度。用量筒量取 50 mL 1.2 mol・L^{-1} NaOH 溶液,并用精密温度计测量其温度,如果高于 HCl 溶液的温度,可用自来水冷却至二者温度相同。盖好热量计的盖子,启动磁力搅拌器(使用方法见 6.5 节),待达到热平衡后,从插入热量计中的温度计上读取温度 T_1(K)。然后,把量取好的 NaOH 溶液快速地加入热量计中,注意不得溅出,也不得用手握量筒的盛液部位,立即盖好盖子,启动磁力搅拌器,密切注意温度上升,直到达热平衡,待温度恒定后读取温度 T_2(K)。读数后停止搅拌,并从热量计中取少量溶液,加入 1 滴酚酞指示剂,如果溶液显红色,表明碱过量,HCl 已被完全中和。

记录数据,根据记录的数据,应用式(3-7-3)计算热量计的热容 C(J・K^{-1})。

测定热容 C 的数据记录

记录项目	HCl 溶液		NaOH 溶液		温度(K)			$W_{溶液}$/g
	浓度/(mol・L^{-1})	体积/mL	浓度/(mol・L^{-1})	体积/mL	T_1/K	T_2/K	ΔT/K	
数值								

2. HAc 电离热 $\Delta H_{电}$ 的测定

用同一洗净且吸干水分的热量计,以 250 mL 0.2000 mol・L^{-1} HAc 溶液代替 HCl 溶液,重复上述操作,测定 HAc 与 NaOH 反应的 ΔT,记录数据。

测定 HAc 电离热的数据记录

记录项目	HAc 溶液		NaOH 溶液		温度/K			$W_{溶液}$/g
	浓度/(mol・L^{-1})	体积/mL	浓度/(mol・L^{-1})	体积/mL	T_1/K	T_2/K	ΔT/K	
数值								

根据所测热量计的热容 C 和新记录的数据,应用式(3-7-3)计算 HAc 与 NaOH 反应的中和热 ΔH,进而求得 HAc 的电离热 $\Delta H_{电}$。

3.7.5　预习后的思考要点

(1) 在测定中为什么要用同一个热量计? 只把热量计洗净,但不擦干,对测定是否有影响? 为什么?

(2) 如果酸与碱的温度不相同,对实验结果有何影响?

(3) 量取 HCl 或 HAc 的移液管,事先是否需用待移取的酸溶液润洗 2～3 遍? 为什么?

(4) 在计算酸与碱中和的反应热时,为何不以 NaOH 溶液的加入量为基准?

3.8　化学反应活化能的测定

3.8.1　实验目的

(1) 进一步理解活化能的物理意义。

(2) 巩固阿伦尼乌斯(Arrhenius)方程,熟悉该方程的应用。

3.8.2　实验原理

化学反应的活化能为 $E_a(\text{kJ} \cdot \text{mol}^{-1})$,反应温度为 T_1 和 T_2 时的速率常数分别为 k_1 和 k_2。根据阿伦尼乌斯方程 $k = Ae^{-E_a/RT}$ 可推得

$$E_a = \frac{T_2 T_1}{T_2 - T_1} R \ln \frac{k_2}{k_1} \tag{3-8-1}$$

本实验以 $(\text{NH}_4)_2\text{S}_2\text{O}_8$ 与 KI 的反应为研究体系,其离子反应方程式为

$$\text{S}_2\text{O}_8^{2-} + 2\text{I}^- \Longrightarrow 2\text{SO}_4^{2-} + \text{I}_2 \tag{3-8-2}$$

该反应的速度方程式可表示为

$$v = \frac{\Delta c(\text{S}_2\text{O}_8^{2-})}{\Delta t} = k[c(\text{S}_2\text{O}_8^{2-})]^x \cdot [c(\text{I}^-)]^y \tag{3-8-3}$$

式中,$\Delta c(\text{S}_2\text{O}_8^{2-})$ 为 $\text{S}_2\text{O}_8^{2-}$ 在时间 Δt 内的物质的量浓度的变化量;$c(\text{S}_2\text{O}_8^{2-})$、$c(\text{I}^-)$ 分别为 $\text{S}_2\text{O}_8^{2-}$、$\text{I}^-$ 两种离子的初始浓度;k 为反应的速率常数;x、y 分别为 $\text{S}_2\text{O}_8^{2-}$、$\text{I}^-$ 的反应级数。

为测得在时间 Δt 的 $\Delta c(\text{S}_2\text{O}_8^{2-})$,通常在反应(3-8-2)中加入一定体积且浓度为已知的 $\text{Na}_2\text{S}_2\text{O}_3$ 溶液和作为指示剂的淀粉溶液,于是在反应(3-8-2)进行的同时还进行着下列反应

$$\text{I}_2 + 2\text{S}_2\text{O}_3^{2-} \Longrightarrow 2\text{I}^- + \text{S}_4\text{O}_6^{2-} \tag{3-8-4}$$

但反应(3-8-2)进行得很慢,而反应(3-8-4)几乎瞬间完成。当溶液显示蓝色时,表示溶液中的 $\text{Na}_2\text{S}_2\text{O}_3$ 已被耗尽,从溶液显示出蓝色所需时间的长短,可知反应(3-8-2)在不同外界条件下进行速度的大小。

比较反应(3-8-2)和反应(3-8-4),可得下列关系式

$$\Delta c(\text{S}_2\text{O}_8^{2-}) = \frac{1}{2} \Delta c(\text{S}_2\text{O}_3^{2-}) \tag{3-8-5}$$

所以,式(3-8-3)又可表示为

$$v = \frac{\frac{1}{2} \Delta c(\text{S}_2\text{O}_3^{2-})}{\Delta t} = k[c(\text{S}_2\text{O}_8^{2-})]^x \cdot [c(\text{I}^-)]^y \tag{3-8-6}$$

由于反应温度的改变不影响反应机理,现设 $\text{S}_2\text{O}_8^{2-}$ 和 I^- 的初始浓度保持不变,因此反应(3-8-2)在反应温度为 T_1 和 T_2 时,由式(3-8-6)可推得

$$\frac{k_2}{k_1} = \frac{\left[\frac{1}{2} \Delta c(\text{S}_2\text{O}_3^{2-})\right]_2 / \Delta t_2}{\left[\frac{1}{2} \Delta c(\text{S}_2\text{O}_3^{2-})\right]_1 / \Delta t_1} \tag{3-8-7}$$

式(3-8-7)中的 $\Delta c(S_2O_3^{2-})$ 实际上为 $Na_2S_2O_3$ 的初始浓度,在每份试液中均相同,故式(3-8-7)可简化为

$$\frac{k_2}{k_1}=\frac{\Delta t_1}{\Delta t_2} \tag{3-8-8}$$

将式(3-8-8)代入式(3-8-1)得

$$E_a=\frac{T_2 T_1}{T_2-T_1}R\ln\frac{\Delta t_1}{\Delta t_2} \tag{3-8-9}$$

由此表明,只要测得反应温度分别为 T_1 和 T_2 时的反应时间,将其代入式(3-8-9)即可求得活化能 E_a。

3.8.3 仪器和试剂

5 mL 量筒 3 个、250 mL 烧杯 2 只、配套试管与试管架 1 套、秒表(2 人 1 只)、酒精灯 1 个、石棉网 1 块、铁三脚架 1 个、玻棒 1 根、洗瓶 1 个。

$Na_2S_2O_3(0.01 \text{ mol} \cdot L^{-1})$、$KI(0.20 \text{ mol} \cdot L^{-1})$、$(NH_4)_2S_2O_8(0.20 \text{ mol} \cdot L^{-1})$、淀粉溶液(0.2%)、灯用乙醇、火柴。

3.8.4 实验内容与步骤

1. 在反应温度 T_1(室温)下 Δt_1 的测定

在室温下,用洁净的量筒(量筒上应贴有所取试液名称的标签)分别准确地量取 5 mL 0.20 mol $\cdot$ L^{-1} KI、2 mL 0.01 mol $\cdot$ L^{-1} $Na_2S_2O_3$、1 mL 0.2% 淀粉溶液,并依次加入试管中摇匀。另取干净量筒准确量取 5 mL 0.20 mol $\cdot$ L^{-1} $(NH_4)_2S_2O_8$ 溶液迅速地加入该试管中,同时按动秒表计时,并用玻棒不断搅拌,待溶液刚显示蓝色时,立刻停止计时。按前述取量和操作步骤,再测定两次,并将各次测得的时间记录如下。

T_1 下反应时间记录

记录项目	T_1/K	反应时间/s			
		1	2	3	平均
数值					

2. 在反应温度 T_2 下 Δt_2 的测定

用 250 mL 烧杯取自来水约 150 mL,置于石棉网上,并放入装有 5 mL 0.20 mol $\cdot$ L^{-1} KI、2 mL 0.01 mol $\cdot$ L^{-1} $Na_2S_2O_3$、1 mL 0.2% 淀粉溶液的试管和装有 5 mL 0.20 mol $\cdot$ L^{-1} $(NH_4)_2S_2O_8$ 溶液的试管。然后,用酒精灯加热,随时用温度计测量水温,待水温高出 T_1(室温)约 20K 时(记下 T_2),立即将 $(NH_4)_2S_2O_8$ 溶液加入另一试管中,按动秒表计时,用玻棒不断搅拌反应液(反应过程中试管仍浸在水浴中,水温应基本保持恒定),待溶液刚呈现蓝色时,立即停止计时。重复前述操作,对 T_2 下的反应时间再测定两次,并将测定值记录于下表中。

T_2 下反应时间记录

记录项目	T_2/K	反应时间/s			
		1	2	3	平均
数值					

根据测定的 Δt_1 和 Δt_2 的,以及 T_1 和 T_2,应用式(3-8-9)计算反应的活化能 E_a。

3.8.5　预习后的思考要点

(1) 取溶液的量筒事先要用待取的溶液润洗,这是为什么?

(2) 怎样控制水浴的温度使其保持恒定? 如果水浴的温度波动较大时,对实验结果有何影响?

3.9　H$_2$O$_2$ 的催化分解

3.9.1　实验目的

(1) 了解一级反应的特点和催化剂对反应速率的影响。

(2) 测定 H_2O_2 分解反应的速率常数。

(3) 巩固作图法求反应的特性常数。

3.9.2　实验原理

根据化学反应速率理论,凡是反应速率只与反应物浓度的一次方成正比的反应,称为一级反应。H_2O_2 的分解反应在没有催化剂存在时进行得很慢,其反应式为

$$H_2O_2 \rightleftharpoons H_2O + \frac{1}{2}O_2 \tag{3-9-1}$$

若加入催化剂(如 KI)则能促进分解,其反应机理是

$$H_2O_2 + KI \rightleftharpoons KIO + H_2O \tag{3-9-2}$$

$$KIO \rightleftharpoons KI + \frac{1}{2}O_2 \tag{3-9-3}$$

其中步骤(3-9-2)的速率远远慢于步骤(3-9-3),故整个分解反应的速率取决于步骤(3-9-2),相对应的反应速率方程为

$$\frac{-\mathrm{d}c(H_2O_2)}{\mathrm{d}t} = k \cdot c(KI) \cdot c(H_2O_2)$$

由于步骤(3-9-3)进行得非常快,可认为 KI 的浓度在整个反应过程中没有变化,故上式可简化为

$$\frac{-\mathrm{d}c(H_2O_2)}{\mathrm{d}t} = k \cdot c(H_2O_2) \tag{3-9-4}$$

即 H$_2$O$_2$ 的催化分解反应可按一级反应处理。将式(3-9-4)移项积分得

$$-\ln c(H_2O_2)=k \cdot t+B \tag{3-9-5}$$

式中，B 为积分常数。

本实验用 KI 作催化剂，当一定浓度的 H_2O_2 溶液和 KI 溶液混合后，在量气管上观察放出 O_2 的体积与时间 t 的对应关系，从而算出 H_2O_2 溶液的浓度与时间关系，即可作出 $\ln c(H_2O_2)$-t 图，其斜率为速度常数 k。

反应开始后，量气管内为 O_2 和水蒸气混合物。若水准瓶和量气管的液面处于同一高度，则混合气体的压力等于外界大气压，即

$$p=p(O_2)+p(H_2O) \tag{3-9-6}$$

式中，p 为外界大气压；$p(O_2)$ 为氧气的分压；$p(H_2O)$ 为该温度下水的饱和蒸气压。

设混合气体为理想气体，其中氧气的物质的量为 n mol，有 $n=[p-p(H_2O)] \cdot V/(RT)$，式中的 V 为量气管的读数（当 $t=0$ 时，$V=0$）；T 为温度（K）；R 为摩尔气体常量。消耗掉的 H_2O_2 的物质的量为 $2n$ mol，反应未开始时，H_2O_2 的物质的量为 $V(H_2O_2) \cdot c_0$，在时间 t 时，H_2O_2 的物质的量为 $V(H_2O_2) \cdot c_0-2n$，其浓度为

$$c(H_2O_2)=\frac{V_{H_2O_2} \cdot c_0-2n}{V_{H_2O_2}+V_{KI}} \tag{3-9-7}$$

3.9.3　仪器和试剂

如图 3-9-1 所示实验装置 1 套、秒表（2 人 1 个）、温度计 1 支、气压表（公用）、10 mL 量筒 1 个、10 mL 移液管 1 支（公用）、100 mL 烧杯 1 只。

H_2O_2（3%）、KI（0.2 mol · L^{-1}）。

3.9.4　实验内容与步骤

1. 装配实验装置

按示意图 3-9-1 配备好实验装置。

2. 检查装置气密性

按图 3-9-1 接好实验装置后，在量气管及水准瓶中装入适量水，塞紧塞子，上下移动水准瓶，使连接管内混入的空气排尽，然后将水准瓶下移到一定位置，使量气管和水准瓶中的液面产生一定的高度差，观察量气管内的液面是否下移，等 2 min 后，如液面不动说明不漏气，否则，应检查漏气原因，并设法排除。

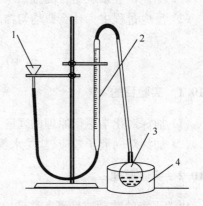

图 3-9-1　H_2O_2 催化分解实验装置图
1. 水准瓶；2. 量气管；3. 反应瓶；4. 水浴

3. H_2O_2 的催化分解

用移液管移取 3% 的 H_2O_2 溶液 10 mL，放入洗净的 100 mL 烧瓶中，然后用 10 mL 量筒量取 10 mL 0.2 mol · L^{-1} KI 溶液加入烧瓶中，并立即塞紧橡皮导管塞子，读取最初液面读数，同时按动秒表计时。

反应过程中注意一边均匀地摇动水浴中的反应烧瓶,一边随时保持水准瓶和量气管的液面相齐,按规定读取气体体积,并做好记录。混合气体每增加 3 mL 记录一次相应的时间(s),连续记录体积由 0 到 3 mL、6 mL、9 mL、12 mL、15 mL、18 mL 所用的时间,记录数据。

实验数据与计算结果

室温 $T=$ ____ K		大气压 $p=$ ____ Pa	水蒸气分压 $p(H_2O)=$ ____ Pa	H_2O_2 溶液的初浓度 $c_0=$ ____ mol·L^{-1}	$V_{H_2O_2}=$ ____ mL $V_{KI}=$ ____ mL
序号	时间 t/s	量气管读数 V/mL	O_2 相应的物质的量/mol	相应的 H_2O_2 浓度/%	$-\ln c(H_2O_2)$

以 $-\ln c(H_2O_2)$ 为纵坐标、时间 $t(s)$ 为横坐标作图,求得速率常数,即

$$k=\frac{\Delta\left[-\ln c(H_2O_2)\right]}{\Delta t} \tag{3-9-8}$$

3.9.5　预习后的思考要点

(1) 如何检查系统是否漏气?

(2) 反应过程中为什么要均匀摇动反应瓶? 摇动快慢对结果有无影响?

3.10　离子平衡移动

3.10.1　实验目的

(1) 加深对化学平衡原理的理解及应用。

(2) 加深对同离子效应、盐类水解和溶度积原理的理解。

3.10.2　实验原理

化学平衡的移动遵循平衡移动原理,即如果改变影响平衡的条件(如温度、浓度、压力等)之一,则平衡沿着减弱这种影响的方向移动。

(1) 弱电解质在水中部分电离,存在着电离平衡,如果在弱电解质溶液中加入与弱电解质含有相同离子的强电解质时,会使弱电解质的电离度明显减小,这种现象称为同离子效应。例如,HAc 的电离平衡

$$HAc \Longrightarrow H^+ + Ac^-$$

若在溶液中加入 NaAc,由于其电离出 Ac^-,HAc 的电离平衡向左移动,HAc 的电离度减小,溶液酸性减弱。

（2）弱酸或弱碱生成的盐溶于水中,由于盐电离出的弱酸或弱碱离子要与水电离出的 H^+ 或 OH^- 反应而生成弱酸或弱碱,从而破坏了水的电离平衡,使溶液中 H^+ 或 OH^- 浓度不相等而呈现出一定的酸碱性,这种现象称为盐类的水解。

例如,弱酸强碱盐 NaAc 溶于水,弱酸的离子 Ac^- 发生水解,使溶液显碱性

$$Ac^- + H_2O \Longrightarrow HAc + OH^-$$

强酸弱碱盐 NH_4Cl 溶于水,弱碱的离子 NH_4^+ 发生水解,使溶液显酸性

$$NH_4^+ + H_2O \Longrightarrow NH_3 \cdot H_2O + H^+$$

弱酸弱碱盐 NH_4Ac 溶于水,其弱酸和弱碱的离子,即 NH_4^+、Ac^- 都要发生水解,故其水解的程度往往较大。溶液的酸碱性取决于所形成的弱酸和弱碱的相对强弱,弱酸较强,溶液显酸性;弱碱较强,溶液显碱性;弱酸、弱碱的强弱接近,溶液显近中性。

$$NH_4^+ + Ac^- + H_2O \Longrightarrow NH_3 \cdot H_2O + HAc$$

多元弱酸所形成的酸式盐,既要发生水解,又要发生电离,溶液的酸碱性取决于该盐的水解程度与电离程度的相对强弱。

（3）在水中的难溶电解质（A_nB_m）存在着溶解沉淀平衡,即

$$A_nB_m(s) \underset{沉淀}{\overset{溶解}{\Longrightarrow}} nA^{m+} + mB^{n-}$$

该难溶电解质的溶度积 $K_{sp}^{\ominus} = (c_{A^{m+}}/c^{\ominus})^n \cdot (c_B^{n-}/c^{\ominus})^m$,离子积 $Q_i = (c'_{A^{m+}}/c^{\ominus})^n \cdot (c'_{B^{n-}}/c^{\ominus})^m$。在水溶液中,沉淀的生成与溶解遵循溶度积规则,即

① $Q_i < K_{sp}^{\ominus}$,溶液未达饱和,沉淀溶解;

② $Q_i = K_{sp}^{\ominus}$,溶液已达饱和（此时无沉淀生成与溶解）;

③ $Q_i > K_{sp}^{\ominus}$,溶液过饱和,有沉淀生成。

3.10.3　仪器和试剂

配套试管与试管架 1 套、玻棒 1 根、酒精灯 1 个、试管夹 1 个、洗瓶 1 个、多孔点滴板 1 个。

HAc($0.1\ mol \cdot L^{-1}$)、HCl($6\ mol \cdot L^{-1}$)、$NH_3 \cdot H_2O$($0.1\ mol \cdot L^{-1}$, $2\ mol \cdot L^{-1}$)、NaAc（固体,$0.1\ mol \cdot L^{-1}$）、NH_4Cl（固体, $0.1\ mol \cdot L^{-1}$）、NH_4Ac($0.1\ mol \cdot L^{-1}$)、NaCl（固体,$0.1\ mol \cdot L^{-1}$）、$MgCl_2$($0.1\ mol \cdot L^{-1}$)、$AgNO_3$($0.1\ mol \cdot L^{-1}$)、K_2CrO_4($0.1\ mol \cdot L^{-1}$)、$Pb(NO_3)_2$($0.1\ mol \cdot L^{-1}$)、pH 试纸、甲基红、酚酞、灯用乙醇、火柴。

3.10.4　实验内容与步骤

1. 同离子效应

（1）取 2 支干净的试管,各加入 $1\ mL\ 0.1\ mol \cdot L^{-1}$ 的 HAc 溶液及 1 滴甲基红,然后在其中 1 支试管中加入少量固体 NaAc,振摇后,观察比较 2 支试管中溶液的颜色,记录现象,写出离子方程式并解释原因。

（2）取 2 支干净的试管,各加入 $1\ mL\ 0.1\ mol \cdot L^{-1}$ 的 $NH_3 \cdot H_2O$ 及 1 滴酚酞,然后在其中 1 支试管中加入少量固体 NH_4Cl,振摇后,观察比较 2 支试管中溶液的颜色,

记录现象,写出离子方程式并解释原因。

2. 盐类的水解

1）弱酸强碱盐

用 pH 试纸测定 $0.1\ mol \cdot L^{-1}$ NaAc 溶液的 pH,并与其理论值比较。然后取 1 支干净的试管,加入 $0.1\ mol \cdot L^{-1}$ 的 NaAc 溶液 1 mL 和酚酞 1 滴,观察颜色,在酒精灯上加热至沸腾,再观察颜色变化,记录现象并解释之。

2）强酸弱碱盐

用 pH 试纸测定 $0.1\ mol \cdot L^{-1}$ NH_4Cl 溶液的 pH,并与其理论值比较。然后取 1 支干净的试管,加入 $0.1\ mol \cdot L^{-1}$ NH_4Cl 溶液 1 mL 和甲基红指示剂 1 滴,观察颜色,在酒精灯上加热至沸腾,再观察颜色变化,记录现象并解释之。

盐类水解记录（Ⅰ）

盐类型	NaAc 溶液	NH_4Cl 溶液
pH		
加热前颜色		
加热后颜色		

3）弱酸弱碱盐

用 pH 试纸测定 $0.1\ mol \cdot L^{-1}$ NH_4Ac 溶液的 pH,并与理论值比较。

4）酸式盐

用 pH 试纸测定 $0.1\ mol \cdot L^{-1}$ $NaHCO_3$ 溶液的 pH,并与理论值比较。

盐类水解记录（Ⅱ）

盐的名称	NH_4Ac	$NaHCO_3$
pH		

3. 多相离子平衡

1）沉淀的生成与溶解

取 1 支干净的试管,加入 1 mL $2\ mol \cdot L^{-1}$ 的 $NH_3 \cdot H_2O$,逐滴滴加 1 mL $0.1\ mol \cdot L^{-1}$ 的 $MgCl_2$,振荡,观察现象。再将试管内的物质分装在 2 支试管内,向其中 1 支试管内逐滴滴加 $6\ mol \cdot L^{-1}$ 的 HCl,向另 1 支试管内加少许固体 NH_4Cl,振荡,观察并记录实验现象,写出反应的离子方程式,并通过计算说明原因。

2）沉淀的转化

取 1 支干净的试管,加入 1 mL $0.1\ mol \cdot L^{-1}$ 的 $AgNO_3$ 溶液,逐滴滴加 1 mL $0.1\ mol \cdot L^{-1}$ 的 K_2CrO_4 溶液,振荡,观察现象;再加少许固体 NaCl,振荡,观察现象,写出反应的离子方程式,通过计算说明两种沉淀的转化。

3）分步沉淀

取 2 支干净的试管,向其中 1 支试管中加入 1 mL $0.1\ mol \cdot L^{-1}$ 的 $Pb(NO_3)_2$ 和

1 mL 0.1 mol・L^{-1}的 $AgNO_3$，振荡混匀。向另 1 支试管中加入 1 滴 0.1 mol・L^{-1}的 K_2CrO_4，加入 2~3 mL 纯水摇匀，向第 1 支试管中逐滴滴加第 2 支试管中稀释后的 K_2CrO_4 溶液，振荡，观察现象。向第 1 支试管内继续滴加 0.1 mol・L^{-1}的 K_2CrO_4 溶液 1 滴，振荡，观察现象，写出反应的离子方程式，通过计算说明两种沉淀的先后顺序。

3.10.5　预习后的思考要点

（1）同离子效应对多相离子平衡体系也适用吗？为什么？

（2）在产生同离子效应的同时是否也存在盐效应？二者哪个是主要的？

（3）分步沉淀实验时，是否需要设计两个单一的沉淀实验来对照观察？如果需要，应怎样设计其实验程序？

3.11　缓 冲 溶 液

3.11.1　实验目的

（1）了解缓冲溶液的配制，掌握缓冲溶液的基本性质。

（2）了解酸度计的使用方法，学习利用酸度计测定缓冲容量。

（3）初步培养学生独立设计实验程序的能力。

3.11.2　实验原理

能够抗拒外加的少量强酸、强碱，或水稀释而自身 pH 基本保持不变的溶液称为缓冲溶液。缓冲溶液之所以具有缓冲作用，是由于其同时具有抗酸和抗碱两个组成部分，这两个组成部分通常又称为缓冲对或缓冲偶。

常见的缓冲溶液一般由弱酸及其盐或弱碱及其盐组成。

弱酸及其盐缓冲系的 pH 计算表示式为

$$pH = pK_a^{\ominus} - \lg \frac{c_a}{c_s} = pK_a^{\ominus} - \lg \frac{n_a}{n_s} \qquad (3\text{-}11\text{-}1)$$

弱碱及其盐缓冲系的 pH 计算表示式为

$$pH = 14 - pK_b^{\ominus} + \lg \frac{c_b}{c_s} = 14 - pK_b^{\ominus} + \lg \frac{n_b}{n_s} \qquad (3\text{-}11\text{-}2)$$

式中，c_a、c_b、c_s 分别为酸、碱、盐的浓度（mol・L^{-1}）；n_a、n_b、n_s 分别为酸、碱、盐的物质的量（mol）；c_a/c_s 或 n_a/n_s，c_b/c_s 或 n_b/n_s 称为缓冲比。

由式（3-11-1）和式（3-11-2）可以看出，缓冲溶液的 pH 主要取决于 $pK_a^{\ominus}$ 或 $pK_b^{\ominus}$ 的数值，其次要受缓冲比的影响。因此，配制缓冲溶液时，应首先根据所需 pH 选择合适的缓冲对，再由缓冲系的 pH 计算公式确定缓冲比，根据缓冲对物质的原始状态（是溶液或纯物质）而确定其取量，经配制即得需要的缓冲溶液。

缓冲溶液的缓冲作用是有一定限度的。缓冲溶液的缓冲能力大小常用缓冲容量来表示，缓冲容量是指使 1 L 缓冲溶液的 pH 改变 1 个单位所需外加的强酸或强碱的物质的量。设 β 表示缓冲容量，n_{H^+} 或 n_{OH^-} 为外加强酸或强碱的物质的量，ΔpH 为引起缓冲溶液 pH 的变化，则

$$\beta = \frac{n_{H^+}(n_{OH^-})}{\Delta pH} \tag{3-11-3}$$

缓冲溶液的缓冲容量大小取决于缓冲对的浓度和缓冲比。当缓冲系一定时，缓冲系中两组分的浓度相对越大，缓冲容量越大；缓冲比越接近于 1，缓冲容量越大。缓冲溶液被稀释时，缓冲比不变，pH 不变，但缓冲系中两组分的浓度下降，故缓冲容量减小。

本实验以 HAc-NaAc 为研究体系，进行有关的实验项目。

3.11.3　仪器和试剂

10 mL 小烧杯 6 个、玻棒 1 根、点滴板 1 个、50 mL 烧杯 3 个、洗瓶 1 个、滴管 1 支、25 mL 移液管（公用）、10 mL 吸量管（公用）、洗耳球（公用）、酸度计（包括 pH 玻璃电极在内，2 人 1 套）、50 mL 容量瓶 3 只。

HAc(1 mol·L^{-1})、HCl(0.1 mol·L^{-1}，pH=4.75、pH=6)、NaOH(0.1 mol·L^{-1}、pH=10)、NaAc(1 mol·L^{-1})、标准缓冲溶液两种 (pH=4.01、9.18)。

3.11.4　实验内容与步骤

1. 缓冲溶液的配制

（1）据式（3-11-1）按下表计算出配制 50 mL 各组缓冲溶液所需的另一种溶液的体积，填入表中。

原始酸、盐取量记录

缓冲液编号	pH	所用溶液(1 mol·L^{-1})	所需体积/mL	pH 测量值
1	4.75	HAc	10	
		NaAc		
2	4.75	HAc	6	
		NaAc		
3	6	HAc	2	
		NaAc		

（2）根据计算结果，用吸量管分别移取 HAc 和 NaAc 溶液于干净的 50 mL 容量瓶中，定容、混匀后即得 3 种不同 pH 的缓冲溶液，用酸度计（使用方法见 6.6 节）准确测定其 pH，编号待用。

2. 缓冲溶液抗酸、抗碱、抗稀释性的测定

1）抗酸性

取 6 个 10 mL 的小烧杯，分别加入所配制的 1、2、3 号缓冲溶液和 pH 分别为 4.75、

6 的 HCl 溶液, pH 为 10 的 NaOH 溶液各 10 mL, 再分别滴加 10 滴 0.1 mol · L⁻¹ 的 HCl 溶液, 摇匀后, 用酸度计测定其 pH, 与未加 0.1 mol · L⁻¹ 的 HCl 溶液之前的各溶液 pH 比较并解释结果。

缓冲溶液抗酸性记录

项目	缓冲溶液编号			HCl 溶液		NaOH 溶液
	1	2	3	pH=4.75	pH=6	pH=10
加 HCl 后 pH						

2) 抗碱性

参照 1) 抗酸性的实验, 自行设计实验程序, 上课前交教师指导, 测定缓冲溶液的抗碱性。

缓冲溶液抗碱性记录

项目	缓冲溶液编号			HCl 溶液		NaOH 溶液
	1	2	3	pH=4.75	pH=6	pH=10
加 NaOH 后 pH						

3) 抗稀释性

参照 1) 抗酸性的实验, 自拟实验程序, 上课前交教师指导, 测定缓冲溶液的抗稀释性。

3. 缓冲容量的测定

用移液管分别移取 25 mL 所配缓冲溶液 1、2、3 号于 3 个干净的 50 mL 烧杯中, 用吸量管分别向各烧杯中加入 4 mL 0.1 mol · L⁻¹ 的 HCl 溶液, 混匀后用酸度计测量各溶液 pH, 分别填入下表, 计算 pH 的改变 ΔpH 及各溶液的缓冲容量 β, 并解释各缓冲溶液缓冲容量大小不同的原因。

β 的测定

缓冲液编号	加 HCl 前 pH	加 HCl 后 pH	ΔpH	缓冲容量 β
1				
2				
3				

3.11.5　预习后的思考要点

（1）缓冲溶液的缓冲能力取决于哪些因素？

（2）计算各组缓冲溶液之缓冲容量的理论值。

（3）影响缓冲容量测定值的主要因素有哪些？装缓冲溶液的烧杯是否应用待测的缓冲溶液润洗？为什么？

3.12 弱电解质的电离度和电离常数的测定

3.12.1 实验目的

(1) 加深对电离平衡的基本概念和理论的理解。
(2) 巩固测定 pH 的方法和定容基本操作技能。
(3) 掌握弱电解质的电离度和电离常数的测定原理与方法。

3.12.2 实验原理

本实验以弱电解质 HAc 和 $NH_3 \cdot H_2O$ 为例。它们在水溶液中存在着下列电离平衡

$$HAc \rightleftharpoons H^+ + Ac^-$$
$$NH_3 \cdot H_2O \rightleftharpoons NH_4^+ + OH^-$$

乙酸或氨的浓度为 $c(mol \cdot L^{-1})$，电离常数为 K，电离度为 α。根据电离平衡理论可推得三者之间的定量关系式为

$$K = \frac{c\alpha^2}{1-\alpha} \tag{3-12-1}$$

乙酸溶液中的 H^+ 浓度为 $c(H^+)(mol \cdot L^{-1})$，氨溶液中的 OH^- 离子浓度为 $c(OH^-)(mol \cdot L^{-1})$，对两种溶液，由电离度的概念分别有

$$c(H^+) = c \cdot \alpha \tag{3-12-2}$$
$$c(OH^-) = c \cdot \alpha \tag{3-12-3}$$

因 $K_w = c(H^+) \cdot c(OH^-)$，则式(3-12-3)可变成

$$c(H^+) = \frac{K_w}{c \cdot \alpha} \tag{3-12-4}$$

水的离子积 K_w 在常温下为 1.0×10^{-14}。

在一定温度时，用 pH 酸度计分别测定一系列已知精确浓度的 HAc 和 $NH_3 \cdot H_2O$ 的 pH，按 $pH = -\lg c(H^+)$ 求出 $c(H^+)$，应用式(3-12-2)和式(3-12-4)分别求得相对应的一系列电离度，再应用式(3-12-1)分别求得相对应的一系列 $c\alpha^2/(1-\alpha)$ 值(在一定温度下，该值近似地为常数)，取其平均值，即为该温度时乙酸或氨的电离平衡常数。

3.12.3 仪器和试剂

酸度计(包括电极在内，2 人 1 套)、50 mL 容量瓶 2 只、10 mL 吸量管 1 支、100 mL 烧杯 3 只、250 mL 烧杯 1 只、洗瓶 1 个、温度计(0.1 ℃，公用)、洗耳球(公用)。

乙酸标准溶液(1 mol · L^{-1})、氨标准溶液(1 mol · L^{-1})、缓冲溶液(pH 为 4.01 和 9.18)。

3.12.4 实验内容与步骤

1. 乙酸电离度和电离常数的测定

(1) 配制不同浓度的乙酸溶液。用吸量管分别移取乙酸标准溶液 1 mL、3 mL、

5 mL于干净的记有编号 1、2、3 的 50 mL 容量瓶中,然后分别加入纯水至刻度,即配得 3 种不同浓度的乙酸溶液。

(2) 取干净的 100 mL 烧杯 3 只,并编号 1、2、3,用少许编号为 1、2、3 的乙酸溶液分别润洗编号为 1、2、3 的烧杯 1~2 次后,再分别加入 25~30 mL 乙酸溶液于相应的烧杯中待测。

(3) 准备好 pH 酸度计,根据 6.6 节测定溶液 pH 的操作规程,按溶液浓度由小到大的顺序,分别测定乙酸溶液的 pH。测定时,pH 电极须用待测溶液润洗。记录实验数据。

乙酸溶液数据记录

HAc 标准溶液浓度____ mol・L^{-1},测定温度____℃			
编号	1	2	3
HAc 标准溶液取量/mL			
HAc 配制液浓度/(mol・L^{-1})			
测定的 pH			

(4) 根据所测 pH 计算乙酸的电离度和电离常数。

2. 氨电离度和电离常数的测定

(1) 配制不同浓度的氨溶液。用吸量管分别移取氨标准溶液 1 mL、3 mL、5 mL 于干净的记有编号 1、2、3 的 50 mL 容量瓶中,然后分别加入纯水至刻度,即配得 3 种不同浓度的氨溶液。

(2) 按照前述方法准备好待测的 3 种氨溶液,然后用 pH 酸度计分别测其 pH,记录数据。

氨溶液数据记录

NH$_3$・H$_2$O 标准溶液浓度____ mol・L^{-1},测定温度____℃			
编号	1	2	3
NH$_3$・H$_2$O 标准溶液取量/mL			
NH$_3$・H$_2$O 配制液浓度/(mol・L^{-1})			
测定的 pH			

(3) 根据所测 pH 计算氨的电离度和电离常数。

3.12.5　预习后的思考要点

(1) 为什么烧杯、电极都要用待测溶液润洗?而容量瓶却不用移入的溶液润洗?

(2) 测定 pH 为什么要按溶液浓度由小到大的顺序进行?

(3) 影响测定误差的主要因素有哪些?

3.13 PbCl$_2$ 溶度积的测定

3.13.1 实验目的

(1) 加深对溶度积原理的理解及掌握其相关的计算。
(2) 了解离子交换树脂的基本性质。
(3) 掌握用离子交换法测定溶度积的原理、方法和操作技能。

3.13.2 实验原理

在一定温度下,难溶电解质 PbCl$_2$(s)(溶解度见表 3-13-1)在纯水中的溶解沉淀平衡反应为

$$PbCl_2(s) \Longrightarrow Pb^{2+} + 2Cl^-$$

表 3-13-1 PbCl$_2$ 在不同温度下的溶解度

温度/℃	0	15	25	35
溶解度×10^{-2}/(mol·L^{-1})	2.42	3.26	3.74	4.73

根据溶度积原理,溶度积常数 $K_{sp}^{\ominus}$ 的表示式为

$$K_{sp}^{\ominus} = [c(Pb^{2+})/c^{\ominus}] \cdot [c(Cl^-)/c^{\ominus}]^2 \tag{3-13-1}$$

由上述反应式看出,Cl$^-$ 浓度是 Pb^{2+} 浓度的 2 倍。如果能够测出 PbCl$_2$ 饱和溶液中 Pb^{2+} 或 Cl$^-$ 的浓度,则可求得 $K_{sp}^{\ominus}$。

本实验利用离子交换法测定离子浓度,该法需用离子交换树脂。离子交换树脂是一类人工合成的固态不溶性高分子聚合物,含有活性基团,能与周围溶液中的一些离子进行

选择性的离子交换反应。含有碱性基团(如季铵基—NR$_3'$、叔胺基—NR$_2'$等),能与阴离子进行交换的树脂称为阴离子交换树脂;含有酸性活性基团(如磺酸基—SO$_3$H、羧基—COOH等)能与阳离子进行交换的树脂称为阳离子交换树脂。本实验使用最常用的聚苯乙烯磺酸型树脂,它是一种强酸性阳离子交换树脂,表示为 RH(其中 H 表示树脂的活性基团,如—SO$_3$H 中可交换的 H$^+$,R 为树脂母体)。

一定温度下,把一定体积的 PbCl$_2$ 饱和溶液通过离子交换柱(图 3-13-1),发生阳离子交换反应,即

图 3-13-1 离子交换树脂

$$2RH + Pb^{2+} \Longrightarrow R_2Pb + 2H^+$$

Cl$^-$ 留于溶液中,经交换后的流出液是 HCl 溶液。

用已知浓度的 NaOH 溶液滴定流出的全部 HCl 溶液至终点,根据滴定反应,Pb^{2+} 的物质的量 $n_{Pb^{2+}}$、Cl$^-$ 的物质的量 n_{Cl^-} 分别为

$$n_{Cl^-} = n_{H^+} = c_{NaOH} \cdot V_{NaOH}$$

$$n_{Pb^{2+}} = \frac{1}{2}n_{Cl^-} = \frac{1}{2}c_{NaOH} \cdot V_{NaOH}$$

所以　$c_{Cl^-} = \dfrac{n_{H^+}}{V_{PbCl_2}} = \dfrac{c_{NaOH} \cdot V_{NaOH}}{V_{PbCl_2}}$　　　$c_{Pb^{2+}} = \dfrac{\dfrac{1}{2}n_{Cl^-}}{V_{PbCl_2}} = \dfrac{1}{2}\dfrac{c_{NaOH} \cdot V_{NaOH}}{V_{PbCl_2}}$

$$K_{sp}^{\ominus} = (c_{Pb^{2+}}/c^{\ominus}) \cdot (c_{Cl^-}/c^{\ominus})^2 = \frac{1}{2}(\frac{c_{NaOH}/c^{\ominus} \cdot V_{NaOH}}{V_{PbCl_2}}/c^{\ominus})^3 \tag{3-13-2}$$

式中，c_{NaOH} 为 NaOH 的标准浓度（mol·L^{-1}）；V_{NaOH} 为滴定时消耗的 NaOH 溶液体积（mL）；V_{PbCl_2} 为加入离子交换柱的 PbCl$_2$ 饱和溶液体积（mL）。

本实验的前期准备过程 PbCl$_2$ 饱和溶液的配制①、树脂柱的制备②和树脂的转型③等均由实验室统一处理。

3.13.3　仪器和试剂

离子交换柱 1 支、25 mL 移液管（公用）、50 mL 量筒 1 个、100 mL 烧杯 1 只、250 mL 烧杯 1 只、250 mL 锥形瓶 1 只、50 mL 碱式滴定管 1 支、滴定架 1 台、点滴板 1 块、玻棒 1 根、洗瓶 1 个、洗耳球（公用）。

HNO$_3$（1 mol·L^{-1}）、NaOH（标准液 0.0500 mol·L^{-1}）、PbCl$_2$（饱和溶液）、溴百里酚蓝（0.01%）、广泛 pH 试纸。

3.13.4　实验内容与步骤

1. 树脂的再生

已用过的树脂需用稀酸进行洗涤，使其重新转化为酸型，而树脂上的金属离子（如 Pb^{2+}）则被交换下来，这个过程称为树脂的再生。

1）排除气泡

检查树脂柱内是否有气泡，如果气泡较多，需重新装柱。如果气泡较少，可向管中充满去离子水，用大拇指盖住管口，上下颠倒，使树脂管两端上下往复运动，让树脂全部漂浮在水中，最后，竖起树脂柱，让树脂自然下沉，以除去气泡。为保持树脂具有良好的交换状态，不论是在使用时或备用时，溶液的液面或去离子的水面都必须高于树脂层的表面，以防止气泡进入树脂层内，影响交换效果。

---

①　PbCl$_2$ 饱和溶液的配制：按室温时 PbCl$_2$ 的溶解度，称取过量的分析纯 PbCl$_2$ 晶体，使其溶于已煮沸除去 CO$_2$ 的去离子水中（充分搅拌），冷至室温后，用定量滤纸进行"干过滤"，即可得到饱和 PbCl$_2$ 溶液。

②　离子交换柱的制备：在一支碱式滴定管内，下部垫上一些玻璃丝（或脱脂棉），下端装上一段乳胶管。再用螺旋夹夹紧，然后固定在滴定架上。注入适量去离子水，排除管下端的空气。用一支口径较大的吸管吸取树脂悬浊液，将其加到交换柱中。同时，放松夹子使水缓缓流出，树脂自然下沉，尽可能使树脂填紧，不留气泡。树脂高度为 20 cm 左右，在装柱和实验中，柱内的液面应始终高于树脂面。

③　树脂的转型：新树脂往往是钠型的（以 RNa 表示），使用时必须用稀酸使钠型完全转变为氢型 RH，此即树脂的转型。方法是向交换柱中加入 HCl 溶液 20 mL，调节螺旋夹，使溶液以 30 滴/min 的速度流出，待柱中 HCl 溶液液面降至接近树脂层表面时，加入去离子水洗涤树脂，直到流出液呈中性（用 pH 试纸检验），流出液弃去。

2）酸化

取 20 mL 1 mol·L^{-1} HNO₃ 溶液加入树脂柱中，调节流速，使其以每分钟 20～25 滴的流速通过树脂交换柱。

3）洗涤

待 HNO₃ 溶液降至略高于树脂层上表面时，加入 30～50 mL 去离子水，以每分钟约 30 滴的流速通过树脂柱，直到流出液呈中性为止。

2. 交换和洗涤

用移液管吸取 25 mL 饱和 PbCl₂ 溶液，加入交换柱内，调节螺旋夹，使溶液以 20～25 滴/min 的速度流出，用 250 mL 锥形瓶承接流出液。待 PbCl₂ 溶液液面接近树脂层上表面时，用去离子水洗涤交换树脂，直至流出液呈中性，流出液仍用同一锥形瓶承接。

3. 滴定

向锥形瓶中加入 2～3 滴溴百里酚蓝指示剂，用标准 NaOH 溶液滴定至终点（溶液由黄色突变为蓝色，pH=6.2～7.6）。记录所用 NaOH 的体积和浓度，并根据式(3-13-2)，计算该温度下 PbCl₂ 饱和溶液的溶度积常数 $K_{sp}^{\ominus}$。

$K_{sp}^{\ominus}$测定记录

测定温度/℃	
NaOH 浓度/(mol·L^{-1})	
NaOH 消耗量/mL	

3.13.5　预习后的思考要点

（1）离子交换树脂再生的目的是什么？其操作要点是什么？

（2）交换的速度大小对测定结果有何影响？对实验的进程有何影响？

（3）PbCl₂ 饱和溶液交换过程中，若有流出液损失，会导致何结果？交换完后，为什么要用去离子水洗涤至中性？

3.14　电导法测定 CaSO₄ 的溶度积

3.14.1　实验目的

（1）学习 CaSO₄ 的制备方法。

（2）了解电导率仪的使用。

（3）掌握电导法测定难溶电解质溶度积的原理和方法。

3.14.2　实验原理

难溶电解质 A_mB_n 在溶液中存在着下列沉淀溶解平衡

$$A_m B_n(s) \underset{\text{沉淀}}{\overset{\text{溶解}}{\rightleftharpoons}} mA^{n+} + nB^{m-}$$

其溶度积常数 $K_{sp}^\ominus$ 与 A^{n+}、B^{m-} 的关系为

$$K_{sp}^\ominus(A_m B_n) = [c(A^{n+})/c^\ominus]^m \cdot [c(B^{m-})/c^\ominus]^n$$

由上式可见,只要测出 A^{n+} 或 B^{m-} 的浓度,就可以计算出难溶电解质的溶度积常数。测定溶液中离子浓度的方法有多种,本实验采用电导法来测定离子浓度。

电解质溶液导电能力的大小通常用电阻 R 或电导 G 来表示,它们有以下关系

$$G = 1/R$$

$$G = \kappa \cdot \frac{A}{l} \qquad (3\text{-}14\text{-}1)$$

式中,A 为电极面积;l 为电极间的距离;l/A 称为电导池常数(又称电导电极常数,电极出厂之前已经标定,其值贴于电极头上);κ 为电导率,单位为 $S \cdot m^{-1}$。在相距为 1 m,面积为 1 m^2 的两个平行电极之间,含有 1 mol 电解质的溶液时,其电导称为摩尔电导率,用 Λ_m 表示,单位为 $S \cdot m^2 \cdot mol^{-1}$。当两个平行电极之间含有 1 mol 电解质的无限稀释溶液时,正、负离子之间的影响很小,此时的摩尔电导率称为极限摩尔电导率,用 Λ_m^∞ 来表示,极限摩尔电导率的数值可以从化学手册上查出来,在 25℃时,CaSO$_4$ 的极限摩尔电导率为

$$\Lambda_{m,CaSO_4}^\infty = 2.79 \times 10^{-2} S \cdot m^2 \cdot mol^{-1}$$

摩尔电导率与电导率之间有如下关系

$$\kappa = \Lambda_m \cdot c$$

则

$$c = \kappa / \Lambda_m$$

由于 CaSO$_4$ 的溶解度很小,它的饱和溶液可近似地看做是无限稀释的溶液,故有

$$c_{CaSO_4} = \kappa_{CaSO_4} / \Lambda_{m,CaSO_4}^\infty \qquad (3\text{-}14\text{-}2)$$

在实验测定中,CaSO$_4$ 饱和溶液的电导率 $\kappa_{CaSO_4}(l)$ 包括了 H$_2$O 的电导率 κ_{H_2O},故

$$\kappa_{CaSO_4} = \kappa_{CaSO_4}(l) - \kappa_{H_2O} \qquad (3\text{-}14\text{-}3)$$

而 CaSO$_4$ 的溶度积常数为

$$K_{sp}^\ominus(CaSO_4) = [c(Ca^{2+})/c^\ominus] \cdot [c(SO_4^{2-})/c^\ominus] = [c(SO_4^{2-})/c^\ominus]^2 \qquad (3\text{-}14\text{-}4)$$

由此可见,只要利用电导率仪测定出 CaSO$_4$ 饱和溶液的电导率 $\kappa_{CaSO_4}(l)$ 和 H$_2$O 的电导率 κ_{H_2O},将其代入式(3-14-3)便可求得 κ_{CaSO_4} 之值,再代入式(3-14-2)则求得 c_{CaSO_4},即为 Ca^{2+} 与 SO$_4^{2-}$ 的浓度,应用式(3-14-4)求得 CaSO$_4$ 的溶度积常数 $K_{sp}^\ominus$。

3.14.3 仪器和试剂

电导率仪(2 人 1 台)、50 mL 烧杯 2 只、铂黑电极(2 人 1 支)、玻棒 1 根、酒精灯 1 个、铁三角 1 个、石棉网 1 张、50 mL 量筒 1 个、抽滤装置(公用)、洗瓶 1 个、滤纸(公用)、0.1 g 分度值的电子天平(公用)。

BaCl$_2$(固体)、Na$_2$SO$_4 \cdot$ 10H$_2$O(固体)、AgNO$_3$ 溶液(0.1 mol $\cdot$ L^{-1})、二次蒸馏水。

3.14.4　实验内容与步骤

1. $CaSO_4$ 的制备

用天平称取 $CaCl_2$ 1.0 g，$Na_2SO_4 \cdot 10H_2O$ 3.0 g，分别置于 50 mL 干净的烧杯中，分别加蒸馏水 30 mL，搅拌使其溶解，将 Na_2SO_4 溶液加热，在不断搅拌下将 $CaCl_2$ 溶液缓慢加入 Na_2SO_4 溶液中，加完后应继续加热至沸腾 2 min 左右，静置至基本完全沉淀，倾去上层清液，抽滤（注意防止穿滤），用二次蒸馏水反复洗涤，直至滤出液用 $AgNO_3$ 溶液检验基本无 Cl^- 为止，滤干即得纯净的 $CaSO_4$。

2. 配制 $CaSO_4$ 饱和溶液及 κ_{H_2O} 的测定

用二次蒸馏水润洗 50 mL 烧杯 3 次，加入二次蒸馏水 20 mL，用电导率仪测定其电导率 κ_{H_2O}，记录数据。

将制得的 $CaSO_4$ 固体加入到上述烧杯中，不断搅拌，加热煮沸 2 min，静置，冷却。

3. $\kappa_{CaSO_4}(l)$ 的测定

待制得的 $CaSO_4$ 饱和溶液冷却至室温后，用电导率仪测定其电导率 $\kappa_{CaSO_4}(l)$，记录数据。

实验数据记录

室温/℃	
$\kappa_{H_2O}/(S \cdot m^{-1})$	
$\kappa_{CaSO_4}(l)/(S \cdot m^{-1})$	

根据表中数据计算室温时 $CaSO_4$ 的 $K_{sp}^{\ominus}$（计算时应将浓度的单位换算为 $mol \cdot L^{-1}$）。将附录中查得的 $K_{sp}^{\ominus}$ 值视为理论值，与实验值相比较，计算相对误差。

$$相对误差 = \frac{实验值 - 理论值}{理论值} \times 100\%$$

3.14.5　预习后的思考要点

(1) 该实验能否用自来水配制溶液进行实验？为什么？

(2) 制备的 $CaSO_4$ 沉淀为什么要用二次蒸馏水反复洗涤？

(3) 在计算溶度积时，相关离子的浓度单位为什么应进行换算？

3.15　粗食盐的提纯

3.15.1　实验目的

(1) 掌握 NaCl 提纯方法。

(2) 练习和掌握加热、溶解、常压过滤、减压过滤、蒸发浓缩结晶、干燥等基本操作。

3.15.2　实验原理

粗食盐中含有泥沙等不溶性杂质及溶于水的 K^+、Ca^{2+}、Mg^{2+}、Fe^{3+}、SO_4^{2-}、CO_3^{2-} 等杂质。通常可以选用合适的试剂(如 Na_2CO_3、$BaCl_2$、HCl 等)使 Ca^{2+}、Mg^{2+}、Fe^{3+}、SO_4^{2-} 等生成不溶性的化合物与粗盐中的不溶性杂质一起除去。首先在粗盐饱和溶液中加入 $BaCl_2$ 溶液以除去 SO_4^{2-}

$$Ba^{2+} + SO_4^{2-} =\!=\!= BaSO_4 \downarrow$$

再在溶液中加入饱和 Na_2CO_3 溶液,除去 Ca^{2+}、Mg^{2+}、Fe^{3+} 和过量的 Ba^{2+}

$$Ca^{2+} + CO_3^{2-} =\!=\!= CaCO_3 \downarrow$$
$$2Mg^{2+} + 2CO_3^{2-} + H_2O =\!=\!= [Mg(OH)]_2CO_3 + CO_2 \uparrow$$
$$2Fe^{3+} + 2CO_3^{2-} + 3H_2O =\!=\!= 2Fe(OH)_3 \downarrow + 3CO_2 \uparrow$$
$$Ba^{2+} + CO_3^{2-} =\!=\!= BaCO_3$$

过量 Na_2CO_3 用 HCl 中和后除去,然后,蒸发浓缩,结晶析出,由于 KCl 的溶解度比 $NaCl$ 大,所以将留在残液中。

3.15.3　仪器和试剂

0.1 g 分度值的电子天平(公用)、铁三脚 1 个、石棉网 1 块、酒精灯 1 个、200 mL 烧杯 2 只、布氏漏斗及吸滤瓶(公用)、真空泵、玻棒 1 根、50 mL 量筒 1 个、10 mL 量筒 1 个。

$HCl(6 \ mol \cdot L^{-1})$、$H_2SO_4(3 \ mol \cdot L^{-1})$、粗食盐固体、$BaCl_2(1 \ mol \cdot L^{-1})$、饱和 Na_2CO_3 溶液、pH 试纸、乙醇。

3.15.4　实验内容与步骤

(1) 在电子天平上称取 20.0 g 粗食盐于 200 mL 烧杯中,加入 80 mL 纯水,加热搅拌使粗盐溶解。

(2) 加入 $1 \ mol \cdot L^{-1} BaCl_2$ 6 mL,即有 $BaSO_4$ 产生,继续加热 2 min,使沉淀颗粒长大以易于沉降。把烧杯从石棉网上取下,待溶液澄清后,再加入 1 滴 $BaCl_2$,若仍有沉淀产生,表明 SO_4^{2-} 尚未除尽,需要继续滴加 $BaCl_2$ 溶液,直到 SO_4^{2-} 沉淀完全为止。趁热减压过滤,弃去沉淀。

(3) 将所得滤液转移至 200 mL 烧杯中,并加热至近沸,边搅拌,边滴加饱和 Na_2CO_3 溶液,直到不生成沉淀为止,再多加 0.5 mL Na_2CO_3 饱和溶液,静置。取清液少量,并滴加几滴 $3 \ mol \cdot L^{-1} H_2SO_4$ 溶液,观察是否有白色沉淀产生,若没有沉淀产生,则表示 Ba^{2+} 已除尽,否则应在滤液中继续滴加 Na_2CO_3 饱和溶液直到 Ba^{2+} 除尽为止,趁热减压过滤,弃去沉淀。

(4) 将滤转移至 200 mL 烧杯中,并滴加 $6 \ mol \cdot L^{-1} HCl$ 溶液,加热搅拌,中和至溶液呈微酸性(用 pH 试纸检验)。

(5) 把溶液蒸发浓缩到原体积的 1/3,冷却结晶,减压过滤,然后用少量蒸馏水洗涤晶体、抽干。用滤纸吸干其表面水分,称量并计算产率。

3.15.5　预习后的思考要点

(1) 用计算说明加盐酸除去剩余的 CO_3^{2-},溶液的 pH 应控制在何值?

(2) 提纯时,能否通过一次过滤除去硫酸钡、碳酸盐沉淀?

(3) 每次抽滤时用的吸滤瓶是否应保持干净和尽量除去水分? 为什么?

3.16　硫酸亚铁的制备

3.16.1　实验目的

(1) 了解利用废硫酸和铁屑制备硫酸亚铁的方法。

(2) 进一步练习普通化学实验的一些基本操作。

3.16.2　实验原理

实验室制备的硫酸亚铁通常是一种浅绿色的结晶化合物,俗称绿矾($FeSO_4 \cdot 7H_2O$),可用铁和硫酸的置换反应来制备。反应如下

$$Fe + H_2SO_4(稀) =\!=\!= FeSO_4 + H_2 \uparrow$$

反应完成后,经过滤、浓缩、冷却、结晶、干燥,便可制得绿矾晶体。

3.16.3　仪器和试剂

0.1 g 分度值的电子天平(公用)、100 mL 烧杯 2 只、250 mL 烧杯 1 只、10 mL 和 50 mL 量筒各 1 个、酒精灯 1 个、石棉网 1 块、三脚架 1 个、漏斗和漏斗架 1 套、表面皿 1 个、玻棒 1 根。

H_2SO_4(18 mol · L^{-1})、Na_2CO_3(饱和溶液)、铁屑、滤纸、吸水纸。

3.16.4　实验内容与步骤

1. 铁屑的净化(除去油污)

在电子天平上称取铁屑 6.0 g 放入 100 mL 洗净的烧杯中,然后加入饱和 Na_2CO_3 溶液和水各 8 mL,将烧杯放在石棉网上加热 10 min,然后用倾泻法除去碱溶液,再用水把铁屑洗净(如铁屑无油污,不必进行这一步)。

2. $FeSO_4$ 的制备

在盛有铁屑的烧杯中,加入纯水 20 mL。在不断搅拌下,慢慢加入浓 H_2SO_4 5 mL (如果是利用废硫酸时,加入废硫酸的量应根据废硫酸浓度而确定),在烧杯上盖一表面皿,用小火加热,使铁屑与硫酸反应至基本上不再有气泡冒出为止(溶液显绿色),停止加热,趁热过滤,滤液承受在预先准备好的接收装置中(在 250 mL 烧杯中装入约 1/3

的冷水,将 100 mL 烧杯放在冷水中),让滤液冷却,析出晶体。用倾泻法除去母液,把晶体放在滤纸上吸干。

观察产品晶体的颜色,称其质量,计算产率。

3.16.5　预习后的思考要点

(1) 硫酸的用量如何确定? 是否为理论值? 为什么?

(2) 产品的产率该如何计算? 影响产率的主要因素有哪些?

(3) 在 $FeSO_4$ 的制备过程中,所得溶液为什么要趁热过滤?

3.17　氧化还原与原电池

3.17.1　实验目的

(1) 了解中间价态物质的氧化还原性。

(2) 掌握介质对氧化还原反应的影响。

(3) 学习测定原电池电动势的方法。

3.17.2　实验原理

元素的原子或离子在反应前后氧化数发生变化的一类反应称为氧化还原反应。氧化数升高的物质称为还原剂,氧化数降低的物质称为氧化剂。氧化剂氧化能力的大小、还原剂还原能力的大小可由它们的氧化态-还原态所组成的电对的电极电势的相对高低来衡量。一个电对的电极电势的数值越大,其氧化态的氧化能力越强、还原态的还原能力越弱,反之亦然。而电对的电极电势受其氧化态和还原态物质的浓度、溶液的温度以及介质酸度等因素的影响。

1. 中间价态化合物的氧化还原性

这类物质一般既可作氧化剂,又可作还原剂,如 H_2O_2 常用作氧化剂而被还原为 H_2O(或 OH^-)。

$$H_2O_2 + 2H^+ + 2e^- \rightleftharpoons 2H_2O \qquad \varphi^\ominus = 1.776 \text{ V}$$

但遇到强氧化剂,如高锰酸钾(酸性介质中)时,H_2O_2 又作为还原剂被氧化而放出氧气。

$$O_2 + 2H^+ + 2e^- \rightleftharpoons H_2O_2 \qquad \varphi^\ominus = 0.682 \text{ V}$$

2. 介质对氧化还原反应的影响

介质的酸碱性对含氧酸盐的氧化性影响很大,并且不同的介质常生成不同的还原产物,如在酸性介质中 $KMnO_4$ 被还原为 Mn^{2+}(无色或浅红色)。

$$MnO_4^- + 8H^+ + 5e^- \rightleftharpoons Mn^{2+} + 4H_2O \qquad \varphi^\ominus = 1.49 \text{ V}$$

在中性、弱碱性的介质中 $KMnO_4$ 被还原为 MnO_2（褐色或暗黄沉淀）。

$$MnO_4^- + 3H_2O + 3e^- \rightleftharpoons MnO_2 + 4OH^- \qquad\qquad \varphi^{\ominus} = 0.588 \text{ V}$$

在强碱性介质中 $KMnO_4$ 被还原为 MnO_4^{2-}（绿色）。

$$MnO_4^- + e^- \rightleftharpoons MnO_4^{2-} \qquad\qquad \varphi^{\ominus} = 0.564 \text{ V}$$

由此可见，高锰酸钾在不同的介质中还原产物有所不同，并且其氧化性随介质酸度减弱而降低。

3. 原电池

原电池是利用氧化还原反应产生电流的装置。通常情况下，活泼的金属为负极，不活泼的金属为正极。放电时，负极发生氧化反应不断给出电子，通过导线流入正极，正极获得电子发生还原反应。

3.17.3　仪器和试剂

50 mL 烧杯 2 只、250 mL 烧杯 1 只、配套试管与试管架 1 套、试管夹 1 个、玻棒 1 根、洗瓶 1 个、电位差计或酸度计（包括铜电极和锌电极各 1 个、2 人 1 套）、KCl 盐桥、酒精灯 1 个、火柴（公用）。

$H_2SO_4(0.1 \text{ mol} \cdot L^{-1})$、$H_2O_2(3\%)$、$NaOH(6 \text{ mol} \cdot L^{-1})$、$Na_2SO_3(0.05 \text{ mol} \cdot L^{-1})$、$Na_2S(0.1 \text{ mol} \cdot L^{-1})$、$KMnO_4(0.01 \text{ mol} \cdot L^{-1})$、$Pb(NO_3)_2(0.1 \text{ mol} \cdot L^{-1})$、$CuSO_4(0.1000 \text{ mol} \cdot L^{-1})$、$ZnSO_4(0.1000 \text{ mol} \cdot L^{-1})$、灯用乙醇。

3.17.4　实验内容与步骤

1. 中间价态化合物（H_2O_2）的氧化还原性

1）H_2O_2 的氧化性

向试管中加入 2 滴 0.1 mol · L^{-1} $Pb(NO_3)_2$ 和 2 滴 0.1 mol · L^{-1} Na_2S，观察现象。再加入数滴 3% H_2O_2 溶液，摇荡试管，微微加热，观察有何变化。

2）H_2O_2 的还原性

向试管中加入 1 mL 0.01 mol · L^{-1} $KMnO_4$ 溶液及 5 滴 3 mol · L^{-1} H_2SO_4 使之酸化，然后滴加 3% H_2O_2 溶液，观察实验现象。

2. 介质对 $KMnO_4$ 与 Na_2SO_3 反应的影响

向 3 支试管中各加入 1 mL 0.01 mol · L^{-1} $KMnO_4$ 溶液，然后向第 1 支试管中加入 10 滴 3 mol · L^{-1} H_2SO_4 使之酸化；第 2 支试管中加入 10 滴纯水 H_2O；第 3 支试管中加入 10 滴 6 mol · L^{-1} $NaOH$ 使之碱化。然后各滴入 0.05 mol · L^{-1} Na_2SO_3 溶液数滴，观察实验现象并记录。

介质对氧化还原反应的影响

介质	强酸性	中性	强碱性
现象			

3. Cu-Zn 原电池电动势的测定

(1)取 1 个干净的 50 mL 烧杯,用 $CuSO_4$ 溶液润洗 2~3 次,再加入约 30 mL 同一浓度 $CuSO_4$ 溶液。另取 1 个干净的 50 mL 烧杯,用 $ZnSO_4$ 溶液润洗 2~3 次,再加入约 30 mL 同一浓度 $ZnSO_4$ 溶液,用 KCl 盐桥将 2 个烧杯连接起来。

(2)将铜电极插入 $CuSO_4$ 溶液,锌电极插入 $ZnSO_4$ 溶液用电位差计(使用方法见 6.6 节)在毫伏挡测定原电池的电动势。测定时应使 $CuSO_4$ 和 $ZnSO_4$ 两溶液的温度相同,以 2~3 min 的时间间隔连续测定 3 次,记录数据。

电动势的测定

测定次数	1	2	3	平均值
测定值 ε/mV				

根据表中数据计算 Cu-Zn 原电池的电动势,并与理论值对照,计算相对误差,说明产生误差的主要原因。

3.17.5 预习后的思考要点

(1) H_2O_2 呈现氧化性和还原性的产物各是什么?

(2) $KMnO_4$ 与 Na_2SO_3 反应的氧化性在何种介质中最强?原因是什么?

(3) 盛装 $CuSO_4$ 与 $ZnSO_4$ 溶液的烧杯是否需用待装的溶液事先润洗?为什么?

3.18 金属镁相对原子质量测定

3.18.1 实验目的

(1) 了解道尔顿分压定律在实验科学中的应用。

(2) 了解气压计的结构并掌握使用方法。

(3) 学习测量气体体积的基本操作。

(4) 掌握用置换法测定金属镁的相对原子质量。

3.18.2 实验原理

金属镁与稀硫酸作用可以进行下列置换反应:

$$Mg(s) + H_2SO_4(稀) \Longrightarrow MgSO_4 + H_2(g)\uparrow$$

由反应可知,镁的物质的量 n_{Mg} 与生成的氢气的物质的量 n_{H_2} 之比等于 1。设实验所用镁条的质量为 W_{Mg},镁的摩尔质量为 M_{Mg},则

$$\frac{W_{Mg}}{M_{Mg}} : n_{H_2} = 1$$

或
$$M_{Mg} = \frac{W_{Mg}}{n_{H_2}} \tag{3-18-1}$$

本实验用排水集气法获得 n_{H_2}。根据理想气体状态方程,则

$$n_{H_2} = \frac{p_{H_2} V_{H_2}}{RT} \tag{3-18-2}$$

式中,R 为摩尔气体常量($8.314\ kPa \cdot L \cdot mol^{-1} \cdot K^{-1}$);$T$ 为实验温度(K);V_{H_2} 为实验温度下反应产生的氢气体积(L),可从量气管上读取(注意单位换算);p_{H_2} 为氢气的分压(kPa)。

量气管中的气体实际上是由氢气和饱和水蒸气(设其分压为 p_{H_2O})组成的混合气体,混合气体的总压为 p,并视为理想气体,则根据道尔顿分压定律有

$$p_{H_2} = p - p_{H_2O} \tag{3-18-3}$$

式中,p_{H_2O} 可根据实验温度从附录 7 中查得;p 即为实验时的当地的大气压,可从气压表上读取(见 6.8 节气压表)。将式(3-18-3)代入式(3-18-2),则

$$n_{H_2} = \frac{(p - p_{H_2O}) V_{H_2}}{RT} \tag{3-18-4}$$

将式(3-18-4)代入式(3-18-1),经整理有

$$M_{Mg} = \frac{W_{Mg} \cdot RT}{(p - p_{H_2O}) \cdot V_{H_2}} \tag{3-18-5}$$

因镁的相对原子质量在数值上等于镁的摩尔质量,因此由式(3-18-5)求得的 M_{Mg} 值即为镁的相对原子质量之值。查出理论值,可求得测定的相对误差。

3.18.3　仪器和试剂

0.1 mg 分度值的分析天平(公用)、量气装置 1 套、试管(反应管)1 支、双向橡皮塞弯管 1 支、10 mL 量筒 1 个、100 mL 烧杯 1 只、玻棒 1 根、温度计(公用)、气压表(公用)。

H_2SO_4($1\ mol \cdot L^{-1}$)、镁条。

3.18.4　实验内容与步骤

(1) 在分析天平上准确称取质量为 0.0250~0.0350 g 的镁条 3 份备用。若镁条表面被氧化了,应用细砂纸将其表面打磨干净后再称量。

(2) 按图 3-18-1 装置好仪器,取下试管,从漏斗处注入自来水至量气管刻度为 0~5,上下移动漏斗并用手轻轻挤压橡皮管赶尽附着在胶管和量气管内壁的气泡,将试管和量气管塞子塞紧。

(3) 检查装置是否漏气。将漏斗向上或向下移动一段距离,并固定在一定位置上,如果量气管中的液面只在开始时稍有下降(上升),以后(约 2 min)维持恒定,便说明装

置不漏气。如果液面继续下降(或上升)则
说明装置漏气,这时应检查漏气的原因,直
至不漏气方可开始实验。

(4) 镁与稀硫酸作用前的准备。取下
试管,注入 3 mL H_2SO_4(注意:切勿使酸沾
在试管上半部的内壁上),将镁条用水湿润
贴放在试管上部(切勿使镁条触及酸液),固
定试管、塞紧橡皮塞,再次检查装置是否漏
气,若不漏气则使漏斗和量气管的液面保持
同一水平,记下量气管中液面的位置。

(5) 氢气的发生、收集和体积的量度。
轻轻地摇动试管,使镁条落入 H_2SO_4 中,镁
条和 H_2SO_4 反应放出氢气,这时反应产生的

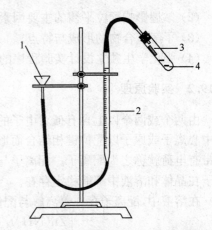

图 3-18-1 测定镁相对原子质量装置图
1. 长颈漏斗;2. 量气管;3. 镁条;4. H_2SO_4 溶液

H_2 进入量气管中,将管中水压入漏斗,为使量气管内气压不至于过大而造成漏气,管内的
水面与漏斗内水面应保持在同一水平。待镁条反应完后,试管冷至室温,再使漏斗与量气
管水面相平,记下量气管中水面的位置,1~2 min 后,再次记录水面位置,如两次读数相
等,表示管内温度与室温一致。用另外的镁条重复实验。并记录实验相关的数据。

实验数据记录

测量次数	1	2	3
镁条质量 W_{Mg}/g			
反应前量气管液面读数 V_1/mL			
反应后量气管液面读数 V_2/mL			
氢气的体积 V_{H_2}/mL			
大气压 p/kPa			
$t℃$时饱和水蒸气压 p_{H_2O}/kPa			

(6) 根据实验数据,利用公式(3-18-5)计算镁的相对原子质量,并与理论值比较,计
算相对误差。

3.18.5 预习后的思考要点

(1) 读取氢气体积时,为何要使量气管和漏斗的液面保持同一水平?

(2) 测量时漏斗中的水流出对实验有没有影响?

(3) 影响实验测定误差的主要因素有哪些?

3.19 配合物及配位平衡

3.19.1 实验目的

(1) 了解配离子与简单离子的区别。

（2）掌握影响配位平衡的主要因素。

（3）了解螯合物的形成与特点。

（4）强化学生独立设计实验程序的能力。

3.19.2　实验原理

由两个或两个以上含有孤对电子的分子或阴离子（统称配位体）与具有空电子轨道的中心离子或原子以配位键相结合而形成的复杂化学结构称为配位单元，若该配位单元带有电荷就称之为配离子。配离子与形成它们的中心离子在性质上是不相同的。配离子在晶体和溶液中都能稳定存在。

在溶液中，配离子存在着离解与配位平衡。例如

$$[Zn(NH_3)_4]^{2+} \rightleftharpoons Zn^{2+} + 4NH_3$$

根据化学平衡原理，配离子的稳定常数为

$$\frac{c\{[Zn(NH_3)_4]^{2+}\}/c^{\ominus}}{[c(Zn^{2+})/c^{\ominus}] \cdot [c(NH_3)/c^{\ominus}]^4} = K_f^{\ominus}$$

不稳定常数为

$$\frac{[c(Zn^{2+})/c^{\ominus}] \cdot [c(NH_3)/c^{\ominus}]^4}{c\{[Zn(NH_3)_4]^{2+}\}/c^{\ominus}} = K_d^{\ominus}$$

可见，$K_f^{\ominus}$ 与 $K_d^{\ominus}$ 互成倒数关系，由此说明，配离子离解的不稳定常数越大，稳定常数就越小，配离子的稳定程度越差。

配离子的电离平衡也是化学平衡的一种，因而也要受外界因素，如温度、酸碱度、氧化剂及还原剂、沉淀剂等的影响。

当一个中心离子与配位体所形成的配离子具有环状结构时，则该配离子称为螯合配离子，它与带相反电荷的离子组成的化合物称为螯合物。螯合物大多数具有特征颜色，稳定性很好，但在水中的溶解度较小。

3.19.3　仪器和试剂

配套试管与试管架 1 套、50 mL 烧杯 1 只、250 mL 烧杯 1 只、洗瓶 1 个、酒精灯 1 个、试管夹 1 个。

H_2SO_4（1 mol·L^{-1}）、NaOH（6 mol·L^{-1}）、NH_3·H_2O（2 mol·L^{-1}）、NaF（饱和）、NaCl（0.1 mol·L^{-1}）、Na_2S（0.1 mol·L^{-1}）、KI（0.1 mol·L^{-1}）、$K_3[Fe(CN)_6]$（0.1 mol·L^{-1}）、NH_4SCN（0.05 mol·L^{-1}）、$NH_4Fe(SO_4)_2$（0.1 mol·L^{-1}）、$(NH_4)_2C_2O_4$（饱和）、$AgNO_3$（0.1 mol·L^{-1}）、$CuSO_4$（0.1 mol·L^{-1}）、$HgCl_2$（0.1 mol·L^{-1}）、H_2O_2（3%）、乙二胺（0.1 mol·L^{-1}）、EDTA（0.1 mol·L^{-1}）、Zn（粉末）、pH 广泛试纸、灯用乙醇、火柴（公用）。

3.19.4　实验内容与步骤

1. 配离子与简单离子的区别

在 3 支试管中分别加入 5 滴 0.1 mol·L^{-1} $FeCl_3$、0.1 mol·L^{-1} $NH_4Fe(SO_4)$ 和

0.1 mol·L^{-1} $K_3[Fe(CN)_6]$ 溶液，再分别加入 2 滴 0.05 mol·L^{-1} 的 NH_4SCN 溶液，观察并比较溶液颜色变化并解释原因。

2. 配位平衡的移动

1）配合剂浓度改变

在 50 mL 烧杯中加入 10 mL 纯水，再加入 0.1 mol·L^{-1} $FeCl_3$ 和 0.05 mol·L^{-1} NH_4SCN 溶液各 1 滴，搅拌均匀后等量分装于 2 支试管中，向其中 1 支试管中再加入 1 滴 0.05 mol·L^{-1} 的 NH_4SCN 溶液，观察颜色的变化，解释原因。

2）溶液的 pH 改变对配位平衡的影响

在 10 滴 0.1 mol·L^{-1} $CuSO_4$ 溶液中滴加 2 mol·L^{-1} $NH_3·H_2O$ 至溶液刚呈现深蓝色为止。将所得 $[Cu(NH_3)_4]^{2+}$ 溶液等分于 2 支试管中，在 1 支试管中滴加 1 mol·L^{-1} H_2SO_4 至溶液呈酸性，可用 pH 广泛试纸检查，观察溶液颜色的变化。在另 1 支试管中，逐滴滴加 6 mol·L^{-1} NaOH 溶液，观察并记录实验现象，解释观察到的现象。

3）配体取代对配位平衡的影响

取 5 滴 0.1 mol·L^{-1} $FeCl_3$ 溶液于试管中，加入 1 滴 0.05 mol·L^{-1} NH_4SCN 溶液，观察溶液颜色变化，然后慢慢滴加饱和 NaF 溶液，观察溶液颜色是否褪去。最后向溶液中滴加饱和 $(NH_4)_2C_2O_4$ 溶液，观察并记录实验现象，解释原因（冬天可适当加热）。

4）加入沉淀剂对配位平衡的影响

本实验为学生自行设计程序的项目，提示如下。

（1）利用 $AgNO_3$（0.1 mol·L^{-1}）、$NH_3·H_2O$（2 mol·L^{-1}）、NaCl（0.1 mol·L^{-1}）设计实验步骤，说明沉淀剂对配位平衡的影响。

（2）利用 $CuSO_4$（0.1 mol·L^{-1}）、$NH_3·H_2O$（2 mol·L^{-1}）、Na_2S（0.1 mol·L^{-1}）设计实验步骤，说明沉淀剂对配位平衡的影响。

5）加入氧化剂或还原剂对配位平衡的影响

A. 加入氧化剂

在 2 滴 0.1 mol·L^{-1} $HgCl_2$ 溶液中，逐滴加入 0.1 mol·L^{-1} KI 溶液至生成的橙红色沉淀刚好溶解为止，然后加 1~2 滴 1 mol·L^{-1} H_2SO_4 溶液使之酸化，再滴加 3% H_2O_2 数滴，观察溶液颜色变化，试解释之（$HgCl_2$ 有毒，使用时须注意安全，废液倒入指定处）。

B. 加入还原剂

在 2 滴 0.1 mol·L^{-1} $CuSO_4$ 溶液中，加入数滴 2 mol·L^{-1} $NH_3·H_2O$ 溶液，摇匀后再加少许锌粉，观察溶液颜色变化，是否有红色沉淀物质生成。

3. 螯合物的生成

取 5 滴 0.1 mol·L^{-1} $CuSO_4$ 溶液于试管中，慢慢滴加 0.1 mol·L^{-1} 乙二胺至溶液出现蓝紫色为止，再慢慢滴加 0.1 mol·L^{-1} EDTA 至溶液变为亮蓝色，解释观察到的实验现象。

3.19.5　预习后的思考要点

（1）本实验涉及的平衡是否都是竞争平衡,有哪几种类型?
（2）拟定自行设计实验步骤并交给指导老师。

3.20　配合物配位数和稳定常数的测定

3.20.1　实验目的

（1）熟悉配合物的配位数和稳定常数的测定方法。
（2）强化学生利用作图法处理数据的能力。

3.20.2　实验原理

本实验以测定 $[Ag(NH_3)_2]^+$ 的配位数和稳定常数为例。在 KBr 和 NH_3 的水溶液中,逐滴加入 $AgNO_3$ 溶液至刚开始析出浅黄色 AgBr 沉淀为止。此时该体系处于配位沉淀竞争平衡状态,反应为

$$AgBr(s) + nNH_3 \rightleftharpoons [Ag(NH_3)_n]^+ + Br^-$$

竞争平衡常数为

$$K_j^\ominus = \frac{(c_{[Ag(NH_3)_n]^+}/c^\ominus) \cdot (c_{Br^-}/c^\ominus)}{(c_{NH_3}/c^\ominus)^n} = K_f^\ominus \cdot K_{sp}^\ominus \tag{3-20-1}$$

式中,$K_f^\ominus$ 为配离子的稳定常数;$K_{sp}^\ominus$ 为 AgBr 的溶度积常数。该式还可以表示为

$$c_{[Ag(NH_3)_n]^+} \cdot c_{Br^-} = K_j^\ominus \cdot c_{NH_3}^n$$

对上式两边取对数,得直线方程,即

$$\lg(c_{[Ag(NH_3)_n]^+} \cdot c_{Br^-}) = n\lg c_{NH_3} + \lg K_j^\ominus \tag{3-20-2}$$

以 $\lg(c_{[Ag(NH_3)_n]^+} \cdot c_{Br^-})$ 对 $n\lg c_{NH_3}$ 作图,得一条直线,其斜率 n 即为 $[Ag(NH_3)_n]^+$ 的配位数。由截距 $\lg K_j^\ominus$ 求得 $K_j^\ominus$ 后,根据 $K_{sp}^\ominus$ 的数值便可计算出 $[Ag(NH_3)_n]^+$ 的稳定常数 $K_f^\ominus$。

各物质的平衡浓度,可近似地以其在混合溶液中的初始浓度代替,计算方法如下。

设所取 $NH_3 \cdot H_2O$、KBr 溶液的体积分别为 $V_{NH_3 \cdot H_2O}$、V_{KBr},浓度分别为 $c_{NH_3 \cdot H_2O}^0$、c_{KBr}^0,滴入 $AgNO_3$ 溶液的体积为 V_{Ag^+},浓度为 $c_{Ag^+}^0$,混合溶液的总体积设为 V,则

$$V = V_{NH_3 \cdot H_2O} + V_{KBr} + V_{Ag^+}$$

所以

$$c_{NH_3 \cdot H_2O} = c_{NH_3 \cdot H_2O}^0 \times \frac{V_{NH_3 \cdot H_2O}}{V}$$

$$c_{KBr} = c_{KBr}^0 \cdot \frac{V_{KBr}}{V}$$

$$c_{[Ag(NH_3)_n]^+} = c_{Ag^+}^0 \cdot \frac{V_{Ag^+}}{V}$$

3.20.3　仪器和试剂

25 mL 移液管(公用)、50 mL 酸式和碱式滴定管各 1 支、250 mL 锥形瓶 1 只(烘干)、滴定台 1 个。

$NH_3 \cdot H_2O(2.00\ mol \cdot L^{-1})$、$KBr(0.0080\ mol \cdot L^{-1})$、$AgNO_3(0.010\ mol \cdot L^{-1})$。

3.20.4　实验内容与步骤

(1) 在酸式滴定管中装入 $0.010\ mol \cdot L^{-1}\ AgNO_3$ 溶液,碱式滴定管中装入 $2.00\ mol \cdot L^{-1}NH_3 \cdot H_2O$,调整并读取初读数。

(2) 用 25 mL 移液管移取 $0.0080\ mol \cdot L^{-1}$ 的 KBr 溶液于洗净烘干的 250 mL 锥形瓶中,再从碱式滴定管中加入 $12.00\ mL\ NH_3 \cdot H_2O$ 溶液并摇匀。

(3) 从酸式滴定管中逐滴加入 $0.010\ mol \cdot L^{-1}\ AgNO_3$ 溶液,不断振荡锥形瓶,至溶液刚开始出现不消失的沉淀(变浑浊)时为止,记录所用 $AgNO_3$ 溶液的体积。

(4) 继续在此锥形瓶中滴加 $NH_3 \cdot H_2O\ 3.00\ mL$ 使 2 次加入 $NH_3 \cdot H_2O$ 的体积累计为 15.00 mL,然后继续滴入 $AgNO_3$ 溶液至刚开始出现不消失的浑浊现象为止。记录 2 次累计用去 $AgNO_3$ 溶液的体积数。

(5) 再继续滴定 4 次,记录加入的 $NH_3 \cdot H_2O$ 体积累计数分别为 19.00 mL、24.00 mL、31.00 mL、45.00 mL,记录滴入 $AgNO_3$ 溶液的各次累计体积数。

(6) 计算各次滴定中的 c_{Br^-}、$c_{[Ag(NH_3)_n]^+}$、$c_{NH_3 \cdot H_2O}$、$\lg c_{NH_3 \cdot H_2O}$ 及 $\lg(c_{[Ag(NH_3)_n]^+} \cdot c_{Br^-})$,记录测定数据和计算结果。

数据记录与计算

滴定序号		1	2	3	4	5	6
V_{Br^-} /mL	累计数						
$V_{NH_3 \cdot H_2O}$/mL							
V_{Ag^+} /mL							
$V_{总}$/mL							
c_{Br^-} /(mol $\cdot$ L^{-1})							
$c_{[Ag(NH_3)_n]^+}$/(mol $\cdot$ L^{-1})							
$c_{NH_3 \cdot H_2O}$/(mol $\cdot$ L^{-1})							
$\lg(c_{[Ag(NH_3)_n]^+} \cdot c_{Br^-})$							
$\lg c_{NH_3 \cdot H_2O}$							

(7) 以 $\lg(c_{[Ag(NH_3)_n]^+} \cdot c_{Br^-})$ 为纵坐标,$\lg c_{NH_3 \cdot H_2O}$ 为横坐标作图。分别求出配位数 n,竞争平衡常数 $K_j^{\ominus}$ 和稳定常数 $K_f^{\ominus}$。

3.20.5　预习后的思考要点

(1) 实验中所用的锥形瓶为什么必须是干燥的?

(2) 几次滴定可否分别在几个锥形瓶中进行,为什么?

3.21　原电池与端电压的变化

3.21.1　实验目的

（1）了解原电池的构成和端电压的测量办法。

（2）加深对物质浓度和介质酸（碱）度变化对原电池端电压影响的认识。

（3）熟悉井穴板的操作技术。

3.21.2　实验原理

原电池是化学能转化为电能的装置。理论上说，任何一个氧化还原反应都能够组成一个原电池。在原电池的负极上发生氧化反应，不断给出电子，通过外电路流入正极，在正极上发生还原反应。在外电路中接上伏特计，可测量出原电池两极的端电压。电池端电压数值与电池的电动势 ε 相近，$\varepsilon = \varphi_正 - \varphi_负$。$\varepsilon$ 要用补偿法来测定（测定过程中线路基本无电流通过）。

在 $T = 298.15\ K$ 时，Cu^{2+}-Cu 和 Zn^{2+}-Zn 半电池组成的原电池的电动势可用能斯特方程表示为

$$\varepsilon = \varepsilon^{\ominus} - \frac{0.0592}{2} \cdot \lg \frac{c_{Zn^{2+}}}{c_{Cu^{2+}}} \tag{3-21-1}$$

向 Cu^{2+}-Cu 半电池溶液中加入配位剂（如氨）或沉淀剂（如 S^{2-}），会使 Cu^{2+} 浓度显著减小，从而导致 $\varphi_{Cu^{2+}/Cu}$（此时为正极）值减小，则此原电池电动势也将减小，若使 Zn^{2+} 浓度减小，$\varphi_{Zn^{2+}/Zn}$（此时为负极）值减小，则此原电池电动势将增大。

对于有 H^+ 和 OH^- 参加的氧化或还原半反应，介质的酸（碱）度对电极电势的影响也较大。例如，对于半电池反应

$$Cr_2O_7^{2-} + 14H^+ + 6e^- =\!=\!= 2Cr^{3+} + 7H_2O$$

$$\varphi = \varphi^{\ominus} + \frac{0.0592}{6} \lg \frac{(c_{Cr_2O_7^{2-}}/c^{\ominus}) \cdot (c_{H^+}/c^{\ominus})^{14}}{(c_{Cr^{3+}}/c^{\ominus})^2} \tag{3-21-2}$$

3.21.3　仪器和试剂

六孔井穴板 1 块、多用滴管 4 支、10 mL 量筒 1 个、50 mL 烧杯 2 只、伏特计（0～2 V，公用）、滤纸片（30×3 mm）[①]、导线（端头接鳄鱼夹）、砂纸、电极、石墨棒（粗、细）[②]、金属片（铜片、铁片、锌片、铅片[③]）各 1 块（20 mm×4 mm）。

$0.1\ mol \cdot L^{-1}$ 和 $2\ mol \cdot L^{-1}\ H_2SO_4$、$6\ mol \cdot L^{-1}\ NaOH$、$0.5\ mol \cdot L^{-1}\ CuSO_4$、

---

① 用饱和 KCl 溶液湿润过的双层滤纸片作为简易盐桥；也可用海绵切割成 Π 形薄片，浸透 KCl 饱和溶液作为盐桥。

② 细石墨棒可用铅笔芯代替。

③ 铅片可用保险丝代替。

0.5 mol · L^{-1} ZnSO$_4$、0.5 mol · L^{-1} FeSO$_4$、0.5 mol · L^{-1} Pb(NO$_3$)$_2$、0.5 mol · L^{-1} K$_2$Cr$_2$O$_7$、浓氨水。

3.21.4 实验内容与步骤

1. 原电池的构成与端电压的测量

(1)原电池。六孔井穴板相邻两穴各加入 3 mL 0.5 mol · L^{-1} CuSO$_4$ 和 0.5 mol · L^{-1} ZnSO$_4$ 溶液,每个溶液分别插入 20 mm×4 mm 的光亮铜片和锌片构成两个原电池,用导线把一个电池的铜极与另一个电池的锌极相连使两个原电池串联起来,此时把剩下的铜电极与锌电极分别与发光二极管的正、负极(不要接错!)相连,即可点亮二极管。这是原电池中氧化还原反应的化学能转化为电能的实验,因发光二极管至少要有 2 V 的电压才能点亮,所以要串联两个铜锌原电池。写出原电池符号。

(2)在六孔井穴板 1$^\#$、2$^\#$、4$^\#$、5$^\#$ 4 个相邻的井穴中依次分别加入 3 mL 浓度均为 0.5 mol · L^{-1} 的 CuSO$_4$、FeSO$_4$、ZnSO$_4$ 和 Pb(NO$_3$)$_2$ 4 种溶液,并插入对应的金属片构成 4 个半电池。用简易盐桥连接 1$^\#$ 和 2$^\#$ 井穴的 2 种溶液,形成原电池。将对应电极接上伏特计(注意正、负极),观察伏特计指针的偏转,记录读数。

重复上述实验,但每次改变原电池中的一个电极组成新的原电池(注意每次都要更换盐桥),记录每次测量的端电压(思考共可测几次),记录测定值。

端电压的测定

组成原电池的井穴						
端电压/V						

根据上述实验写出端电压最大和最小的两个原电池的符号、电极反应式及原电池反应式,并比较各电极的电极电势的相对大小。

2. 浓度和介质的酸(碱)度对原电池端电压的影响

1)反应物浓度对原电池端电压的影响

上述实验中的铜锌原电池的两极分别与伏特计正、负极相接,测量两极之间的电压。然后向 CuSO$_4$ 溶液中滴入浓氨水并搅拌,直至生成的沉淀完全溶解,形成深蓝色的溶液为止。观察伏特计指针的偏转和原电池的端电压有何变化。

再向 ZnSO$_4$ 溶液中滴加浓氨水并搅拌之,直至生成的沉淀溶解为止。观察端电压有何变化。解释上述实验现象。

2)介质酸(碱)度对原电池端电压的影响

在与 Fe-FeSO$_4$ 半电池相邻的井穴中加入 3 mL 0.5 mol · L^{-1} 的 K$_2$Cr$_2$O$_7$ 并插入石墨电极,将 K$_2$Cr$_2$O$_7$ 溶液与 FeSO$_4$ 溶液用盐桥相连,石墨棒和铁片分别与伏特计正、负极相接,测量两极之间的电压。

向 K$_2$Cr$_2$O$_7$ 溶液中,慢慢滴加 2 mol · L^{-1} H$_2$SO$_4$,观察伏特计指针偏转的情况。

再向 $K_2Cr_2O_7$ 溶液中滴加 6 mol·L^{-1}NaOH,观察伏特计读数又有何变化。解释实验现象。

3.21.5　预习后的思考要点

(1) 用作电极的金属片为什么应是光亮的?

(2) 原电池的盐桥起什么作用? 为什么每改变原电池中的一个电极时都要更换盐桥?

(3) 原电池端电压的变化与其电极电势的变化存在着什么样的关系?

(4) 本实验中所测各原电池的端电压是各原电池的电动势吗? 为什么?

3.22　三草酸根合铁(Ⅲ)酸钾的制备及组成测定

3.22.1　实验目的

(1) 掌握三草酸根合铁(Ⅲ)酸钾的制备条件。

(2) 了解酸度、浓度等对配位平衡的影响,比较配离子的相对稳定性。

3.22.2　实验原理

1. 配位化合物的合成

用铁(Ⅱ)盐与草酸反应制备难溶的 $FeC_2O_4·2H_2O$,然后在 $K_2C_2O_4$ 存在下,用 H_2O_2 将 FeC_2O_4 氧化成 $K_3[Fe(C_2O_4)_3]$,同时有 $Fe(OH)_3$ 生成。加适量的 $H_2C_2O_4$ 溶液,可使 $Fe(OH)_3$ 转化成配合物。

$6FeC_2O_4·2H_2O+3H_2O_2+6K_2C_2O_4 \Longrightarrow 4K_3[Fe(C_2O_4)_3]+2Fe(OH)_3\downarrow+12H_2O$

$2Fe(OH)_3+3H_2C_2O_4+3K_2C_2O_4 \Longrightarrow 2K_3[Fe(C_2O_4)_3]+6H_2O$

总的反应是

$2FeC_2O_4·2H_2O+H_2O_2+3K_2C_2O_4+H_2C_2O_4 \Longrightarrow 2K_3[Fe(C_2O_4)_3]+6H_2O$

三草酸根合铁(Ⅲ)酸钾是翠绿色单斜晶体,易溶于热水,难溶于乙醇等有机溶剂,向该化合物的水溶液中加入乙醇后,可析出 $K_3[Fe(C_2O_4)_3]·3H_2O$ 结晶。它是光敏物质,见光易分解,变为黄色。

$$2K_3[Fe(C_2O_4)_3] \xrightarrow{\text{光}} 2FeC_2O_4+3K_2C_2O_4+2CO_2$$

Fe(Ⅱ)遇六氰合铁(Ⅲ)酸钾生成滕氏蓝 $KFe[Fe(CN)_6]$,可用于检验 Fe(Ⅱ)是否反应完全。

2. 配合物的性质

在 $K_3[Fe(C_2O_4)_3]$ 溶液中加入酸、碱、沉淀剂或比 $C_2O_4^{2-}$ 配位能力强的配位体,将会改变 $C_2O_4^{2-}$ 或 Fe^{3+} 浓度,使配位平衡移动,甚至平衡遭到破坏或转化成另一种配合物。

3.22.3　仪器和试剂

0.1 g 分度值的电子天平、烧杯、水浴、点滴板、布氏漏斗、吸滤瓶、表面皿。

$(NH_4)_2SO_4$、$FeSO_4 \cdot 6H_2O$、$H_2C_2O_4 \cdot 2H_2O$、$K_2C_2O_4 \cdot H_2O$、H_2SO_4(3 mol・L^{-1})、HCl(6 mol・L^{-1})、$BaCl_2$(0.25 mol・L^{-1})、H_2O_2(6%)、$H_2C_2O_4$(0.5 mol・L^{-1})、$K_2C_2O_4$(1 mol・L^{-1})、$K_3[Fe(CN)_6]$(0.5 mol・L^{-1})、乙醇(95%)、饱和酒石酸氢钠、$CaCl_2$(0.5 mol・L^{-1})、$FeCl_3$(0.2 mol・L^{-1})、KSCN(1 mol・L^{-1})、HAc(6 mol・L^{-1})、$NH_3 \cdot H_2O$(2 mol・L^{-1})、Na_2S(0.5 mol・L^{-1})、NH_4F(1 mol・L^{-1})、NaOH(2 mol・L^{-1})。

3.22.4　实验内容与步骤

1. 三草酸合铁(Ⅲ)酸钾的制备

(1) 制备 $FeC_2O_4 \cdot 2H_2O$。称取 $FeSO_4 \cdot 6H_2O$ 5.0 g,加数滴 3 mol・L^{-1} H_2SO_4(防止该固体溶于水时水解),另称 1.7 g $H_2C_2O_4 \cdot 2H_2O$,将它们分别用蒸馏水溶解(自己根据反应物与产物的溶解度确定水的用量)。如有不溶物,应过滤。将两溶液慢慢混合,加热至沸,同时不断搅拌以免暴沸,维持微沸约 4 min 后停止加热。取少量清液于试管中,煮沸,根据是否还有沉淀产生判断是否还要加热。证实反应基本完全后,将溶液静置,待 $FeC_2O_4 \cdot 2H_2O$ 充分沉降后,用倾泻法弃去上层清液,用热蒸馏水少量多次地将 $FeC_2O_4 \cdot 2H_2O$ 洗净,洗净的标志是洗涤液中检测不到 SO_4^{2-}(思考检验 SO_4^{2-} 时,如何消除 $C_2O_4^{2-}$ 的干扰)。

(2) 进行氧化与配位反应制备 $K_3[Fe(C_2O_4)_3]$。称取 3.5 g $K_2C_2O_4 \cdot H_2O$,加 10 mL 蒸馏水,微热使它溶解,将所得 $K_2C_2O_4$ 溶液加到已洗净的 $FeC_2O_4 \cdot 2H_2O$ 中,将盛混合物的容器置于 40 ℃ 左右的热水中,用滴管慢慢加入 8 mL 6% H_2O_2 溶液,边滴加边充分搅拌,在生成 $K_3[Fe(C_2O_4)_3]$ 的同时,有 $Fe(OH)_3$ 沉淀生成。加完 H_2O_2 后,取 1 滴所得悬浊液于点滴板凹穴中,加 1 滴 $K_3[Fe(CN)_6]$溶液,如果出现蓝色,说明还有 Fe(Ⅱ),需再加 H_2O_2,至检验不到 Fe(Ⅱ)为止。

证实 Fe(Ⅱ)已氧化完全后,将溶液加热至沸(加热过程要充分搅拌),先 1 次加入 6 mL $c(H_2C_2O_4)$ 为 0.5 mol・L^{-1} 草酸溶液,在保持微沸的情况下,继续滴加 $c(H_2C_2O_4)$ 为 0.5 mol・L^{-1}草酸溶液,至溶液完全变为透明的绿色。记录所用草酸溶液的用量。

注意,如果 $FeC_2O_4 \cdot 2H_2O$ 未氧化完全,尽管加非常多的草酸溶液也不能使溶液变为透明,此时应采取趁热过滤,或向沉淀再加 H_2O_2 等补救措施。

(3) 溶剂替换法析出结晶。向所得透明的绿色溶液中加入 10 mL 95%乙醇,将一小段棉线悬挂在溶液中,棉线可固定在一段比烧杯口径稍大的塑料条上。将烧杯盖好,在暗处放置数小时后,即有 $K_3[Fe(C_2O_4)_3] \cdot 3H_2O$ 晶体析出。减压过滤,往晶体上滴少量乙醇,继续抽干,称量,计算产率。

2. 产品的光敏试验

(1) 在表面皿或点滴板上放少许 $K_3[Fe(C_2O_4)_3] \cdot 3H_2O$ 产品,置于日光下一段时间,观察晶体颜色的变化,与放暗处的晶体比较。

(2) 取 0.5 mL 上述产品的饱和溶液与等体积的 0.5 mol · L^{-1} $K_3[Fe(CN)_6]$ 溶液混合均匀。用毛笔蘸此混合液在白纸上写字,字迹经强光照射后,由浅黄变蓝色,或用毛笔蘸此混合液均匀涂在纸上,放暗处晾干后,附上图案,在强光下照射,曝光部分变深蓝色,即得到蓝底白线的图案。

3. 配合物的性质

称取 1.0 g 产品溶于 20 mL 蒸馏水中,溶液供下面实验用。

1) 确定配合物的内外界

A. 检定 K^+

取少量 1 mol · L^{-1} 的草酸钾及产品溶液,分别与饱和酒石酸氢钠 $NaHC_4H_4O_6$ 溶液作用。充分摇匀,观察现象是否相同。如果现象不明显,可用玻棒摩擦试管内壁,稍放,再观察。

B. 检定 $C_2O_4^{2-}$

在少量 1 mol · L^{-1} 草酸钾及产品溶液中分别加入 2 滴 0.5 mol · L^{-1} 氯化钙溶液,观察现象有何不同。

C. 检定 Fe^{3+}

在少量 0.2 mol · L^{-1} 三氯化铁溶液及产品溶液中,分别加入 1 滴 1 mol · L^{-1} 硫氰酸钾溶液,观察现象有何不同。

综合以上实验现象,确定所制得的配合物哪种离子在内界,哪种离子在外界。

2) 酸度对配位平衡的影响

(1) 在 2 支盛有少量产品溶液的试管中,各加 1 滴 1 mol · L^{-1} KSCN 溶液,然后分别滴加 6 mol · L^{-1} HAc 和 3 mol · L^{-1} H_2SO_4 溶液,观察溶液颜色有何变化。

(2) 在少量产品溶液中滴加 2 mol · L^{-1} $NH_3 \cdot H_2O$,观察溶液有何变化。

试用影响配位平衡的酸效应及水解效应解释观察到的现象。

3) 沉淀反应对配位平衡的影响

在少量产品溶液中加 1 滴 0.5 mol · L^{-1} Na_2S 溶液,观察现象,写出反应式,并加以解释。

4) 配合物相互转化及稳定性比较

(1) 向少量 0.2 mol · L^{-1} $FeCl_3$ 溶液中加 1 滴 1 mol · L^{-1} KSCN 溶液,溶液立即变为血红色,再向溶液中滴入 1 mol · L^{-1} NH_4F 溶液,至血红色刚好褪去。将所得 FeF^{2+} 溶液分为 2 份,向 1 份加入 1 mol · L^{-1} KSCN 溶液,观察血红色是否重现。从实验现象比较 $[FeSCN]^{2+}$ 和 $[FeF]^{2+}$ 的稳定性大小。

向另 1 份溶液中滴入 1 mol · L^{-1} $K_2C_2O_4$,至溶液刚好转为黄绿色,记下 $K_2C_2O_4$

用量,再往此溶液中滴入 1 mol·L^{-1} NH_4F 溶液,至黄绿色刚好退去,比较 $K_2C_2O_4$ 和 NH_4F 的用量,判断$[FeF]^{2+}$和$[Fe(C_2O_4)_3]^{3-}$的稳定性大小。

（2）在 0.5 mol·L^{-1} $K_3[Fe(CN)_6]$和产品溶液中分别滴入 2 mol·L^{-1} NaOH 溶液,对比现象有何不同。$[Fe(CN)_6]^{3-}$与$[Fe(C_2O_4)_3]^{3-}$比较何者较稳定。

综合以上实验现象,定性判断配位体 SCN^-、F^-、$C_2O_4^{2-}$、CN^- 与 Fe^{3+} 配位能力的强弱。

3.22.5　预习后的思考要点

（1）在三草酸根合铁（Ⅲ）酸钾制备的实验中：

① 加入过氧化氢溶液的速度过慢或过快各有何缺点？用过氧化氢作氧化剂有何优越之处？

② 最后一步能否用蒸干溶液的办法来提高产率？

③ 能否直接由 Fe^{3+} 制备 $K_3[Fe(C_2O_4)_3]$？有无更佳的制备方法？查阅资料后回答。

④ 应根据哪种试剂的用量计算产率？

（2）影响配合物稳定性的因素有哪些？

（3）根据三草酸根合铁（Ⅲ）酸钾的性质,该化合物应如何保存？

3.23　物质的性质与结构的关系

3.23.1　实验目的

（1）了解物质性质与物质结构的依赖关系,加强对物质结构理论的理解。

（2）了解离子极化对物质键型和溶解度的影响。

3.23.2　实验原理

1. 分子极性对物质性质的影响

键的极性对物质极性有直接影响。其规律是极性共价键所形成的双原子分子和由极性共价键形成的结构不对称的多原子分子（如 H_2O、H_2S、CH_3Cl 等）均为极性分子；而由非极性共价键所构成的双原子分子和由极性共价键形成的结构对称的多原子分子（如 CS_2、CH_4、CCl_4 等）则均为非极性分子。在极性分子中正、负电荷重心不重合,所以在电场作用下,就会发生异极相吸的现象。例如,水流通过电场时就会发生偏斜；而非极性分子,如 CCl_4 等,其正、负电荷重心重合,所以液流通过电场时不会发生偏斜。

化学键的性质和分子的极性对于物质的许多性质,如电离性、水解性（指广义的水解）、溶解性、导电性、熔沸点、硬度等性质均有影响。例如,化合物在溶剂中的电离和电解质键的类型及溶剂的极性密切相关。一般说来,只有离子键所形成的离子型化合物和极性共价键所形成的极性共价型化合物在极性溶剂作用下才能发生电离。影响物质溶解度的因素很多,其中溶质和溶剂的极性是决定物质溶解度的重要内在因素之一,一般遵循"相似相溶"规律,也就是说极性物质相对地易溶于极性溶剂中,而非极性物质相对地易溶于非极性溶剂中,而难溶于极性溶剂中。例如,$K_2Cr_2O_7$ 为离子型化合物,水为极性物质,I_2 和 CCl_4 为非极性物质,所以 $K_2Cr_2O_7$ 易溶于水而难溶于 CCl_4,I_2 则易溶于 CCl_4 而难溶于水。

2. 物质磁性和结构的关系

研究结构与性质关系时发现,物质磁性的来源主要是电子的自旋。由于每一个轨道上不能有两个自旋状态相同的电子(泡利不相容原理),因此各个轨道上成对电子自旋所产生的磁矩互相抵消,所以具有未成对电子的物质才有永久磁矩,它在外磁场中即表现出顺磁性。

例如,Fe^{3+} 的外电子层分布为

↑ ↑ ↑ ↑ ↑
$3d^5$

在 $[Fe(CN)_6]^{4-}$ 中,其中心离子 Fe^{2+} 采用 d^2sp^3 杂化轨道与 CN^- 形成配位键,所以 $[Fe(CN)_6]^{4-}$ 的外电子层分布为

3d　　　　　　　4s　　　　4p
↑↓ ↑↓ ↑↓ ┆↑↓ ↑↓ ↑↓ ↑↓ ↑↓ ↑↓┆
d^2sp^3 杂化

虚线内表示 CN^- 所提供的 6 对孤对电子。

从上述 Fe^{3+} 和 $[Fe(CN)_6]^{4-}$ 的结构可以看出,Fe^{3+} 结构上有 5 个未成对电子,而 $[Fe(CN)_6]^{4-}$ 的结构中无未成对电子。所以 $Fe_2(SO_4)_3$ 在磁场作用下显顺磁性,为顺磁性物质;而 $K_4[Fe(CN)_6]$ 则不被磁场吸引,为反磁性物质。

3. 晶格能、水合能、离子极化对物质性质的影响

离子化合物的溶解度主要取决于离子型化合物晶格能及阴、阳离子水合能的大小,其规律为离子晶体的晶格能越大,阴、阳离子的水合能越小,离子晶体的溶解度越小。当晶格能的影响与水合能的影响不一致时,就需要分析出哪个影响是主导因素。例如

CaF_2	$CaCl_2$	$CaBr_2$	CaI_2
难溶	易溶	易溶	易溶

因为阴离子半径由小到大,晶格能(主导因素)由大到小,水合能由大变小,所以,溶解度由小变大。又如

	LiI	NaI	KI	RbI	CsI
阳离子半径	小 ——————→ 大				
晶格能	小 ——————→ 大				
水合能(主导因素)	小 ——————→ 大				

所以,溶解度由大变小。

如果卤化物的键型以共价型为主,溶解度的递变规律则与 CaX_2 规律相反,即氟化

物的溶解度最大,而碘化物的溶解度最小。例如,卤化银 AgX,因为 Ag^+ 发生不同程度的变形($F^- < Cl^- < Br^- < I^-$),F^- 变形性很小,因此在 AgX 分子中,AgF 基本上属离子型化合物,易溶于水,而 AgCl、AgBr、AgI 则以共价型为主,因此难溶于水,且溶解度依次下降。又如,Pb^{2+}(18+2 电子构型)的极化力大于 Ca^{2+}(8 电子构型)的极化力,所以在 $PbCrO_4$ 分子中主要以共价键相结合,而 $CaCrO_4$ 则主要以离子键相结合,因此 $CaCrO_4$ 溶解度大于 $PbCrO_4$ 的溶解度。

3.23.3　仪器和试剂

简易电磁铁装置(2 人 1 套)、静电起电器(4 人 1 套)、酸式滴定管或多用滴管(2 人 1 支)、井穴板、塑料管 2 支(Φ 4 mm×40 mm)、微型铁架台(2 人 1 个)、2.5 mL 微型试管 2 支、电极(按图 3-23-1 准备)。

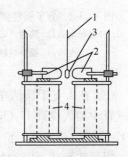

图 3-23-1　电磁铁装置图
1. 细线;2. 锥体电磁铁;3. 塑料管（内装试验物质);4. 电磁铁

$Fe_2(SO_4)_3$(固体)、$K_4[Fe(CN)_6]$(固体)、I_2(固体)、$KClO_3$(0.1 mol·L^{-1})、KCl(0.1 mol·L^{-1})、$K_2Cr_2O_7$(固体)、NaCl(0.1 mol·L^{-1})、CCl$_4$、KI(固体)、$AgNO_3$(0.1 mol·L^{-1})、$Ca(NO_3)_2$(0.5 mol·L^{-1})、KF(0.1 mol·L^{-1})、KF(0.01 mol·L^{-1})、KCl(0.01 mol·L^{-1})、$Pb(NO_3)_2$(0.1 mol·L^{-1})、KI(0.01 mol·L^{-1})、K_2CrO_4(0.1 mol·L^{-1})、$CaCl_2$(0.1 mol·L^{-1})。

3.23.4　实验内容与步骤

1. 物质磁性的测定

取 2 支透明塑料管(Φ 4mm×40mm),将其一端管口密封,分别装入 $Fe_2(SO_4)_3$ 和 $K_4[Fe(CN)_6]$ 粉末,再密封另一端管口。然后用细线拴住塑料管的一端,挂在电磁铁中间,如图 3-23-1 所示。一切准备好后,合上电键,分别试验 $Fe_2(SO_4)_3$ 和 $K_4[Fe(CN)_6]$ 的磁性。

2. 键的类型和物质的极性

1) 键的类型

在井穴板的孔穴内,分别加入 0.1 mol·L^{-1} $KClO_3$、0.1 mol·L^{-1} KCl、0.1 mol·L^{-1} NaCl 溶液、CCl$_4$ 各 1 滴,并于每个孔穴内各滴加 1 滴 0.1 mol·L^{-1} $AgNO_3$ 溶液,观察现象。写出有关反应的离子反应方程式,根据化学键的类型,解释实验现象。

2) 物质的极性与物质性质的关系

(1) 用滴管吸取 CCl$_4$ 溶液(或用滴定管装入 CCl$_4$ 溶液),将滴管(或滴定管)的管口对准静电起电器的电极。在滴管下放置 1 只 100 mL 烧杯,以接收流下来的 CCl$_4$ 液体(实验过程中,CCl$_4$ 可循环使用)。装置见图 3-23-2 所示。打开静电起电器的电源开

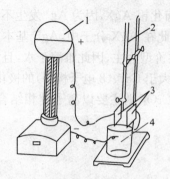

图 3-23-2　分子极性测定示意图
1. 静电起电器；2. 滴管(CCl₄ 或 H₂O)；
3. 电极；4. 烧杯(接收液)

关,使电极周围产生电场,然后用手指捏紧滴管吸泡使 CCl₄ 液体流出,观察 CCl₄ 液体方向是否发生偏转。再以蒸馏水代替 CCl₄ 进行同样的实验,观察水流方向是否发生偏转。

(2) 在 2 支 2.5 mL 微型试管中,分别加入 1 小粒 I₂ 晶体,并在 1 支试管中加入少许(约 1/4 试管体积量)CCl₄ 液体,另 1 支试管中加入少许 H₂O。充分摇匀后,观察固体 I₂ 溶解情况及溶液颜色的变化。

在加水的试管中再加入少许 KI 固体,充分摇匀后,观察固体 I₂ 的溶解情况。写出离子反应方程式,并加以解释。

(3) 在 1 支干燥洁净的微型试管中加入少许(约 1/4 试管体积量)CCl₄ 液体,在 1 支试管中加入少许 H₂O,然后分别加入少许 $K_2Cr_2O_7(s)$。充分摇匀后,观察 2 个试管内 $K_2Cr_2O_7(s)$ 的溶解情况及溶液颜色的变化。

根据实验(2)和(3)的现象,对 I₂ 和 $K_2Cr_2O_7$ 二者分别在 H₂O 和 CCl₄ 中溶解度的大小作出结论,并加以解释。

3. 晶格能大小对物质溶解度的影响

在井穴板的 2 个孔穴内各加入 0.5 mol·L⁻¹Ca(NO₃)₂ 溶液 1 滴,然后在 1 个孔穴内加入 0.1 mol·L⁻¹KF 溶液 1 滴,另 1 个孔穴内加入 0.1 KCl 溶液 1 滴,观察现象。写出离子反应方程式,并加以解释。

4. 离子极化对物质溶解度的影响

(1)在井穴板的 2 个孔穴内各加入 0.1 mol·L⁻¹AgNO₃ 溶液 1 滴,然后在 1 个孔穴内加入 0.1 mol·L⁻¹KF 溶液 1 滴,另 1 个孔穴内加 0.01 mol·L⁻¹KCl 溶液 1 滴,观察现象。写出有关反应的离子反应方程式。

(2)在井穴板的 2 个孔穴内分别加入 0.01 mol·L⁻¹KCl 溶液和 0.01 mol·L⁻¹KI 溶液 1 滴,然后在每个孔穴中各加入 0.1 mol·L⁻¹的 Pb(NO₃)₂ 溶液各 1 滴,观察现象,写出有关反应的离子反应方程式。

(3)试用下列给定试剂:0.1 mol·L⁻¹K_2CrO_4、0.1 mol·L⁻¹CaCl₂、0.1 mol·L⁻¹Pb(NO₃)₂ 设计一个实验,说明离子极化对物质键型和溶解度的影响。

3.23.5　预习后的思考要点

(1) 总结影响物质溶解度的因素有哪些。

(2) 试从 $[Fe(CN)_6]^{3-}$ 的结构分析 $K_3[Fe(CN)_6]$ 应属顺磁性物质还是反磁性物质。

(3) 从离子极化的规律预测 Ag_2S 分子的键型及其溶解度的相对大小。

3.24 生物界及生态环境中常见离子的基本反应与鉴定

3.24.1 实验目的

（1）了解生物及生态环境中所存在的常见离子。

（2）掌握常见离子的鉴定方法与特性反应。

（3）通过实验进一步了解金属与非金属元素物质的基本性质。

3.24.2 实验原理

生物界或生态环境中存在着多种离子（如有机离子与无机离子、阳离子与阴离子），这些离子对生物体的生理功能与生态环境都起着重要的作用。由于各种离子在溶液或熔融状态都具有自身的特定性质，因而在一定条件下，它们能与某种物质（或试剂）发生特效反应，形成色泽与性状不同的沉淀、气味各异的气体等物质，让人们得以鉴别它们。本实验仅涉及常见无机离子的常规定性化学鉴定及其特征反应。

3.24.3 仪器和试剂

离心试管 10 支、50 mL 烧杯 1 只、滴管 1 支、表面皿 2 个、玻棒 1 根、铁三角 1 个、石棉网 1 张、酒精灯 1 个、点滴板 1 块、电动离心机（公用）。

浓度均为 0.1 mol·L^{-1} 的 Na$^+$、K$^+$、NH$_4^+$、Mg^{2+}、Ca^{2+}、Ba^{2+}、Al^{3+}、Pb^{2+}、Ag$^+$、Cu^{2+}、Zn^{2+}、Cr^{3+}、Mn^{2+}、Fe^{3+} 试液；浓度为 0.1 mol·L^{-1} 的 Cl$^-$、I$^-$、NO$_2^-$、NO$_3^-$、S^{2-}、PO$_4^{3-}$、SO$_4^{2-}$ 试液；(NH$_4$)$_2$MoO$_2$、AgNO$_3$(0.5 mol·L^{-1})、HNO$_3$(浓)、HNO$_3$(6 mol·L^{-1})、HCl(6 mol·L^{-1})、HAc(6 mol·L^{-1})、NaOH(6 mol·L^{-1})、NH$_3$·H$_2$O(6 mol·L^{-1})、BaCl$_2$(0.5 mol·L^{-1})、Pb(NO$_3$)$_2$(0.25 mol·L^{-1})、H$_2$O$_2$(3%)、Na$_3$[Co(NO$_2$)$_6$](20%)、K$_2$CrO$_4$(3 mol·L^{-1})、(NH$_4$)$_3$PO$_4$(10%)、无水乙醇、(NH$_4$)$_2$C$_2$O$_4$(3 mol·L^{-1})、铝试剂(0.1%)、KSCN(饱和溶液)、奈斯勒试剂、乙酸铀酰锌试剂、镁试剂 I（碱溶液）、(NH$_4$)$_2$[Hg(SCN)$_4$]试剂、FeSO$_4$（晶体）、NaBiO$_3$（固体）、氯水、CCl$_4$、pH 试纸、Pb(Ac)$_2$试纸、酚酞试纸、Zn 粒。

3.24.4 实验内容与步骤

1. 阳离子的鉴定及其特征反应

1) Na$^+$

取 3 滴 Na$^+$ 试液于离心试管中，加 1 滴 6 mol·L^{-1} HAc，5 滴乙酸铀酰锌试剂、5 滴无水 C$_2$H$_5$OH，用玻棒摩擦管壁，放置，有淡黄色结晶析出，表示有 Na$^+$。其鉴定反应（近中性条件下）为

Na$^+$(aq)＋Zn^{2+}(aq)＋3UO$_2^{2+}$(aq)＋9Ac$^-$(aq)＋9H$_2$O

$$=\!=\!=NaAc·Zn(Ac)_2·3UO_2(Ac)_2·9H_2O(s)\downarrow（淡黄）$$

2）K$^+$

取 3 滴 K$^+$ 试液于离心试管中，加 5 滴新配制的 20％ Na$_3$[Co(NO$_2$)$_6$]，搅动，放置，有黄色沉淀析出，表示有 K$^+$。其鉴定反应（中性或微酸性条件下）为

$$2K^+(aq)+Na^+(aq)+[Co(NO_2)_6]^{3-}\Longrightarrow K_2Na[Co(NO_2)_6](s)\downarrow（钴亚硝酸钠钾，黄色）$$

此反应不能在强酸性或碱性溶液中进行，否则易使 Na$_3$[Co(NO$_2$)$_6$] 分解

$$[Co(NO_2)_6]^{3-}(aq)+6H^+(aq)\Longrightarrow Co^{3+}(aq)+3NO_2(g)\uparrow+3NO(g)\uparrow+3H_2O(l)$$

$$[Co(No_2)_6]^{3-}(aq)+3OH^-(aq)\Longrightarrow 6NO_2^-(aq)+Co(OH)_3(s)\downarrow（暗褐色）$$

3）NH$_4^+$

取 1 小滴奈斯勒试剂放在 1 个干燥而洁净的小表面皿中央，另取 4 滴 NH$_4^+$ 试液放在另 1 个较大的表面皿中央，在其中加入 4 滴 6 mol·L^{-1} NaOH，用玻棒搅动后立即将小表面皿覆盖其上作气室，将气室置于水上微热，表面皿中有红棕色沉淀生成，表示有 NH$_4^+$。其鉴定反应（碱性条件下）为

$$NH_4^+(aq)+OH^-(aq)\xrightarrow{\triangle}NH_3\uparrow+H_2O(l)$$

$$NH_3(g)+2HgI_4^{2-}+OH^-(aq)\xrightarrow{\triangle}7I^-(aq)+H_2O(l)+\left[O\begin{array}{c}Hg\\ \\Hg\end{array}NH_2\right]I(s)\downarrow$$

也可用湿润的酚酞试纸代替奈斯试剂进行试验，酚酞试纸变红，即表示有 NH$_4^+$。

4）Mg^{2+}

取 5 滴 Mg^{2+} 试液于离心试管中，加 3 滴 10％(NH$_4$)$_3$PO$_4$ 搅动，放置 10 min，有白色晶体沉淀析出，表示有 Mg^{2+}。离心分离后，弃去离心液，在沉淀上加入 6 mol·L^{-1} HCl，使沉淀溶解，加 5 滴 H$_2$O、1 滴镁试剂 I 的碱溶液、3 滴 6 mol·L^{-1} NaOH，有天蓝色沉淀析出，进一步表示有 Mg^{2+}。其鉴定反应为

$$Mg^{2+}(aq)+NH_4^+(aq)+PO_4^{3-}(aq)\Longrightarrow MgNH_4PO_4(s)\downarrow（白色）$$

$$Mg^{2+}(aq)+OH^-(aq)+镁试剂(aq)\Longrightarrow 天蓝色沉淀$$

5）Ca^{2+}

取 5 滴 Ca^{2+} 试液于离心试管中，加 2～3 滴 3 mol·L^{-1}(NH$_4$)$_2$C$_2$O$_4$，有白色沉淀析出，表示有 Ca^{2+}。其鉴定反应为

$$Ca^{2+}(aq)+C_2O_4^{2-}(aq)\Longrightarrow CaC_2O_4(s)\downarrow（白色）$$

6）Ba^{2+}

取 1 滴 Ba^{2+} 试液于白色点滴板上，以 1 滴 6 mol·L^{-1} HAc 酸化，加 1 滴 3 mol·L^{-1} K$_2$CrO$_4$，有黄色结晶沉淀析出，表示有 Ba^{2+}。其鉴定反应为

$$Ba^{2+}(aq)+CrO_4^{2-}(aq)\Longrightarrow BaCrO_4(s)\downarrow（黄色）$$

7）Al^{3+}

取 2～3 滴 Al^{3+} 试液于离心试管中，加 2 滴铝试剂，加氨水至有氨臭，在水浴上加热，有红色絮状沉淀生成，表示有 Al^{3+}。其鉴定反应为

$$Al^{3+}+铝试剂\longrightarrow 鲜红色螯合物（絮状沉淀）$$

8) Pb^{2+}

取 2 滴 Pb^{2+} 试液于离心试管中,用 6 mol·L^{-1} HAc 酸化,加入 1 滴 3 mol·L^{-1} K_2CrO_4,搅动,有黄色沉淀析出,表示有 Pb^{2+}。其鉴定反应为

$$Pb^{2+}(aq)+CrO_4^{2-}(aq)=\!=\!=PbCrO_4(s)\downarrow(黄色)$$

9) Ag^+

取 2 滴 Ag^+ 试液于离心试管中,加 1 滴 6 mol·L^{-1} HCl,搅拌,离心沉降,弃去离心液,以 6 mol·L^{-1} NH_3·H_2O 恰好溶解完沉淀,再以 6 mol·L^{-1} HNO_3 酸化后又有白色沉淀析出,表示有 Ag^+。其鉴定反应为

$$Ag^+(aq)+Cl^-(aq)=\!=\!=AgCl(s)\downarrow(白色)$$
$$AgCl(s)+2NH_3\cdot H_2O(aq)=\!=\!=[Ag(NH_3)_2]^+(aq)+Cl^-(aq)+2H_2O(l)$$
$$[Ag(NH_3)_2]^+(aq)+2H^+(aq)+Cl^-(aq)=\!=\!=2NH_4^+(aq)+AgCl(s)\downarrow(白色)$$

Pb^{2+} 共存时,干扰 Ag^+ 的鉴定,可利用 AgCl 和 $PbCl_2$ 在热水中和在 NH_3·H_2O 中的溶解度不同($PbCl_2$ 易溶于热水,不溶于 NH_3·H_2O),而将它们分离。

10) Cu^{2+}

取 2 滴 Cu^{2+} 试液于点滴板上,加 1 滴 0.1 mol·L^{-1} $K_4[Fe(CN)_6]$ 溶液,有红棕色沉淀析出,表示有 Cu^{2+}。其鉴定反应为

$$Cu^{2+}(aq)+[Fe(CN)_6]^{4-}(aq)=\!=\!=Cu_2[Fe(CN)_6](s)\downarrow(红棕色)$$

11) Zn^{2+}

取 2 滴 Zn^{2+} 试液于离心试管中,加 6 滴 $(NH_4)_2[Hg(SCN)_4]$ 试剂,搅拌,摩擦管壁,放置,有白色沉淀析出,表示有 Zn^{2+}。其鉴定反应(中性或微酸性条件下)为

$$Zn^{2+}(aq)+[Hg(SCN)_4]^{2-}(aq)=\!=\!=Zn[Hg(SCN)_4](s)\downarrow(白色)$$

12) Cr^{3+}

取 2 滴 Cr^{3+} 试液于离心试管中,加 2 滴 6 mol·L^{-1} NaOH,2 滴 3‰ H_2O_2,煮沸除去过量 H_2O_2,溶液变为黄色(CrO_4^{2-}),初步表示有 Cr^{3+}。用 6 mol·L^{-1} HAc 酸化后,再加 1~2 滴 0.25 mol·L^{-1} $Pb(NH_3)_2$,有黄色沉淀,表示有 Cr^{3+}。其鉴定反应(碱性条件下)为

$$2Cr^{3+}(aq)+10OH^-(aq)+3H_2O_2(aq)=\!=\!=2CrO_4^{2-}(aq)+8H_2O(l)$$
$$CrO_4^{2-}(aq)+Pb^{2+}(aq)=\!=\!=PbCrO_4(s)\downarrow(黄色)$$

13) Mn^{2+}

取 2 滴 Mn^{2+} 试液于离心试管中,加入 5 滴水稀释,加入 2 滴浓 HNO_3,然后再加入稍过量的固体 $NaBiO_3$ 粉末,搅动,溶液变为紫红色,表示有 Mn^{2+}。其鉴定反应(酸性条件下)为

$$2Mn^{2+}(aq)+5BiO_3^-(aq)+14H^+(aq)=\!=\!=2MnO_4^-(aq)(紫色)+5Bi^{3+}(aq)+7H_2O(l)$$

14) Fe^{3+}

取 2 滴 Fe^{3+} 试液于白色点滴板上,加入 KSCN 饱和溶液,溶液变为血红色,表示有 Fe^{3+}。其鉴定反应为

$$Fe^{3+}(aq)+3SCN^-(aq)=\!=\!=Fe(SCN)_3(aq)(血红色)$$

2. 阴离子的鉴定及其特征反应

1）NO_2^-

取 2 滴 NO_2^- 试液于白色点滴板上，在溶液中央放入 1 小粒 $FeSO_4$ 晶体，然后在晶体上加入 1 滴 6 mol·L^{-1} HAc，晶体周围有棕色环出现，表示有 NO_2^-。其鉴定反应为

$$NO_2^-(aq)+Fe^{2+}(aq)+2HAc(aq)\!=\!=\!=\!=Fe^{3+}(aq)+NO(g)+H_2O(l)+2Ac^-(aq)$$
$$Fe^{2+}(aq)+NO(g)\!=\!=\!=\!=[Fe(NO)]^{2+}(aq)$$

2）NO_3^-

取 2 滴 NO_3^- 试液于白色点滴板上，在溶液中央放 1 小粒 $FeSO_4$ 晶体，然后在晶体上加入 1 滴浓 H_2SO_4，晶体周围有棕色环出现，表示有 NO_3^-。其鉴定反应为

$$NO_3^-(aq)+3Fe^{3+}(aq)+4H^+(aq)\!=\!=\!=\!=3Fe^{2+}(aq)+NO(g)+2H_2O(l)$$
$$Fe^{2+}(aq)+NO(g)\!=\!=\!=\!=[Fe(NO)]^{2+}(aq)$$

NO_2^- 和 NO_3^- 共存时，NO_2^- 干扰 NO_3^- 的鉴定，可在混合溶液中加入 3 mol·L^{-1} H_2SO_4，在水浴中加热除去 NO_2^- 后再用上述方法鉴定。

3）PO_4^{3-}

取 4 滴 PO_4^{3-} 试液于离心试管中，加入 6 滴 6 mol·L^{-1} HNO_3 及 6 滴 $(NH_4)_2MoO_4$ 溶液，温热并搅拌，静止 5 min，有黄色沉淀析出，表示有 PO_4^{3-}。其鉴定反应为

$$PO_4^{3-}(aq)+MoO_4^{2-}(aq)+3NH_4^+(aq)+24H^+(aq)\!=\!=\!=\!=(NH_4)_3[P(Mo_3O_{10})_4](s)\downarrow+12H_2O(l)$$

4）S^{2-}

取 5 滴 S^{2-} 试液于离心试管中，加入 6 mol·L^{-1} HCl 酸化，试管口盖以湿润的 Pb(Ac)$_2$ 试纸，置于水浴上加热，Pb(Ac)$_2$ 试纸变黑，表示有 S^{2-}。其鉴定反应为

$$S^{2-}(aq)+2H^+(aq)\!=\!=\!=\!=H_2S(g)\uparrow$$
$$H_2S(g)+Pb^{2+}(aq)\!=\!=\!=\!=PbS(s)\downarrow(黑色)+2H^+(aq)$$

5）SO_4^{2-}

取 1 滴 SO_4^{2-} 试液于离心试管中，加 1 滴 0.5 mol·L^{-1} $BaCl_2$，搅拌，有白色沉淀 $BaSO_4$ 析出，表示有 SO_4^{2-}。其鉴定反应（酸性条件下）为

$$SO_4^{2-}(aq)+Ba^{2+}(aq)\!=\!=\!=\!=BaSO_4(s)\downarrow(白色)$$

6）Cl^-

取 2 滴 Cl^- 试液于离心试管中，加入 6 mol·L^{-1} HNO_3 酸化，再多加 2 滴，加热。加入 0.5 mol·L^{-1} $AgNO_3$ 至沉淀完全，离心分离后在 AgCl 沉淀上逐滴加入 6 mol·L^{-1} NH_3·H_2O 至沉淀完全溶解后，用 6 mol·L^{-1} HNO_3 酸化，重新有 AgCl 白色沉析出，表示有 Cl^-。其鉴定反应与 Ag^+ 的鉴定反应相同。

7）I^-

取 2 滴 I^- 试液于离心试管中，加入 10 滴 CCl_4、1 滴新配制的氯水，充分摇动，CCl_4 层呈现紫色，继续加入氯水（每加 1 滴 Cl_2 水要充分摇动），紫色逐渐褪至无色（IO_3^-），

表示有 I^-。其鉴定反应为

$$2I^-(aq)+Cl_2(aq)\!\!=\!\!=\!\!=\!\!I_2(s)+2Cl^-(aq)$$

$$I_2(s)+5Cl_2(s)+6H_2O(aq)\!\!=\!\!=\!\!=\!\!2IO_3^-(aq)+12H^+(aq)+10Cl^-(aq)$$

3.24.5　预习后的思考要点

(1) 该实验中,试管、点滴板等仪器的洗涤是否会影响实验结果? 为什么?

(2) 用电动离心机分离沉淀时,操作注意事项有哪些?

(3) 本实验中的各种离子还有其他鉴定方法吗? 请举例说明。

第4章　生活化学实验

4.1　水质的检验

4.1.1　实验目的

(1) 了解水中含有的常见无机离子及其定性鉴定。

(2) 学习用电导率仪测定水质纯度的方法。

4.1.2　实验原理

水是世界上分布最广的化合物。电导实验证明,纯水的导电能力极弱。当水中含有别的带电荷的离子时,水的导电能力会随之增强,所含这些离子的总量越高,水的导电能力也就越强。天然水或自来水中都不同程度地含有多种无机离子,如 Ca^{2+}、Mg^{2+}、SO_4^{2-}、CO_3^{2-}、Cl^- 等,所以其导电能力都比纯水强。

大多数的化学反应都是在以水为溶剂的溶液中进行的,水中含有的多种离子总是或多或少地影响着化学反应的正常进行。在工农业生产、医疗卫生、科学研究、教学实验,乃至人们的日常生活等各个方面对水质均有一定要求。因此,对水质的检验是必要的,也是极为重要的。

本实验以镁试剂Ⅰ、钙指示剂分别检验 Mg^{2+}、Ca^{2+} 的存在。镁试剂Ⅰ是2,4-二羟基-4'-硝基偶氮苯的简称,其在碱性溶液中呈红紫色。在碱性溶液中,镁试剂Ⅰ能与 Mg^{2+} 生成蓝色螯合物沉淀,从而可以鉴别 Mg^{2+} 的存在与否,检测限为 $0.5~\mu g \cdot L^{-1}$,Ca^{2+} 的存在不干扰检验。钙指示剂是 2-羟基-1-(2-羟基-4-磺基-1-萘基偶氮)-3-萘甲酸的简称,为棕色至黑色晶体或褐色粉末,易溶于碱液或氨水,微溶于水,在 pH >12 时为蓝色溶液。在 pH >12 时,钙指示剂能与 Ca^{2+} 作用生成紫红色螯合物,在此 pH 下,Mg^{2+} 的存在不干涉 Ca^{2+} 的检验,因为这时的 Mg^{2+} 以 $Mg(OH)_2$ 沉淀形式析出。以 $AgNO_3$、$BaCl_2$ 分别检验 Cl^-、SO_4^{2-} 的存的。

用电导率仪测定水样的电导率,根据水样的电导率大小可以定量地说明水的纯度。导体的导电能力常用电导(电阻的倒数)G 来表示。G 值越大,表示导体的导电能力越强。导体的导电能力也可用电导率 κ 表示。G 与 κ 的关系式为

$$G = \kappa \frac{A}{l} \tag{4-1-1}$$

式中,A 为导体的截面积(m^2);l 为导体的长度(m);电导 G 的单位是 S(西门子,简称西),因此电导率 κ 的单位是 $S \cdot m^{-1}$。对溶液来说,电导率表示相距 1 m,面积为 1 m^2 的两个平行电极之间的溶液的电导。由于对某一给定电极,其 A/l 为常数

（称为电极常数），所以可用电导率 κ 的大小来表示溶液导电能力的大小。水样的 κ 值越大，表示水样中的杂质离子的含量高，水的纯度就越低，反之水的纯度就越高。普通蒸馏水的电导率应在 1×10^{-3} S·m^{-1} 左右，二次蒸馏水和去离子水的电导率应小于 1×10^{-4} S·m^{-1}。

4.1.3　仪器和试剂

50 mL 烧杯 3 只、配套试管与试管架 1 套、电导率仪（2 人 1 台）、电导电极（2 人 1 支）、玻棒 1 根、点滴板 1 块、洗瓶 1 个、滤纸碎片。

HCl（6 mol·L^{-1}）、HNO$_3$（2 mol·L^{-1}）、NH$_3$·H$_2$O（2 mol·L^{-1}）、BaCl$_2$（1 mol·L^{-1}）、AgNO$_3$（0.1 mol·L^{-1}）、镁试剂 I^{①}、钙指示剂^{②}、水样（去离子水、自来水、矿泉水）、精密 pH 试纸。

4.1.4　实验内容与步骤

1. 检验水中的无机离子

（1）取干净试管 1 支，用去离子水润洗 2 遍后加入去离子水 1 mL，然后加入 2 滴镁试剂，振荡，观察水样颜色变化，记录实验现象，并判断 Mg^{2+} 存在与否。

（2）取干净试管 1 支，用去离子水润洗 2 遍后加入去离子水 1 mL，加入 8～9 滴 2 mol·L^{-1}NH$_3$·H$_2$O，摇匀并用精密 pH 试纸测其 pH，保证水样 pH 大于 12，然后加入少量固体钙指示剂，振荡，观察溶液颜色变化，记录实验现象，判断 Ca^{2+} 的存在与否。

（3）取干净试管 1 支，用去离子水润洗 2 遍后加入去离子水 1 mL，加入 1 滴 2 mol·L^{-1} HNO$_3$ 使之酸化，加入 1 滴 0.1 mol·L^{-1}AgNO$_3$ 溶液，振荡，观察是否有白色沉淀产生，判断 Cl$^-$ 存在与否。

（4）取干净试管 1 支，用去离子水润洗 2 遍后加入去离子水 1 mL，加入 4 滴 6 mol·L^{-1}HCl 使之酸化，加入 4 滴 1 mol·L^{-1}BaCl$_2$ 溶液，振荡，观察是否有白色沉淀产生，并判断 SO$_4^{2-}$ 的存在与否。

---

① 镁试剂 I：2,4-二羟基-4′-硝基偶氮苯的简称，分子式为 C$_{12}$H$_9$N$_3$O$_4$，结构式见图 4-1-1。使用时称取 0.001 g 的镁试剂 I 溶解于 100 mL 2 mol·L^{-1} 的 NaOH 溶液中即可。

② 钙指示剂：2-羟基-1-(2-羟基-4-磺基-1-萘基偶氮)-3-萘甲酸的简称，分子式为 C$_{21}$H$_{14}$O$_7$N$_2$S，结构式见图 4-1-2。由于钙指示剂的水溶液或乙醇溶液都不稳定，所以通常是与 100 倍干燥的 NaCl 混合后直接将固体加入待测溶液中使用。

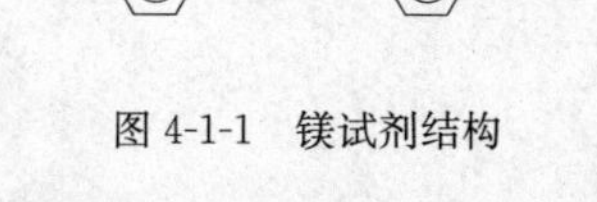

图 4-1-1　镁试剂结构 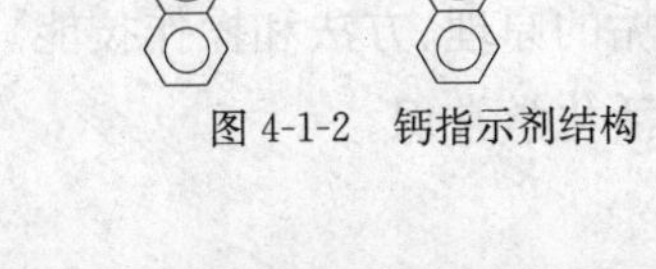　　　　　　　图 4-1-2　钙指示剂结构

水中无机离子的检验

水样		去离子水	自来水	矿泉水
Mg^{2+}	现象			
	存在与否			
Ca^{2+}	现象			
	存在与否			
Cl^-	现象			
	存在与否			
SO_4^{2-}	现象			
	存在与否			

重复前述操作,分别检验自来水、矿泉水等水样中的 Mg^{2+}、Ca^{2+}、Cl^-、SO_4^{2-}。检验时都要用待检验的水样润洗已被洗涤干净的试管之后才能进行检验操作。

2. 测定水的电导率 κ（$S \cdot m^{-1}$、$mS \cdot m^{-1}$ 或 $\mu S \cdot m^{-1}$）

取已洗涤干净的 50 mL 烧杯 1 只,用去离子水润洗 2 遍之后,加入 20 mL 去离子水,插入已用去离子水润洗并已吸干水分的电导电极,然后按 6.7 节电导率仪的操作方法测其电导率。

按上述操作步骤依次测定普通自来水、矿泉水的电导率。

水样电导率的测定

水 样	去离子水	矿泉水	自来水
$\kappa/(S \cdot m^{-1})$			

根据测定的 κ 值大小,比较说明不同水样的纯度高低。

4.1.5　预习后的思考要点

（1）试管、烧杯、电导电极为何都要用待测（或检验）的水样润洗?

（2）测定各水样的电导率时,是否应按一定的先后顺序进行? 为什么?

4.2　水垢的清除

4.2.1　实验目的

（1）加深对溶度积规则的理解和应用。

（2）掌握清除水垢的原理、方法和操作技能。

（3）增加日常生活化学常识。

4.2.2　实验原理

日常生活中,很多家庭都会使用水壶烧水饮用或作其他用途。大学校园里学生饮用的开水、公共浴室用的热水、北方冬季提供暖气等,需要使用锅炉烧水。一些工农业生产也离不开使用锅炉烧水。经过长期烧煮后,水壶或锅炉内壁会结有一层厚厚的水垢,使其传热能力下降,从而耗时耗能,降低人们的生活质量。对于大型的锅炉而言,问题则更为严重。锅炉内结垢使锅炉内金属管道的导热能力大大降低,浪费燃料,而且会使管道局部过热,当超过金属允许的温度时,锅炉管道将变形或损坏,严重时会引起爆炸事故,使生产生活受到影响。

很多个人和单位已经意识到水处理的重要性,但由于缺乏产品和技术,或者采用的方法不当,锅炉因结垢引起的暴管、鼓包事故时有发生,每年酸洗除垢的锅炉台数数额庞大,因结垢造成的锅炉燃料浪费也很严重。而且,现在的自来水,水质经过处理后,原水被软化,但随着硬度成分被除去,水中原有的天然缓蚀剂也被除去了,因而水的腐蚀性增加,同时,腐蚀产物覆盖于金属表面而成垢的情况变得严重。所以,清除水垢在生产生活中是必须而且重要的。

水垢是水里的钙离子和镁离子等以沉淀的形式在水壶或锅炉内壁经长期烧煮后沉积而成,其主要成分为 $CaCO_3$、$Mg(OH)_2$、$CaSO_4$,其相对含量比大致为 $5:1:1$,即水垢的主要成分是 $CaCO_3$,$Mg(OH)_2$,$CaSO_4$ 相对较少,但由于 $CaSO_4$ 不溶于酸,所以去除 $CaSO_4$ 是水垢除垢的关键。在处理水垢时,通常先加入饱和 Na_2CO_3 溶液浸泡,将发生下列沉淀转化反应

$$CaSO_4(s)+CO_3^{2-} \rightleftharpoons CaCO_3(s)+SO_4^{2-}$$

这是两个沉淀溶解平衡的竞争,由于 $CaSO_4$ 的溶度积为 $K_{sp}^{\ominus}=4.93\times10^{-5}$,$CaCO_3$ 的溶度积为 $K_{sp}^{\ominus}=3.36\times10^{-9}$,由此可计算得到该转化反应的竞争平衡常数为

$$K_j^{\ominus}=\frac{K_{sp}^{\ominus}(CaSO_4)}{K_{sp}^{\ominus}(CaCO_3)}=1.47\times10^4$$

反应的平衡常数较大,说明该转化反应容易进行。既难溶于水又难溶于酸的 $CaSO_4$ 被转化为了 $CaCO_3$。再向处理后的水垢中加入 NH_4Cl 溶液,弱酸 NH_4^+ 使 $CaCO_3$ 和 $Mg(OH)_2$ 分别生成弱电解质 H_2CO_3 和 $NH_3 \cdot H_2O$ 而溶解,从而将锅炉水垢全部清除。由于 NH_4Cl 酸性较弱,锅炉本体也基本不被腐蚀。整个过程涉及的反应如下

$$Mg(OH)_2(s)+2NH_4^+ \rightleftharpoons Mg^{2+}+2NH_3+2H_2O \qquad K^{\ominus}=1.7\times10^{-2}$$

$$CaCO_3(s)+2NH_4^+ \rightleftharpoons Ca^{2+}+2NH_3+H_2CO_3 \qquad K^{\ominus}=3.3\times10^{17}$$

4.2.3　仪器和试剂

0.1 g 分度值的电子天平、烧杯、量筒、玻棒。

锅垢样品[$CaCO_3$：$Mg(OH)_2$：$CaSO_4$＝5：1：1]、饱和 Na_2CO_3 溶液、$NH_4Cl(s)$、去离子水。

4.2.4　实验内容与步骤

(1) 称取 2 g 锅垢样品于 100 mL 烧杯中，加入 20 mL 饱和 Na_2CO_3 溶液搅拌均匀，放置 10~15 min，放置过程不时搅拌，使 $CaSO_4$ 完全转化成 $CaCO_3$。观察并记录实验现象。

(2) 向(1)中加入适量 $NH_4Cl(s)$，并不断搅拌，直至体系变得澄清为止。观察并记录实验现象。

4.2.5　预习后的思考要点

(1) 水垢的处理为什么要先加入饱和 Na_2CO_3 溶液？

(2) 为使 $Mg(OH)_2$ 溶解，所需 NH_4Cl 的浓度会不会很小？

4.3　食醋总酸度的测定

4.3.1　实验目的

(1) 了解食醋中乙酸的含量。

(2) 提高滴定操作技能和判断滴定终点的能力。

(3) 熟悉酸碱指示剂的选择方法。

4.3.2　实验原理

食醋是含 3‰~5‰乙酸的酸味调料，按原料和加工方法不同分为酿造醋和合成醋。酿造醋是乙醇被乙酸菌氧化而生成乙酸的酸性调味料。按原料不同，酿造醋大体又可分为粮食醋(米、麦芽、玉米、酒糟等)、水果醋(葡萄、苹果等)、醇醋(糖蜜、马铃薯、甘薯等)。在发酵过程中，原料中的糖和淀粉生成乙酸。合成醋是以乙炔、乙烯等从地下资源得到的碳氢化合物为原料，生产合成乙酸，稀释后添加甜味料、化学调味料等使其具有食醋的香味。

食醋的主要成份是乙酸($K_a^{\ominus}$＝1.74×10^{-5})，此外还含有少量的乳酸($K_a^{\ominus}$＝1.38×10^{-4})、玻珀酸($K_{a1}^{\ominus}$＝6.89×10^{-5}，$K_{a2}^{\ominus}$＝2.47×10^{-6})等有机酸。这些酸均可被强碱 NaOH 滴定。实验测出的总酸量，全部用含量最多的乙酸表示，反应为

$$HAc+NaOH \Longleftrightarrow NaAc+H_2O$$

由于这是强碱滴定弱酸，化学计量点时试液呈弱碱性，可选用酚酞作指示剂。根据反应方程式，HAc 含量由下式计算

$$\rho(\mathrm{HAc}) = \frac{c_{\mathrm{NaOH}} \cdot V_{\mathrm{NaOH}} \cdot M_{\mathrm{HAc}}}{V_{样品}} (\mathrm{g} \cdot \mathrm{L}^{-1}) \tag{4-3-1}$$

4.3.3　仪器和试剂

50 mL 碱式滴定管 1 支、10 mL 移液管 1 支、100 mL 容量瓶 1 只、250 mL 锥形瓶 3 只、250 mL 烧杯 1 只、洗瓶 1 个、洗耳球(公用)。

食醋样品①、NaOH 标准溶液(0.0500 mol · L⁻¹)、酚酞指示剂(0.1％乙醇溶液)、新沸冷却蒸馏水。

4.3.4　实验内容与步骤

(1) 用移液管取食醋 10 mL 于 100 mL 容量瓶中,加入新沸冷却蒸馏水稀释至刻度,摇匀。

(2) 从容量瓶中移取 10 mL 溶液于 250 mL 锥形瓶中,加新沸冷却蒸馏水 20～30 mL,加入酚酞指示剂 3～5 滴,用 0.0500 mol · L⁻¹ 的 NaOH 标准溶液滴定至溶液呈浅红色,并在 0.5 min 内不再褪去为止。记录所用 NaOH 溶液的体积。

(3) 重复进行第二份、第三份试样的测定。并记录如下。

实验数据记录

测定序号	1	2	3	平均值
滴定消耗 NaOH 体积 V/mL				
食醋中 HAc 的含量 ρ/(g · L⁻¹)				

(4) 利用式(4-3-1),计算食醋样品的总酸度。

4.3.5　预习后的思考要点

(1) 稀释食醋时用已存放多时的蒸馏水是否可以? 为什么?

(2) 测定乙酸含量为什么用酚酞作指示剂? 用甲基橙或中性红是否可以? 试说明理由。

(3) 为什么用稀释后的食醋溶液进行测定?

4.4　蛋壳中碳酸钙含量的测定

4.4.1　实验目的

(1) 熟悉巩固酸碱滴定的相关操作。

---

① 应选用无色的白醋。因用碱液直接滴定深色溶液的总酸度的方法有很大的误差。如果试液颜色太深,可用电位滴定法测定;也可在深色试液中加入适量活性炭脱除色素,过滤洗涤后再进行滴定。

（2）学习测定蛋壳中碳酸钙含量的原理与方法。

4.4.2　实验原理

蛋壳的主要成分为 $CaCO_3$，能与 HCl 定量完全反应，但由于蛋壳为固体，反应速率较慢，所以需应用返滴定法进行测定。

将蛋壳研碎并加入已知浓度的过量 HCl 标准溶液，发生下述反应

$$CaCO_3 + 2HCl \Longrightarrow CaCl_2 + CO_2 + H_2O$$

过量的 HCl 溶液用 NaOH 标准溶液返滴定，由加入 HCl 的物质的量与返滴定所消耗的 NaOH 的物质的量之差，即可求得试样中 $CaCO_3$ 的含量。计算公式为

$$w(CaCO_3) = \frac{\frac{1}{2}(c_{HCl} \cdot V_{HCl} - c_{NaOH} \cdot V_{NaOH}) \cdot M_{CaCO_3}}{V_{样品}} \times 100\% \qquad (4\text{-}4\text{-}1)$$

4.4.3　仪器和试剂

电热恒温鼓风干燥箱、0.1 mg 分度值的分析天平、研钵、标准筛（80～100 目）、250 mL 锥形瓶、酸式滴定管、碱式滴定管。

HCl 标准溶液（0.1000 mol·L^{-1}）、NaOH 标准溶液（0.1000 mol·L^{-1}）、甲基橙。

4.4.4　实验内容与步骤

（1）将蛋壳去内膜并洗净，于干燥箱中烘干后研碎，用 80～100 目的标准筛过筛，保存备用。

（2）用分析天平准确称取 3 份 0.1 g 左右的试样粉末，分别置于 250 mL 锥形瓶中，用滴定管逐滴加入 HCl 标准溶液 40.00 mL，并放置 30 min。

（3）加入甲基橙指示剂 2～5 滴，以 NaOH 标准溶液返滴定锥形瓶中的过量 HCl，溶液由红色刚好突变为黄色，且 0.5 min 内不变色即为终点。记录数据。

（4）用另两份样品重复上述实验测定 2 次。

（5）根据所测数据由式（4-4-1）计算蛋壳试样中 $CaCO_3$ 的质量分数。

实验数据记录

测定序号	1	2	3
NaOH 滴定初读数/mL			
NaOH 滴定终读数/mL			
滴定消耗 NaOH 体积 V/mL			
NaOH 标准溶液浓度/(mol·L^{-1})			
蛋壳试样中 $CaCO_3$ 的质量分数 w/%			
$CaCO_3$ 的质量分数 w 平均值/%			

4.4.5　预习后思考要点

(1) 研碎后的蛋壳试样为什么要通过 80～100 目的标准筛?

(2) 加入 HCl 溶液后为什么要放置 30 min 再以 NaOH 溶液返滴定?

(3) 实验能否使用酚酞指示剂?

4.5　食盐中碘含量的测定

4.5.1　实验目的

(1) 熟悉和掌握氧化还原滴定操作。

(2) 了解食盐中碘含量测定的原理和方法。

(3) 掌握碘瓶的使用方法及正确判断淀粉指示剂指示的终点。

(4) 了解对实物试样中某组分含量测定的一般步骤。

4.5.2　实验原理

碘是人类生命活动不可缺少的微量元素之一,缺碘会导致人一系列疾病的产生,如智力下降、甲状腺肿大等。人们每天必须摄入一定量的碘以满足身体的需要。实验表明,食盐加碘是预防碘缺乏病的有效方法。我国规定,食盐中必须加入一定量的碘,其含量(以 I^- 表示)为 20～50 $\mu g \cdot g^{-1}$。

食盐中的碘一般以 I^- 或 IO_3^- 的形式存在,两者不能共存。若食盐中的碘以 I^- 形式存在,I^- 可与饱和溴水发生反应生成 IO_3^-

$$I^- + 3Br_2 + 3H_2O =\!=\!= IO_3^- + 6H^+ + 6Br^- \tag{4-5-1}$$

过量的 Br_2 用 HCOONa 溶液或水杨酸固体除去,反应为

$$Br_2 + HCOO^- + H_2O =\!=\!= CO_3^{2-} + 3H^+ + 2Br^-$$

IO_3^- 通过加入过量 KI 还原产生 I_2

$$IO_3^- + 5I^- + 6H^+ =\!=\!= 3I_2 + 3H_2O \tag{4-5-2}$$

反应析出的 I_2 用 $Na_2S_2O_3$ 标准溶液滴定,以淀粉作指示剂。

$$I_2 + 2S_2O_3^{2-} =\!=\!= 2I^- + S_4O_6^{2-} \tag{4-5-3}$$

淀粉溶液在有 I_2 存在时与其形成蓝色可溶性吸附化合物,使溶液呈蓝色。到达终点时,溶液中的 I_2 全部与 $Na_2S_2O_3$ 作用,蓝色消失。

食盐中的碘以 I^- 形式计算表示其含量,由反应(4-5-1)、反应(4-5-2)、反应(4-5-3)的物质的量关系可得食盐中碘含量的计算公式

$$w(I^-) = \frac{m_{I^-}}{m_{食盐}} \times 100\% = \frac{\frac{1}{6} c_{Na_2S_2O_3} \cdot V_{Na_2S_2O_3} \cdot M_{I^-}}{m_{食盐}} \times 100\% \tag{4-5-4}$$

4.5.3　仪器与试剂

分析天平、碱式滴定管(50 mL 或 25 mL)、碘瓶(250 mL)、移液管(25 mL)、量筒(5 mL、100 mL)、玻棒。

$Na_2S_2O_3$ 标准溶液(0.1000 mol·L^{-1})、HCl(1 mol·L^{-1})、溴水饱和溶液、HCOONa(1%)、KI(新鲜,5%)、淀粉(用时新配,0.5%)、加碘食盐。

4.5.4　实验步骤

1. 称量溶解

用分析天平准确称取 10 g 左右加碘食盐,置于 250 mL 碘量瓶中,加 100 mL 纯水溶解。

2. I^- 的转化

向上述食盐溶液中加入 2 mL 1 mol·L^{-1} 的 HCl 和 2 mL 饱和溴水,混匀,放置 5 min,摇动下加入 5 mL 1.0%HCOONa 水溶液,放置 5 min。加入 5 mL 5%KI 溶液,静置约 10 min。

3. $Na_2S_2O_3$ 滴定

用移液管准确移取处理好的食盐溶液 25.00 mL 于干净的锥形瓶中,用 $Na_2S_2O_3$ 标准溶液滴定至呈浅黄色时,加 5 mL 0.5%淀粉溶液,继续滴定至蓝色恰好消失为止,记录所用 $Na_2S_2O_3$ 的体积 V。

重复 $Na_2S_2O_3$ 滴定步骤 2~3 次。记录数据。

4. 计算

依据式(4-5-4)计算食盐中碘含量。

实验数据记录

测定次数	1	2	3
食盐试样质量/g			
食盐溶液的体积/mL			
$Na_2S_2O_3$ 滴定初读数/mL			
$Na_2S_2O_3$ 滴定终读数/mL			
滴定消耗 $Na_2S_2O_3$ 体积 V/mL			
$Na_2S_2O_3$ 标准溶液浓度/(mol·L^{-1})			
食盐试样中 I^- 的质量分数 w/%			
I^- 的质量分数 w 平均值/%			

4.5.5　预习后的思考要点

（1）本实验为何要用碘瓶？使用碘瓶应注意些什么？
（2）淀粉指示剂能否在滴定前加入？为什么？

4.6　洗发香波的配制

4.6.1　实验目的

（1）了解表面活性剂的种类及作用。
（2）学习配制洗发香波的工艺。
（3）了解洗发香波中各组分的作用和配方原理。

4.6.2　实验原理

　　洗发香波是人们日常生活中频繁使用的洗涤用品，是一种以表面活性剂为主的加香产品。在洗发过程中它不但去油垢、去头屑、不损伤头发、不刺激头皮、不脱脂，而且洗后头发光亮美观、柔软易梳理。

　　洗发香波在液体洗涤用品中的产量居第三位。其种类很多，所以配方和配制工艺多种多样。按洗发香波的形态、特殊成分、性质和用途分类各有不同。按香波的主要成分表面活性剂的种类，可将洗发香波分成阴离子型、阳离子型、非离子型和两性离子型；按不同发质可将洗发香波分为通用型、干性头发用、油性头发用和中性头发用等产品；按液体的状态可分为透明洗发香波、乳状洗发香波和胶状洗发香波；按产品的附加功能，可制成各种功能性产品，如去头屑香波、止痒香波、调理香波、消毒香波等。在香波中添加特种原料，改变产品的性状和外观，可制成蛋白香波、菠萝香波、草莓香波、黄瓜香波、柔性香波、珠光香波等。还有些具有多种功能的洗发香波，如兼有洗发、护发作用的二合一香波，兼有洗发、去头屑、止痒功能的三合一香波。

　　现代的洗发香波已突破了单纯的洗发功能，成为洗发、洁发、护发、美发等化妆型的多功能产品。在对产品进行配方设计时要遵循以下原则：①具有适当的洗净力和柔和的脱脂作用；②能形成丰富而持久的泡沫；③具有良好的梳理性；④洗后的头发具有光泽、潮湿感和柔顺性；⑤洗发香波对头发、头皮和眼睑有高度的安全性；⑥易洗涤、耐硬水，在常温下洗发效果应最好。用洗发香波洗发，不应给烫发和染发操作带来不利影响。

　　在配方设计时，除应遵循以上原则外，还应注意选择表面活性剂，并考虑其配伍性良好。对主要原料的要求是：①能提供泡沫和去污作用的主表面活性剂，其中以阴离子表面活性剂为主；②能增强去污力和促进泡沫稳定性，改善头发梳理性的辅助表面活性剂，其中包括阴离子、非离子、两性离子型表面活性剂。赋予香波特殊效果的各种添加剂有：去头屑药物、固色剂、稀释剂、螯合剂、增溶剂、营养剂、防腐剂、染料和香精等。

洗发香波的主要原料由表面活性剂和一些添加剂组成。表面活性剂分主表面活性剂和辅助表面活性剂两类,主表面活性剂要求泡沫丰富、易扩散、易清洗,去垢力强,并具有一定的调理作用。辅助表面活性剂要求具有增强稳定泡沫作用,洗发后易梳理,易定型、光亮、快干、并有抗静电等功能,与主剂具有良好的配伍性。

常用的主表面活性剂有:阴离子型的烷基醚硫酸盐和烷基苯磺酸盐、非离子型的烷基醇酰胺等,如椰子油酸二乙醇酰胺。常用的辅助表面活性剂有:阴离子型的油酰氨基酸钠(雷米邦)、非离子型的聚氧乙烯山梨醇酐单酯(吐温)、两性离子型的十二烷基二甲基甜菜碱等。除主、辅表面活性剂外,洗发香波还需加入增稠剂、珠光剂、螯合剂、香精等多种添加剂。增稠剂主要有:烷基醇酰胺、聚乙二醇硬脂酸酯、羧甲基纤维素钠、氯化钠等。常用的珠光剂有:硬脂酸乙二醇酯、十八醇、十六醇、硅酸铝镁等。香精多为水果香型、花香型或草香型。螯合剂最常用的是 EDTA。常用的去头屑止痒剂有:硫、硫化硒、吡啶硫铜锌等。滋润剂和营养剂有:液体石蜡、甘油、羊毛酯衍生物、硅酮等,还有胱氨酸、蛋白和维生素等。

4.6.3 仪器和试剂

电炉 1 个、水浴锅 1 个、磁力搅拌器 1 台、温度计(0~100℃)1 个、烧杯 100 mL、250 mL各 1 个、量筒(10 mL、100 mL)、0.1 g 分度值的电子天平(公用)、玻棒、滴管若干。

脂肪醇聚氧乙烯醚硫酸钠(AES)、脂肪醇二乙醇酰胺(尼诺尔)、硬脂酸乙二醇酯、十二烷基苯磺酸钠(ABS-Na)、十二烷基二甲基甜菜碱(BS-12)、苯甲酸钠、聚氧乙烯山梨醇酐单酯(吐温)、羊毛酯衍生物、柠檬酸、氯化钠、香精、色素等。

4.6.4 实验内容与步骤

下表列出了 4 种常见的洗发香波配方,自选 2~3 种进行香波配制,并比较其效果。

洗发香波的配方 [单位:%(质量分数)]

试剂名称	配方 1	配方 2	配方 3	配方 4
脂肪醇聚氧乙烯醚硫酸钠(AES)	8.0	15.0	9.0	4.0
脂肪醇二乙醇酰胺(尼诺尔)	4.0		4.0	4.0
十二烷基二甲基甜菜碱(BS-12)	6.0		12.0	
十二烷基苯磺酸钠(ABS-Na)				15.0
硬脂酸乙二醇酯			2.5	
聚氧乙烯山梨醇酐单酯(吐温)		9.0		
柠檬酸	适量	适量	适量	适量
氯化钠	1.5	1.5		
苯甲酸钠	1.0	1.0		

续表

试剂名称	配方 1	配方 2	配方 3	配方 4
色素	适量	适量	适量	适量
香精	适量	适量	适量	适量
去离子水	余量	余量	余量	余量
香波特性	调理香波	透明香波	珠光调理香波	透明香波

配制步骤如下。

（1）将去离子水称量后加入 250 mL 烧杯中,将烧杯放入水浴锅中加热至 60℃。

（2）加入 AES 并不断搅拌至其全部溶解,温度控制在 60～65℃。

（3）保持水温 60～65℃,在连续搅拌下加入其他表面活性剂至全部溶解,再加入羊毛酯、珠光剂或其他助剂,缓慢搅拌使其溶解。

（4）降温至 40℃以下,加入香精、防腐剂、染料、螯合剂等,搅拌均匀。

（5）测定 pH,柠檬酸配制成 50％的溶液,用其调节 pH 至 5.5～7.0。

（6）氯化钠配制成 20％的溶液,接近室温时加入食盐调节到所需黏度,并用黏度计测定香波的黏度。注意氯化钠的加入量不得超过 3％。

4.6.5　预习后的思考要点

（1）市场上的洗发香波主要有哪些类型?

（2）洗发香波的主要成分是什么?

（3）表面活性剂在洗发香波中主要起什么作用?

4.7　固体乙醇的制备

4.7.1　实验目的

（1）学习回流实验操作。

（2）制备固体乙醇。

4.7.2　实验原理

乙醇是一种易燃、易挥发的液体,沸点 78℃,凝固点－144℃。它被广泛应用于化学工业和医药卫生方面。在日常生活中乙醇是一种重要的燃料,应用于餐饮业及旅游业。

作为燃料使用时,液体乙醇存在运输不便、安全系数低的缺点。可以用以下两种方法使其固化,形成燃烧平缓均匀、火焰明亮的固体乙醇。方法一:将硬脂酸钠与乙醇的混合物受热共融,冷却后形成块状物体;或用硬脂酸的乙醇溶液与氢氧化钠的乙醇(或水)溶液反应生成。其中加入石蜡作为黏合剂,将液体乙醇包含在硬脂酸钠骨架中。方法二:利用乙酸钙易溶于水而难溶于乙醇的性质,当两种溶液混合时,乙酸钙在乙醇中形成凝胶而析出,液体逐渐从浑浊变稠厚,最后凝聚为固体。

4.7.3　仪器和试剂

水浴锅 1 个、磁力加热搅拌器 1 台、冷凝回流管 1 个、铁架台 1 个、圆底烧瓶 1 个。乙醇(95%)、氢氧化钠、硬脂酸钠、硬脂酸(90%)、石蜡(90%)、硝酸铜、乙酸钙。

4.7.4　实验内容与步骤

1. 固体乙醇的制备

1) 硬脂酸钠法

在装有温度计和回流冷凝管的 250 mL 三口烧瓶中加入 3.5 g 的硬脂酸钠、1.0 g 石蜡和 75 mL 乙醇。混合物在水浴中加热至 70 ℃并用电磁搅拌器搅拌至固体全部溶解。将 0.6 g 氢氧化钠溶于 2.5 mL 水中,加入乙醇(95%)50 mL 搅匀后迅速倒入上面的三口烧瓶中。沸腾下搅拌数分钟后,加入 0.05 g 硝酸铜,再回流 15 min,使反应完全。最后乘热倒入模具中,冷却后即得产品。

2) 硬脂酸法

在装有温度计和回流冷凝管的 250 mL 三口烧瓶中加入 1.5 g 硬脂酸、0.4 g 石蜡和 30 mL 乙醇。混合物在水浴中加热至 70℃并用电磁搅拌器搅拌至固体全部溶解。将 0.3 g 氢氧化钠溶于 1 mL 水中,加入乙醇 20 mL,搅匀后迅速倒入上面的三口烧瓶中。沸腾下搅拌均匀后加入 0.02 g 硝酸铜,再回流 15 min 使反应完全。最后倒入模具中,冷却后即得产品。

3) 乙酸钙法

将 6 mL 饱和 $Ca(CH_3COO)_2$ 溶液和 25 mL 工业乙醇在模具内迅速混合,放置成型后即得产品。

2. 固体乙醇的产品质量

(1) 观察、记录、比较用不同方法制备的产品的外观和硬度。
(2) 取 5 g 自制的固体乙醇,放在坩埚中用火柴点燃,观察燃烧情况,填入下表。

固体乙醇产品的性状

制备方法	硬脂酸钠法	硬脂酸法	乙酸钙法
产品外观			
产品硬度			
火焰颜色			
燃烧残渣			
燃烧时间			

4.7.5　预习后的思考要点

(1) 固体乙醇与液体乙醇比较,有何优缺点?
(2) 固体乙醇的制造方法有哪些? 这些方法各有何优缺点?

4.8　利用废铝罐制备明矾

4.8.1　实验目的

(1) 了解利用回收废铝罐制备明矾的方法。
(2) 掌握减压过滤、沉淀的洗涤、转移及常温下结晶等基本操作。

4.8.2　实验原理

废铝罐是不易被分解的固体废弃物之一。铝是一种重要的原材料。日常生活中大量被抛弃的废铝罐不仅对环境造成污染,也造成铝资源的浪费和流失。因此,对废铝罐进行回收利用具有十分重要的意义。

本实验运用一些化学反应及操作,将生活中常见的废铝罐变成重要铝盐明矾。明矾是硫酸铝钾的俗称。其化学组成为 $[K_2SO_4 \cdot Al_2(SO_4)_3 \cdot 24H_2O]$,常简写为 $KAl(SO_4)_2 \cdot 12H_2O$。它是一种无色晶体,易溶于水,并水解生成 $Al(OH)_3$ 胶状沉淀,因此具有较强的吸附能力,是一种重要的工业原料,常用作净水剂,造纸填料等。

铝是活泼金属,易被氧化,其表面常有一层氧化铝膜,故与酸反应很慢。因此,采用碱溶方法,即利用 NaOH 溶液将氧化层溶解后,进一步与铝反应,制成四羟基铝酸钠。其反应式为

$$2Al+2NaOH+6H_2O \Longrightarrow 2Na[Al(OH)_4]+3H_2 \uparrow$$

再利用 H_2SO_4 调节溶液的 pH8～9,使四羟基铝酸钠转化为氢氧化铝沉淀。

$$2Na[Al(OH)_4]+H_2SO_4 \Longrightarrow 2Al(OH)_3 \downarrow +Na_2SO_4+2H_2O$$

通过过滤使其与其他杂质分离,在分离后的沉淀中加入硫酸溶解 $Al(OH)_3$ 生成 $Al_2(SO_4)_3$ 溶液。

$$2Al(OH)_3+3H_2SO_4 \Longrightarrow Al_2(SO_4)_3+6H_2O$$

在 $Al_2(SO_4)_3$ 的溶液中加入等物质的量的 K_2SO_4。由于明矾在水中的溶解度比 K_2SO_4、$Al_2(SO_4)_3$ 的溶解度都小,由此,可以从含有 Al^{3+}、K^+ 和 SO_4^{2-} 的饱和溶液中析出 $KAl(SO_4)_2 \cdot 12H_2O$ 晶体,从而制得明矾。

$$Al_2(SO_4)_3+K_2SO_4+24H_2O \Longrightarrow 2KAl(SO_4)_2 \cdot 12H_2O$$

4.8.3　仪器和试剂

电子天平(公用)、电炉 1 个、真空泵 1 台、布氏漏斗 1 个、漏斗 1 个、漏斗架 1 个、点

滴板、铁三脚、洗瓶、吸滤瓶、滴管、玻棒 1 根、蒸发皿 1 个、量筒 1 个、250 mL 烧杯 2 只、废铝罐 1 个、滤纸、砂纸、剪刀 1 把。

H_2SO_4（3 mol·L^{-1}）、NaOH（固体）、K_2SO_4（固体）、pH 试纸（适量）。

4.8.4　实验内容与步骤

1. 四羟基铝酸钠[$NaAl(OH)_4$]的制备

（1）从废铝罐上剪下铝片一块，用砂纸磨光表面后剪成小片，称取约 0.5 g 铝片备用。

（2）在电子天平上快速称取 2.0 gNaOH 固体，置于 250 mL 烧杯中，加入 40 mL 蒸馏水，温热溶解后，分批加入 0.5 g 铝片，继续微微加热，使反应速度加快，同时不断补充蒸馏水，以保持溶液体积。当氢气不再冒出，即表示反应完全。趁热过滤除去其他杂质。

注意：由于铝片与 NaOH 反应会生成氢气（氢气与空气混合后易产生爆炸），并伴随有恶臭，因此在通风橱中进行为宜，且切忌与明火接近。

2. $Al(OH)_3$ 的生成和洗涤

将上一步的滤液转入 250 mL 烧杯中，加热至沸，在不断搅拌下，滴加一定量的 3 mol·L^{-1} 的 H_2SO_4 溶液，使溶液的 pH 达到 8～9，继续搅拌煮沸数分钟，放置待白色 $Al(OH)_3$ 析出后，用布氏漏斗抽滤。并用热水洗涤沉淀，当滤液的 pH 达到 7～8 时，停止洗涤。

3. 明矾制备

将制得的 $Al(OH)_3$ 沉淀转移到蒸发皿中，加入约 12 mL 3 mol·L^{-1} 的 H_2SO_4 溶液，小心加热搅拌使 $Al(OH)_3$ 逐渐溶解。称取 1.8 g K_2SO_4 晶体一并加入蒸发皿中，继续加热至刚好溶解完全（若溶解不完全，可加入适量热水）。将所得溶液自然冷却，然后置于冰浴中，待结晶完全后，抽滤。产品用少量乙醇与水等体积混合液洗涤 2～3 次，抽干后转移到已知质量的洁净表面皿上，称量，根据理论产量计算产率。

4.8.5　预习后的思考要点

（1）本实验能否采用 H_2SO_4 直接溶解铝片以制取 $Al_2(SO_4)_3$？为什么？

（2）在生成 $Al(OH)_3$ 的过程中，为什么要加热煮沸并不断搅拌？用热水洗涤 $Al(OH)_3$ 沉淀是除去什么离子？

（3）当产品溶液达到稳定的过饱和状态而不析出晶体时，可以采用什么方法促使其结晶？

4.9　人造纤维的制造

4.9.1　实验目的

（1）学习简单配合物的制备。

（2）了解人造纤维的特性及用途。

（3）学习铜氨纤维的制备方法。

4.9.2　实验原理

现代社会中,化学纤维已是人们生产生活中不可缺少的物质。化学纤维分为人造纤维和合成纤维两大类,合成纤维是利用石油、天然气、煤和农副产品作为原料制成的纤维。人造纤维是用某些线型天然高分子化合物或其衍生物作为原料,直接溶解于溶剂或制备成衍生物后溶解于溶剂生成纺丝溶液,之后再经纺丝加工制得的多种化学纤维的统称。

竹子、木材、甘蔗渣、棉籽绒等都是制造人造纤维的原料。根据形状和用途,人造纤维分为人造丝、人造棉和人造毛三种。重要品种有黏胶纤维、醋酸纤维、铜氨纤维等。具体又可分为再生纤维素纤维、纤维素酯纤维、蛋白质纤维和其他天然高分子物纤维。

人造纤维的性能与合成纤维相比,纤维强度稍低,吸湿性好,染色比较容易。所以人造棉、人造丝织物具有手感柔软、穿着透气舒适、染色鲜艳等特点。人造纤维的产品形式有长丝(人造丝)和短纤维两类。人造纤维用途广泛,可用于制作衣着用品和室内装饰用品,也可用于制作轮胎帘子线、香烟过滤嘴等。

棉花是由纤维素分子($C_6H_{10}O_5$)$_n$ 组成的,纤维素分子中的每个葡萄糖环上有 3 个游离的羟基。在铜氨溶液中,纤维素分子中的羟基由于与铜离子的配位作用而完全电离,失去其上的质子,形成纤维素的铜氨配合物,这就是深蓝色铜氨纤维素溶液(纺丝液)。在无机酸的存在下,铜氨配合物会被破坏,纤维素的铜氨配合物会发生分解,导致纤维素的再生。

4.9.3　仪器和试剂

电子天平(1 台,公用)、电热恒温鼓风干燥箱(公用)、250 mL 烧杯 2 个、100 mL 量筒 1 个、漏斗、针筒、针头 1 套、培养皿、玻棒。

NaOH($0.2\ mol \cdot L^{-1}$,30%)、$CuSO_4 \cdot 5H_2O$、$BaCl_2$($0.1\ mol \cdot L^{-1}$)、浓氨水(25%)、H_2SO_4(20%)、滤纸、脱脂棉。

4.9.4　实验内容与步骤

1. $CuSO_4$ 溶液的配制

用电子天平称取 2.5 g 五水硫酸铜晶体于烧杯中,加水 20 mL 搅拌溶解。

2. 铜氨溶液的制备

用量筒量取 0.2 mol·L^{-1} 的 NaOH 溶液 100 mL 加入到硫酸铜溶液中,即产生蓝色氢氧化铜沉淀。静止片刻,倾去上层清液,过滤,再用水洗涤数次,用 BaCl$_2$ 溶液检验,直至沉淀中的 SO$_4^{2-}$ 被彻底洗尽为止。将已洗净沉淀中的大部分水去除后,转移至烧杯中,滴加 25% 的浓氨水,并不断搅拌,使氢氧化铜沉淀溶解成为深蓝色的铜氨溶液。

3. 脱脂棉的溶解

取少量脱脂棉花,放入铜氨液中,用玻棒小心搅拌,棉花纤维在铜氨液中逐渐溶解,即得到铜氨纤维溶液,也称纺丝液。

4. 人造纤维的制备

把纺丝液倒入医用的注射器的针筒内,再装上 6～8 号针头(预先把针头斜面截齐)。将注射器活塞轻轻往下压,把纺丝液挤压至 30% 的 NaOH 溶液中,纺丝液遇到碱液会立即凝固。用镊子夹住线头,使丝在碱液中慢慢通过。再将它引到另一个盛有 20% 硫酸溶液的培养皿中,纤维素就成为细丝而再生出来,成为人造丝。

5. 人造纤维的干燥

将制得的无色丝线绕在玻璃框上,用水洗涤至中性,在干燥箱中于 60～70℃ 干燥,即可获得光亮洁白的人造纤维。

4.9.5　预习后的思考要点

(1) 配合物的结构特点是什么?

(2) 人造纤维在我们的生活中有哪些用途?

(3) 除本实验的脱脂棉外,还可用哪些物质作为人造纤维的原料?

第 5 章　设计性实验

在高年级的学习及工作中,往往需要自己设计实验方案,独立完成相关实验。所以学习自行设计实验是实验课程的一项重要任务,设计实验也是对学生实验能力综合而全面的考察。

设计性实验要求学生自己设计、草拟实验步骤;选用适当仪器和药品用量;说明实验时观察的内容。设计的实验程序应包含实验目的、实验原理、实验选用的仪器和试剂、实验内容与步骤、实验现象及数据记录、讨论等完整的内容,经教师审查后方可进行实验。实验中,应详细记录现象并加以解释,最后得出结论,写出完整的实验报告。

5.1　硝酸钾的制备

1. 实验目的

(1) 熟练地掌握普通化学实验中的基本操作和基本知识。
(2) 通过自行设计实验,提高独立进行科学实验的操作技能和工作能力。
(3) 了解简单无机物的制备方法。

2. 提供的仪器和试剂(仅供参考)

天平、量筒(10 mL、20 mL、50 mL)、烧杯(50 mL、100 mL、200 mL)、常规过滤装置、减压过滤装置、表面皿(大、小)、蒸发皿(大、小)、温度计(精确度为 0.1℃)、三脚架、石棉网、玻棒、酒精灯、洗瓶。

$NaNO_3$(固体)、KCl(固体)、滤纸、火柴、乙醇。

3. 设计要求

(1) 根据本实验要求制备的物质,结合提供的试剂,参考所学知识,查阅相关资料,然后拟定完整的实验方案,其内容应包括实验目的、实验原理、仪器(表明规格数量)和试剂(固体或溶液,溶液要表明浓度)、实验内容与步骤(必要时应写明实验注意事项)及实验报告的设计。

(2) 实验开始前由指导教师检查每一个学生设计方案是否合理、可行。若发现个别学生设计的方案有错误或不符合要求,教师可根据具体情况要求学生当场修改,或停止其进行实验,在指定日期另行补做。设计的实验方案经教师审查认可后,才能独立进行实验,并写出实验报告。

4. 设计提示

(1) 本实验所提供的 $NaNO_3$ 与 KCl 2 种试剂之间的反应属离子反应,可形成 4 种盐,它们在不同温度下的溶解度是不相同的,见下表。

4 种盐的溶解度[g/(100mL 水)]

盐的名称	$NaNO_3(15℃)$	KCl(20℃)	NaCl(0℃)	$KNO_3(100℃)$
溶解度/[g/(100mL 水)]	81.5	34.7	35.7	247

(2) 以制取 10~20 g KNO_3 来确定需称量的反应物的量(g)。

(3) 参阅普通过滤与减压过滤的适用范围。

5. 设计提问

(1) 可否采取控制温度的方法来制取 KNO_3?

(2) 使反应物溶解的水的量以何为依据? 溶解时是否加热?

(3) 浓缩溶液时,是使用蒸发皿还是使用烧杯?

5.2 粗硫酸铜的精制

1. 实验目的

(1) 进一步熟悉实验设计方法,培养独立解决实际问题的能力。

(2) 掌握粗硫酸铜的提纯方法及过程。

(3) 提高有关过滤、蒸发、结晶等基本操作的技能。

2. 提供的仪器和试剂

仪器可根据需要在普通化学实验常用仪器中选择。

粗 $CuSO_4(s)$、$H_2SO_4(1\ mol\cdot L^{-1})$、$NaOH(0.5\ mol\cdot L^{-1})$、$H_2O_2(3\%)$。

3. 设计要求

(1) 针对粗硫酸铜中所含的各种可溶和不可溶杂质列出相应的处理方法,结合前面所掌握的各种基本操作,拟出完整的实验方案,内容应包括实验目的、实验原理、仪器和试剂、实验内容、步骤、实验报告等。

(2) 实验开始前由指导教师检查每一个学生设计方案是否合理、可行。若发现个别学生设计的方案有错误或不符合要求,教师可根据具体情况要求学生当场修改,或停止其进行实验,在指定日期另行补做。设计的实验方案教师审查认可后,独立完成实验,写出实验报告。

4. 设计提示

(1) 粗硫酸铜中的杂质可分为可溶性和不溶性杂质两类。可溶性杂质中常有 Fe^{2+}、Fe^{3+} 等。

(2) Fe^{3+}、Cu^{2+} 均能与 OH^- 生成沉淀,故要除去 Fe^{3+} 而又不能损失 Cu^{2+},就必须从理论上计算出溶液的 pH 应控制的范围。

5. 设计提问

(1) 怎样将 Fe^{2+} 转变为 Fe^{3+} 予以除去?

(2) 粗硫酸铜中的不溶性杂质是与沉淀物(杂质)同时过滤除去还是分别过滤除去? 为什么?

5.3　溶液中常见离子的定性检测

1. 实验目的

(1) 练习设计实验的各个步骤,为今后进行科学研究奠定初步的基础。

(2) 掌握常见离子的定性检测原理和方法。

2. 提供的仪器和试剂

仪器可根据需要在普通化学实验常用仪器中选择。

$BaCl_2$(0.5 mol · L^{-1})、HCl(6 mol · L^{-1})、NaOH(6 mol · L^{-1})、$AgNO_3$(1 mol · L^{-1})、HNO_3(6 mol · L^{-1})、NH_3 · H_2O(6 mol · L^{-1})、KCN 饱和溶液、HAc(6 mol · L^{-1})、NH_3 · H_2O(浓)、H_2SO_4(浓)、$K_4[Fe(CN)_6]$(0.1 mol · L^{-1})、玫瑰红酸钠 1%、铝试剂 0.1%、奈斯试剂、乙酸铀酰锌、$FeSO_4$(s)、二苯胺[$(C_6H_5)_2NH$]、酚酞等。

3. 设计要求

(1) 未知液中含有 Na^+、Fe^{3+}、Al^{3+}、Cu^{2+}、NH_4^+、NO_3^-、SO_4^{2-}、Cl^- 8 种离子中的 5~6 种。参阅有关资料拟出定性检测的完整方案,内容应包括实验目的、实验原理、仪器和试剂、实验内容与步骤、实验报告等。

(2) 实验开始前由指导教师检查每一个学生设计方案是否合理、可行。若发现个别学生设计的方案有错误或不符合要求,教师可根据具体情况要求学生当场修改,或停止其进行实验,在指定日期另行补做。设计的实验方案经教师审查认可后,独立完成实验,写出实验报告。

4. 设计提示

(1) 参阅教材《普通化学》有关章节,如电解质溶液、配位化合物等内容。

(2) 参阅本实验教程之实验 3.24 节生物界及生态环境中常见离子的基本反应与鉴定。

(3) 利用图书馆相关资料,查阅各种常见离子的性质及检测方法。

5. 设计提问

(1) 本实验设计方案的依据是什么?
(2) 试液的取量应怎样控制才是适宜的?

5.4　草酸含量的测定

1. 实验目的

(1) 巩固、提高、考查一些常用实验仪器的使用等基本操作。
(2) 培养综合运用实验有关知识和设计实验能力。

2. 提供的仪器和试剂

根据需要自行选择仪器。
固体草酸样品、标准 HCl 溶液($0.1 \text{ mol} \cdot \text{L}^{-1}$),其余试剂自选。

3. 设计要求

(1) 根据本实验要求,结合提供的试剂,参考所学知识,查阅相关资料,然后拟定完整的实验方案,其内容应包括实验目的、实验原理、仪器(表明规格数量)和试剂(固体或溶液,溶液要表明浓度)、实验内容与步骤(必要时应写明实验注意事项)及实验报告的设计。

(2) 实验开始前由指导教师检查每一个学生设计方案是否合理、可行。若发现个别学生设计的方案有错误或不符合要求,教师可根据具体情况要求学生当场修改,或停止其进行实验,在指定日期另行补做。设计的实验方案经教师审查认可后,才能独立进行实验,并写出实验报告。

(3) 由教师分发给每一个学生一种盛于称量瓶中的不同编号的固体样品,学生需记下该试样编号,在规定时间内,独立完成实验。

5.5　化 学 平 衡

1. 实验目的

(1) 巩固化学平衡的相关理论知识。
(2) 培养独立设计实验的能力。

2. 设计要求

自选仪器和试剂，根据以下要求设计实验及相关操作。

（1）利用 $0.1\ mol \cdot L^{-1}\ NaHCO_3$ 和 $0.1\ mol \cdot L^{-1}\ Na_2CO_3$ 配制具有最佳缓冲能力的缓冲溶液 250 mL，并精确测定其 pH。

（2）分别测定 $0.1\ mol \cdot L^{-1}\ Na_2CO_3$ 与 $0.1\ mol \cdot L^{-1}\ Al_2(SO_4)_3$ 溶液的 pH，两溶液混合，产生沉淀，若无沉淀产生，可微加热。通过实验证明生成的沉淀是何种物质。

（3）利用 0.1% 淀粉、$0.01\ mol \cdot L^{-1}$ 碘水及 $0.2\ mol \cdot L^{-1}\ Na_3AsO_3$，通过如下反应试验 pH 高低对物质氧化还原性的影响。

$$I_2 + Na_3AsO_3 + 2NaOH \Longrightarrow Na_3AsO_4 + 2NaI + H_2O$$

第6章 普通化学实验常用仪器

普通化学实验的常用仪器有多种类型,这里仅结合本书的实验内容,根据大学一年级学生的知识基础和特点,对仪器的结构性能作简略介绍,重点介绍仪器的使用方法和使用时的注意事项。

6.1 天 平

1. 天平的分类

天平是用于准确称取物质质量的仪器。根据称量原理,天平有机械天平和电子天平两大类,由于使用上的方便,现在各实验室常用的都是电子天平。

电子天平是根据电磁力平衡被称物体重力原理制造的,按分度值和最大载荷不同,电子天平可分为超微量、微量、半微量和常量天平等几类。超微量电子天平的最大载荷是 $2\sim5$ g,其分度值为 ±0.001 mg;微量电子天平的最大载荷一般为 $3\sim50$ g,其分度值为 ±0.001 mg 或 0.01 mg;半微量电子天平的最大载荷一般为 $20\sim100$ g,分度值为 ±0.01 mg;常量电子天平的最大载荷一般为 $100\sim200$ g,其分度值为 ±0.1 mg。通常所说的分析天平其实是常量天平、半微量天平、微量天平和超微量天平的总称,即分度值小于等于 ±0.1 mg 的电子天平。分度值为 0.1 g,0.01 g,0.001 g 等的电子天平称为精密电子天平。在实际称量时,应根据称量精度的要求选择合适的天平,一般的实验室中,常用的是分度值为 ±0.1 mg 的电子分析天平以及分度值为 0.1 g 或 0.01 g 的精密电子天平,分别见图 6-1-1。

(a) 精度为0.1g的电子天平

(b) 精度为0.0001g的电子天平

图 6-1-1 电子天平的外观

电子天平用单片机进行自动平衡和数据处理,具有自动清零、自动校准、超载保护、故障报警及联机输出等功能,操作十分简便,称量迅速快捷。

电子天平应置于稳定、平整的工作台上。应避免天平震动、阳光照射、气流及强电磁波干扰。天平的使用环境一般为：温度界限 5～35 ℃，温度波动 5 ℃/h，相对湿度 50%～85%。

2. 精密电子天平的称量操作方法

（1）将天平置于稳定、平整的工作台上，台面不平时可旋转天平垫脚螺丝或用螺丝刀适当调整橡皮脚螺丝高度。

（2）擦拭干净天平托盘，将天平电源线插入 220 V 电源插座，打开电源开关，天平依次显示"8.8.8.8.8."、"200.0（最大称量值）"、"----"，最后显示"0"、"0.0"或"0.00"的称量模式。

（3）校准操作。在秤盘上不加任何物体的情况下，按住 CAL（校准）键不松手，约过 3 s 后显示"----CAL----"时即刻松手，稍候，天平显示闪烁"标准砝码值"，将闪烁的标准砝码值的砝码置于秤盘上，显示"----"等待状态，稍候，显示"0"、"0.0"或"0.00"，校准结束。如校准后称重还是不准确，则按上述过程重复校准几次。

（4）称量操作。开机预热稳定或校准后，显示称量模式"0"、"0.0"或"0.00"。将需称量的物品置于秤盘正中央，稍等片刻，显示数值恒定后，即为称量物品的质量。

若需称取试剂的质量，可利用天平清零的功能自动扣除容器质量，直接获得试剂的质量。具体操作方法是：置容器于秤盘中央，待稳定后，天平显示容器质量。按 TAR（清零）键后，天平显示"0"、"0.0"或"0.00"，即已清零。将试剂放入容器中，待稳定后，天平显示即为容器中试剂的质量。

称量完成后，应关闭天平电源开关，做好天平以及周边的清洁卫生。

3. 分析天平的称量操作方法

图 6-1-2 为 FA1604A 型分析电子天平的构造图。其最大载荷为 160 g，分度值为 0.1 mg/分度，示值变动性小于 ±0.0005 mg（试样质量为 0～50 g）或 ±0.001 mg（试样质量为 50～160 g）。其称量操作程序如下。

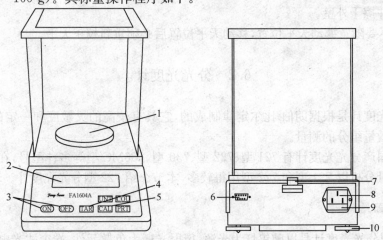

图 6-1-2　FA1604A 型电子天平构造图

1. 秤盘；2. 显示屏；3. 电源开关；4. 清零键；5. 天平校准；6. 数据接口；7. 水准器；
8. 电源插座；9. 保险丝座；10. 水平调节脚

(1) 调节水平:调节天平螺旋脚,使天平水平泡位于水准器中心。

(2) 接通电源:按 ON 键开机预热,显示器依次显示如下信息(图 6-1-3):

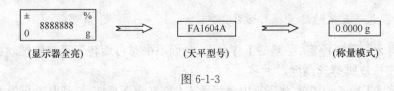

(显示器全亮)   (天平型号)   (称量模式)

图 6-1-3

(3) 清零:天平空载或轻轻放入称样容器,按 TAR 键使天平回到零状态,显示信息为 0.0000 g。

(4) 校准天平:按 CAL 键将显示闪烁的"CAL-100",再将 100 g 标准砝码轻轻放在秤盘中央,将依次显示"CAL----"(等待状态)和"100.0000 g",然后移去标准砝码,显示信息应为"0.0000 g",否则应按 TAR 键后重新校准。

(5) 称量样品:将样品加入称量容器(指定质量称量法)或将称量瓶轻轻放在秤盘中央(差减称量法),关闭天平门,等显示器左下角的"0"标志消失后(有些天平为质量单位 g 显示)即可读数。

(6) 空载关机:必须首先取下称量瓶,保证天平称盘空载,然后才能按 OFF 键,关闭天平。

(7) 清洁复原:清扫称盘,关门盖罩。

电子天平是精密的称量仪器,在进行称量操作时应注意:

(1) 必须关闭天平才能清扫称盘和调节水平。

(2) 不要加载质量超过其称量范围的物体,绝不能用手压称盘。

(3) 称量时必须关闭天平门,避免气流影响称量。

(4) 避免震动及阳光照射。

(5) 保持天平室干燥整洁,不得将潮湿物品带入天平室,样品接受容器必须将其中的水倒干并擦干外壁。

(6) 不要随意挪动天平位置,移动天平位置后必须重新校正天平。

6.2 分光光度计

分光光度计是根据朗伯-比尔定律制成的,它具有较高的灵敏度和一定的准确度,特别适合微量组分的测量。

目前国产分光光度计有 721 型、722 型、730 型、756MC 型等多种型号,在可见光范围内做定量分析以 721 型和 722 型用得较多,本节介绍 722 型分光光度计。

1. 仪器结构

722 型分光光度计是以碘钨灯为光源,衍射光栅为色散元件,端窗式光电管为光电转换器的单光束、数显式可见分光光度计。波长为 330~800 nm,波长精度为 ±2 nm,波长重现性为 0.5 nm,单色光的带宽为 6 nm,吸光度的显示范围为 0~1.999,吸光度的精确度为 0.004(在 $A=0.5$ 处)。仪器由光源室、单色器、试样室、光电管暗盒、电子系统及数字显示器等部件组成,其外形如图 6-2-1 所示。

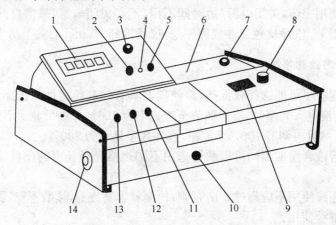

图 6-2-1　722 型光栅分光光度计外形

1. 数字显示器;2. 吸光度调零旋钮;3. 选择开关;4. 斜率电位器;5. 浓度旋钮;
6. 光源;7. 电源开关;8. 波长旋钮;9. 波长刻度盘;10. 试样架拉手;
11. 100%T 旋钮;12. 0%T 旋钮;13. 灵敏度调节钮;14. 干燥器

2. 仪器的使用方法

(1) 取下防尘罩,将灵敏度调节钮置于 1 挡,将选择开关置于 T 挡。

(2) 插上电源,按下电源开关,其指示灯亮。调节波长旋钮使所需波长对准标线,调节 100%T 旋钮使显示透光率为 70%左右,仪器在此状态下预热 15 min。显示数字稳定后即可进行后续操作。

(3) 打开吸收池箱盖,调节 0%T 旋钮,使数字显示为 000.0。

(4) 将盛有参比溶液的吸收池置于吸收池架的第一格内,盛试样的吸收池置于第二格内,盖上吸收池箱盖。将参比溶液推入光路,调节 100%T 旋钮使之显示为 100.0,如果显示不到 100.0,则要增大灵敏度挡,然后再调节 100%T 旋钮,直到显示为 100.0。

(5) 重复操作(3)和(4)步骤,直到显示稳定。

(6) 稳定地显示 100.0 透射比后,将选择开关置于 A 挡,此时吸光度显示应为.000(该仪器省略了小数点前的 0),若不是,则调节吸光度调零旋钮,使显示为.000。然后将试样推入光路,这时的显示值即为试液的吸光度。

(7) 实验过程中,不要将参比溶液拿出吸收池箱,可随时将其置入光路以检查吸光度零点是否有变化。如不为.000,不要先调节吸光度调零旋钮,而应将选择开关置于 T 挡,用 100%T 旋钮调至 100.0,再将选择开关置于 A 挡,这时方可调节吸光度调零旋钮至显示.000。

一般情况下不需要经常调节吸光度调零旋钮和 0%T 旋钮,但可随时进行(3)和(4)的操作,如发现这两个显示有改变,则应及时调整。

(8) 浓度 c 的测量:选择开关置于 c 挡,将已标定浓度的溶液放入光路,调节浓度旋钮,使数字显示为标定值,将被测样品放入光路,即可读出待测样品的浓度值。

(9) 仪器使用完毕,关闭电源(短时间不用,不必关闭电源,只需打开吸收池箱盖,停止照射光电管)。洗净比色皿并放回原处,仪器冷却 10 min 后盖上防尘罩。

3. 仪器使用注意事项

(1) 灵敏度应尽可能选择较低挡,以使仪器具有较高稳定性。选择灵敏度挡的原则是:当参比溶液进入光路时,应能调节至透光率为 100%。如果显示不到 100%,则要增大灵敏度挡,然后再调节 100%T 旋钮,直到数字显示为 100%。

(2) 根据溶液含量的不同可以酌情选用不同规格光径长度的比色皿,使吸光度读数处于 0.8 之内。

(3) 仪器连续使用不应超过 2 h,否则,检测器容易疲劳,读数不稳,影响测定,最好间歇 0.5 h 后继续使用。

(4) 当仪器停止工作时,必须切断电源,把开关关上。

(5) 要防止仪器受潮。

4. 比色皿使用注意事项

(1) 使用时,用手捏住比色皿的毛玻璃面,切勿触及透光面,以免透光面被污染或磨损。

(2) 待测液加至比色皿约 3/4 高度处为宜。

(3) 在测定一系列溶液的吸光度时,通常都是按溶液浓度由小到大的顺序进行。使用的比色皿必须先用待测溶液润洗 2~3 次。

(4) 比色皿外壁的液体用吸水纸吸干。

(5) 清洗比色皿时,一般用蒸馏水冲洗。如比色皿被有机物污染,可用盐酸-乙醇混合液(1:2)浸泡片刻,再用纯水冲洗,不能用碱液或强氧化性洗涤剂清洗,也不能用毛刷刷洗,以免损伤比色皿。

6.3　热　量　计

在科学研究和工农业生产中经常需要测定化学反应的热效应。化学反应热效应的测定,通常是在热量计中进行的。热量计是一个绝热的容器(以防止热量散失),并且带有温度测量和物料搅拌装置。

准确度要求较高的测量需采用氧弹热量计。氧弹热量计的种类较多,外观各异,常见的有自动热量仪、微机全自动热量仪等。其热量系统由氧弹、内筒、外筒、温度传感器、搅拌器、点火装置、温度测量和控制系统及水构成。自动热量仪的主机一般由机壳、外筒、内筒、备用水箱(或定容器)、搅拌器、温度传感器、点火电极、水循环系统、控制电路等组成。有些自动热量仪还有外筒水温调节系统和外筒子温度控制系统,可以保持外筒子水温和整个热量仪体系温度保持在一个很小的范围内波动,为整个热量体系创造一个相对稳定的测量环境。自动热量仪通过计算机自动采集温度,并可自动对数据进行结果处理。

　　图 6-3-1 是 GR-3500 型氧弹式热量计的结构示意图,图 6-3-2 是氧弹的外观及剖视图。氧弹式热量计的使用方法需参照具体的说明书。

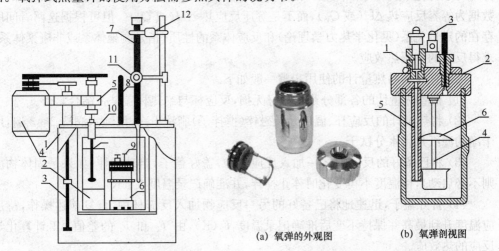

图 6-3-1　氧弹式热量计结构示意图

1. 外壳;2. 热量容器;3. 搅拌器;4. 搅拌器电机;5. 绝热支架;6. 氧弹;7. 贝克曼温度计;8. 玻璃温度计;9. 电极;10. 盖子;11. 放大镜;12. 电振荡装置

(a) 氧弹的外观图　　　　(b) 氧弹剖视图

图 6-3-2　氧弹的外观及剖视图

1. 充氧阀门;2. 放气阀门;3. 电极;4. 坩埚架;5. 充气管;6. 燃烧挡板

　　在准确度要求一般或设备条件有限时,采用简易热量计进行热效应的测定是一个性价比很好的方法。现在的保温杯保温效果较好,是良好的绝热的容器,常用于制作简易热量计,保温杯式简易热量计的结构如图 6-3-3 所示。

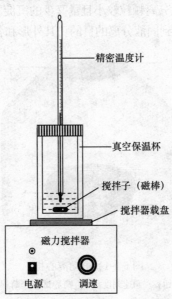

精密温度计

真空保温杯

搅拌子(磁棒)

搅拌器载盘

磁力搅拌器

电源　　调速

图 6-3-3　保温杯式简易热量计的结构

利用热量计测出化学反应发生前后温度变化 ΔT,利用热量计的热容,经一定的计算即可求得化学反应的热效应。由于热量计反应杯的容积是恒定的,因此所测得的热数据为等容反应热 ΔU(或 Q_V),而不是等压反应热 ΔH(或 Q_p)。但可根据这两者间所存在的定量关系(见化学热力学理论)和反应体系的性质(指是凝聚体系或非凝聚体系)求得反应的等压热效应。

保温杯式简易热量计的使用步骤一般如下。

(1) 检查热量计的各部分是否完好无损,反应杯与绝热杯盖是否结合紧密。

(2) 将热量计的反应杯、温度计及磁棒(搅拌子)刷洗干净,用纯水润洗 2～3 遍,用干净的滤纸片将水分拭干。

(3) 将已备好的反应物之一加入反应杯中,盖好盖子,启动搅拌(如果是固体物质则不必启动),待温度不再变化时停止搅拌,并准确记录温度 T_1(K)。

(4) 打开盖子,迅速地将已备好的另一反应物加入反应杯中,重复前述操作,待反应温度升到最高并保持不变后准确记录温度 T_2(K),由 T_2 和 T_1 的差值 ΔT 计算化学反应的热效应。

若温度升到最高值后,有缓慢的降低,说明保温杯有少量热损失,需每隔 30 s 记录一次温度,持续记录数分钟,然后通过作图法修正保温杯的热损失,求得校正后的 ΔT,才能计算反应的热效应。

(5) 将热量计各部件清洗干净,并装好放回原处。

6.4 电动离心机

电动离心机是用来迅速地分离颗粒较小且量又少的沉淀的实验仪器。它的工作原理是借助高速旋转产生的离心力达到固液分离的目的。其外形和各部件名称如图6-4-1所示。

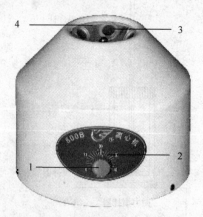

图 6-4-1 电动离心机
1. 调速旋钮;2. 调速刻度盘;3. 离心试管套筒;4. 套筒架

电动离心机的使用方法如下。

(1) 检查各部件是否完好,旋钮是否指示在 0 刻度。

（2）将电动离心机置于稳定水平的实验台或平整的地面上。

（3）接通电源，将旋钮转至最低挡以检查离心机的运转状况，如果噪声小，运转平稳，说明离心机运转正常，将旋钮调回 0 刻度待用。

（4）将已装好分离物的离心试管对称地插入套筒内，盖好离心机的板盖，然后启动离心机。启动时，应从 0 挡逐一地升挡至合适的挡，经约 3 min 的离心分离，沉淀已沉降于试管的底部，这时可关闭离心机。关闭时应从较高的挡逐一地转至 0 挡。

（5）旋钮转至 0 挡约 1 min 后，套管架的惯性作用才会完全停止，这样才能安全地开盖取物。

电动离心机是转速极快的机械设备，使用时要特别注意安全。启动和关闭时的动作要轻，不可操之过急，样品放入要对称，运转时身体不能触及机体，更不能强行阻止运转，否则会使设备受损，甚至造成人体伤害。

6.5　磁力搅拌器

磁力搅拌器常用于需要较长时间进行搅拌的反应。它的工作原理是通电后，仪器内的电机带动磁极旋转，从而使置于载盘上的反应物中的磁棒旋转，以起到对溶液进行搅拌的作用。很多磁力搅拌器还具有对反应物进行加热的功能。其外形和各部位名称见示意图 6-5-1。

使用方法如下。

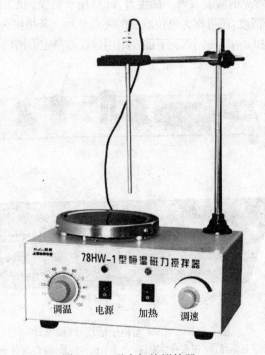

图 6-5-1　磁力加热搅拌器

（1）检查搅拌调速旋钮是否指在低速挡，温度调节旋钮是否指 0 挡或加热开关是否置于关闭状态。

（2）接通电源，启动电源开关，电源指示灯应亮起。打开搅拌开关，当搅拌指示灯亮时，表示搅拌正常。有些搅拌器没有专门的搅拌开关，打开电源开关后，从慢到快调节搅拌调速旋钮，载盘上的磁棒能正常旋转，也说明搅拌正常。打开加热开关，加热指示灯亮，表示加热正常。如果不需要加热，可不必进行此项检查。然后关闭电源开关。

（3）将放有磁棒的反应液置于载盘正中央，启动电源开关，此时反应液处于最低搅拌状态，如果不能满足要求，可向高速挡方向转动搅拌调速旋钮以增大搅拌力度。但旋钮的转动不得过快，所调挡位不得过高，否则容易损坏仪器。

（4）当反应液还需加热时，就将温度调节旋钮从 0 挡逐一调至适宜的挡位。但加热时间不能太久，温度也不能太高，否则会烧坏仪器。

（5）反应结束，先停加热（逐挡调至 0 挡），然后停止搅拌（由高速挡逐渐调至低速挡），最后关闭电源，拔掉电源插头。

6.6　酸度计及离子活度计

酸度计、离子活度计的型号非常多，外观也有很大差异，但其使用方法大同小异，具体使用时可参照其说明书。

图 6-6-1 是一种常见的酸度及离子活度计，除可用于精确测定溶液 pH 外，也可用于测定直流毫伏值及离子活度，还可作为电位滴定的终点显示。其精度为 ± 1 mV 和 ± 0.01 pX，量程为 $0 \sim 1999$ mV 和 $0 \sim 19.99$ pX。下面介绍用该仪器测定溶液的毫伏值和 pH 的方法。

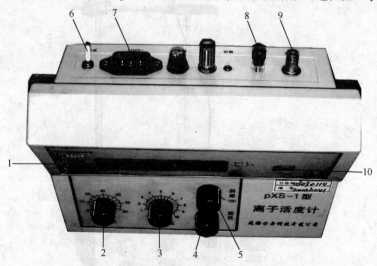

图 6-6-1　PXS-1 型离子活度计（酸度计）
1. 数字显示器；2. 温度补偿旋钮；3. 等电位补偿旋钮；4. 定位补偿器；
5. 斜率补偿器；6. 电源开关；7. 电源插座；8. 参比电极接线柱；
9. 指示电极及复合电极插座；10. 模式选择按钮

1. 溶液毫伏值的测定

(1) 接通仪器电源。

(2) 将洗净并吸干水分的参比电极和指示电极(又称离子选择电极)分别夹于活动电极架上。

(3) 将两个电极分别插入对应的插座上,然后将参比电极和指示电极同时插入待测溶液(又称试液)中。

(4) 按模式选择按钮键,使数字显示器显示为 mV 挡。

(5) 待显示数值基本稳定不变后即可读数,该读数即为待测溶液在电极上的毫伏值。

(6) 断开仪器电源,将电极从溶液中取出冲洗干净并吸干待用(或将电极从插座上拔下来冲洗干净、收好)。

2. pH 的测定

1) 仪器定位

(1) 接通电源,按模式选择按钮,使数字显示器显示为 pX 挡。

(2) 将洗净且吸干水的 pH 玻璃复合电极夹于活动电极架上,并插入对应的电极插座,然后将其插入 $pH_1 = 4.01$ 的标准缓冲溶液(邻苯二甲酸氢钾溶液)中,调节定位旋钮至显示值为 0.00。

(3) 将电极取出、洗净且吸干后,再插入 $pH_2 = 9.18$ 的缓冲溶液(一般为硼砂溶液)中,调节斜率旋钮至显示值为 $5.17(\Delta pH = pH_2 - pH_1)$,然后再调节定位旋转至显示值等于 pH_2 的数值(9.18)。

2) 溶液 pH 的测定

(1) 将电极取出,洗净且吸干,然后插入待测溶液中,待显示值基本稳定后进行读数,此值即为待测溶液的 pH。

(2) 测量完毕,将电极取出,洗净并吸干待用或按要求收好。

(3) 断开仪器电源,并按要求收好。

3. 注意事项

(1) 保持仪器干净,特别是接线器插孔更应注意。否则会降低仪器输入阻抗及引起零点严重漂移。

(2) 扭转各旋钮时不得用力过猛,也不得频繁拨动按键,以免损坏电位器。

(3) 甘汞电极(常用作参比电极)下端多孔性陶瓷不可堵塞或渗液太快。如果内部液面低于内参比电极甘汞糊状物的位置时,应及时补充饱和 KCl 溶液。

6.7 电 导 率 仪

电解质溶液的电导测量除可用交流电桥法外,目前多数采用电导率仪进行。其特点是测量范围广,可快速直读和操作方便。电导率仪的类型有多种,但基本原理大致相同。DDS 系列智能型电导率仪是精密的台式电导率仪,广泛应用于科研、教学和工农业生产。在此以 DDS-310 型数显电导率仪为例,说明其使用方法。

　　DDS-310 型数显电导率仪具有温度自动补偿、自动校准和自动量程切换等功能,可进行电导率、电阻率、TDS(溶解性总固体,即水中阴阳离子等无机可溶解性固体组分的总和)及温度测量。其结构见图 6-7-1,有 5 个选择按键,从左至右依次为如下。

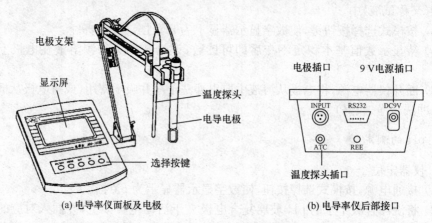

(a) 电导率仪面板及电极　　　　　　　　　(b) 电导率仪后部接口

图 6-7-1　DDS-310 型电导率仪示意图

　　(1) [ON/OFF]:电源开关键。

　　(2) [MODE]:功能键,可进行电导率、电阻率、TDS 测量模式切换。

　　(3) [SET]:设置键,设置或确认电导电极规格常数及电导池常数。

　　(4) [▲]:向上滚动键,在手动温度补偿时,提高设定温度;在 SET 状态下,选择电极常数。

　　(5) [▼]:向下滚动键,在手动温度补偿时,降低设定温度;在 SET 状态下,选择电极常数。

　　DDS-310 型数显电导率仪电导率的测量范围为 $0 \sim 2 \times 10^5$ μs/cm,分成了 6 个量程挡,仪器可在各量程间自动切换。

　　测量电导率的电导电极有光亮和镀铂黑两种,由于镀铂黑电极可以增加电极极片的有效面积,防止和减弱电极的极化,所以是常用的测量电极。铂黑电极在使用前必须在去离子水中浸泡 1 h,以防止铂黑惰化影响。

　　常用电导电极的规格常数(K)有 4 种:0.01、0.1、1、10。但实际电导池常数允差为 ≤±20%,即同一规格常数的电导电极的实际电导池常数 κ 的存在范围为0.8~1.2 K。被测液体的电导率等于仪器显示值乘以电导电极规格常数。测量液体介质,选用何种规格的电导电极,应根据被测液介质电导率范围而定。仪器配套及常用的电导电极的规格常数 K=1。

　　1. 温度补偿

　　一般盐溶液的温度补偿系数为 2%(α=2.00),参比温度为 25 ℃。本仪器的温度补偿系数为每摄氏度 2%。在作高精密测量时,尽量不采用温度补偿。

当设置温度为 25 ℃时,仪器无温度补偿作用,仪器显示值即为当时测量温度下的实际电导率值。当温度探头插入时,显示屏显示 ATC,表示仪器为自动温度补偿状态。

2. 电导率测量

(1) 将洗涤干净的电导电极接入仪器,拔出温度探头,按[ON/OFF]键打开电源开关,将温度设定为 25℃。

(2) 按[SET]键使显示屏上 K＝1.0 闪动,按[▲]、[▼]键选择目前使用的电导电极的规格常数(一般 K＝1.0),确定后按[SET]键,显示屏出现电导池常数闪动,按[▲]、[▼]键调整到目前使用的电导电极的电导池常数一致,再按[SET]键结束测定,按[MODE]键使显示屏左下角显示电导率,即进入电导率的测量状态。

(3) 将电极插入待测溶液,待仪器显示值稳定后读数,即为所测溶液的电导率。注意:在测定电导率时,仪器只显示单位 μs 或 ms,而省略了"/cm"。

(4) 测量完毕,断开电源,将电极洗涤干净按规定放置或保存。

电阻率的测量与电导率的测量类似,先设置常数,然后按[MODE]键使显示屏下方显示电阻率,进入电阻率的测量状态。在测定电阻率时,仪器只显示单位 MΩ 或 kΩ,而省略了"·cm"。

3. 注意事项

(1) 电极应置于清洁干燥的环境中保存。

(2) 电导电极出厂时,其电导池常数标示在电极头上,但在使用和保存过程中,因介质、空气侵蚀等因素的影响,电导池常数会有所变化。电导池常数变化后,可以使用本仪器利用校准溶液进行重新标定。

(3) 测量时,为保证待测溶液不被污染,电极及温度探头都应用去离子水冲洗干净,然后用待测溶液润洗 2～3 次,并用干净的滤纸吸干水分。

6.8　气　压　表

大气压力对很多化学反应有明显的影响,所以大气压是重要的实验参数,在实验中经常需要测定。测定气压的仪器多种多样,主要类型有以下 6 种。

(1) 液体气压表,它利用的是一定长度的液柱质量直接与大气压力相平衡的原理进行测量,常用液体有水银、油和甘油等。

(2) 空盒气压计,它利用空盒的金属弹力和大气压力相平衡的原理进行气压测量。空盒气压计一般制成便携式,携带及使用方便,直接读数即可,是现在使用较多的一种气压计。

(3) 膜盒式电容气压传感器,它利用真空膜盒,当大气压力产生变化时,弹性膜片产生形变而引起其电容量的改变,通过测量电容量来测量气压。

(4) 振筒式气压传感器,它利用弹性金属圆筒在外力作用下发生振动,当筒壁两边存在压力差时,其振动频率随压力差而变化,从而实现气压的测量。

(5) 压阻式气压传感器,它利用气压作用在敏感元件所覆盖的抽成真空的小盒上,通过小盒使电阻受到压缩或拉伸应力的作用,由压电效应知道电阻值随气压变化而变化,通过测量电阻值来测量气压。

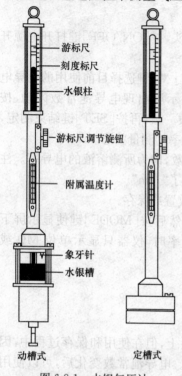

游标尺

刻度标尺

水银柱

游标尺调节旋钮

附属温度计

象牙针

水银槽

动槽式　　　　定槽式

图 6-8-1　水银气压计

(6) 实验室也常使用水银气压计。水银气压计于 1644 年发明,如图 6-8-1 所示,它主要由一个水银盛槽与一根玻璃管构成。玻璃管上端封闭,下端插入水银盛槽中,管内上端形成绝对真空,下部充满水银。当盛槽里的水银表面受到空气压力时,管内水银柱高度随着空气压力而变化。这时管中水银面与盛槽里水银面的高差就是所测空气的绝对压力。

水银气压计属于固定式装置,一般置于室内壁上,用于测量大气压力或用于校对其他压力计。水银气压计又分为定槽水银气压计和动槽水银气压计,两者在调节读数时略有不同,使用中应加以注意。动槽式水银气压表是法国人福丁(Fortin)于 1810 年发明制造的,故又称福丁式水银气压表。它的主要特点是标尺上有一个固定的零点。每次读数时,需将水银槽的表面调到这个零点处,然后读出水银柱顶的刻度。

水银气压计的结构及各部件的名称见图 6-8-1。用其测定大气压力的方法如下。

(1) 检查玻璃管内水银柱的顶端是否呈弯月面,若不是,可用手指轻敲外管。

(2) 转动游标尺调节手柄,使游标尺移到稍高于水银柱顶端的位置,然后慢慢向下移动游标尺,使游标尺基面与水银柱弯月面顶端刚好相切。

(3) 读数,在外管的标尺上读取零线以下最接近的刻度标尺整数,然后读取游标尺上恰好与外管标尺某一刻度线相吻合的刻度线的数值为十分位的小数,即得所测气压。

(4) 测定得到的气压读数经较正(有器差较正、重力较正和温度较正等)后才是当时的大气压力值。但因较正值微小,通常忽略不计。

(5) 不同气压计标示的单位不同,有的是毫米汞柱(mmHg),有的是巴(bar),故要注意单位换算。

1 大气压(atm)=760 mmHg(0℃)=1.013 巴(bar)=1013 毫巴(mbar)=1.013×10^5(Pa)

主要参考文献

甘孟瑜,曹渊. 2003. 大学化学实验. 3 版. 重庆:重庆大学出版社.

贺拥军,赵世永. 2007. 普通化学实验. 西安:西北工业大学出版社.

雷家珩,郭丽萍. 2009. 新编普通化学. 北京:科学出版社.

刘德育. 2009. 无机化学. 北京:科学出版社.

吕苏琴,张春荣,揭念芹. 2000. 基础化学实验. 北京:科学出版社.

沈建中. 2006. 普通化学实验. 上海:复旦大学出版社.

孙英,王春娜. 2009. 普通化学实验. 2 版. 北京:中国农业大学出版社.

唐树戈. 2010. 普通化学实验. 2 版. 北京:科学出版社.

武汉大学. 1989. 分析化学实验. 2 版. 北京:高等教育出版社.

武汉大学化学系无机化学教研室. 1997. 无机化学实验. 2 版. 武汉:武汉大学出版社.

武汉大学化学与分子科学学院实验中心. 2004. 普通化学实验. 武汉:武汉大学出版社.

杨勇. 2009. 普通化学实验. 上海:同济大学出版社.

张金艳,王德利. 2004. 大学化学实验. 北京:中国农业大学出版社.

张明晓. 2008. 分析化学实验教程. 北京:科学出版社.

周旭光,宋立明. 2009. 普通化学实验与学习指导. 北京:中国纺织出版社.

附　　录

附录1　常见弱酸的解离平衡常数(298.15K)

弱电解质	解离常数/$K_a^\ominus$	$pK_a^\ominus$	弱电解质	解离常数/$K_a^\ominus$	$pK_a^\ominus$
H_3AsO_4	$K_{a1}^\ominus = 6.03 \times 10^{-3}$	2.22	H_2S	$K_{a1}^\ominus = 1.3 \times 10^{-7}$	6.89
	$K_{a2}^\ominus = 1.05 \times 10^{-7}$	6.98		$K_{a2}^\ominus = 7.1 \times 10^{-5}$	14.15
	$K_{a3}^\ominus = 3.16 \times 10^{-12}$	11.50	H_2SO_3	$K_{a1}^\ominus = 1.29 \times 10^{-2}$	1.89
$HAsO_2$	5.13×10^{-10}	9.29		$K_{a2}^\ominus = 6.17 \times 10^{-8}$	7.21
H_3BO_3	5.81×10^{-10}	9.24	H_2SiO_3	$K_{a1}^\ominus = 1.70 \times 10^{-10}$	9.77
$H_2B_4O_7$	$K_{a1}^\ominus = 1.00 \times 10^{-4}$	4.00		$K_{a2}^\ominus = 1.58 \times 10^{-12}$	11.80
	$K_{a2}^\ominus = 1.00 \times 10^{-9}$	9.00	NH_4^+	5.75×10^{-10}	9.24
$HBrO$	2.51×10^{-9}	8.60	甲酸	1.78×10^{-4}	3.75
H_2CO_3	$K_{a1}^\ominus = 4.37 \times 10^{-7}$	6.36	乙酸	1.74×10^{-5}	4.76
	$K_{a2}^\ominus = 4.68 \times 10^{-11}$	10.33	丙酸	1.35×10^{-5}	4.87
HCN	$K_a^\ominus = 6.17 \times 10^{-10}$	9.21	丁酸	1.51×10^{-5}	4.82
H_2CrO_4	$K_{a1}^\ominus = 1.05 \times 10^{-1}$	0.98	氯乙酸	1.35×10^{-3}	2.87
	$K_{a2}^\ominus = 3.20 \times 10^{-7}$	6.50	二氯乙酸	5.50×10^{-2}	1.26
$HClO$	2.88×10^{-8}	7.54	三氯乙酸	3.01×10^{-1}	0.52
HF	6.61×10^{-4}	3.18	草酸	$K_{a1}^\ominus = 5.37 \times 10^{-2}$	1.27
HNO_2	5.62×10^{-4}	3.25		$K_{a2}^\ominus = 5.37 \times 10^{-5}$	4.27
HIO	2.29×10^{-11}	10.64	抗坏血酸	$K_{a1}^\ominus = 5.0 \times 10^{-5}$	4.10
HIO_3	1.57×10^{-1}	0.80		$K_{a2}^\ominus = 1.5 \times 10^{-10}$	11.79
H_2O_2	2.24×10^{-12}	11.65	酒石酸	$K_{a1}^\ominus = 1.41 \times 10^{-2}$	1.85
H_3PO_4	$K_{a1}^\ominus = 7.08 \times 10^{-3}$	2.15		$K_{a2}^\ominus = 1.00 \times 10^{-4}$	4.00
	$K_{a2}^\ominus = 6.17 \times 10^{-8}$	7.21	苯酚	1.02×10^{-10}	9.99
	$K_{a3}^\ominus = 4.17 \times 10^{-13}$	12.38	苯甲酸	6.31×10^{-5}	4.20
$H_4P_2O_7$	$K_{a1}^\ominus = 1.23 \times 10^{-1}$	0.91	邻苯二甲酸	$K_{a1}^\ominus = 1.30 \times 10^{-3}$	2.89
	$K_{a2}^\ominus = 7.94 \times 10^{-3}$	2.10		$K_{a2}^\ominus = 3.09 \times 10^{-6}$	5.51
	$K_{a3}^\ominus = 2.00 \times 10^{-7}$	6.70	柠檬酸	$K_{a1}^\ominus = 7.24 \times 10^{-4}$	3.14
	$K_{a4}^\ominus = 4.79 \times 10^{-10}$	9.32		$K_{a2}^\ominus = 1.70 \times 10^{-5}$	4.77
H_2SO_4	$K_{a2}^\ominus = 1.02 \times 10^{-2}$	1.99		$K_{a3}^\ominus = 4.07 \times 10^{-7}$	6.39

数据引自：Dean J A. Lange's Handbook of Chemistry. 15th ed. 魏俊发译. 北京：科学出版社. 2003.

附录 2　常见弱碱的解离平衡常数(298.15K)

弱电解质	分子式	解离常数 $K_b^\ominus$	$pK_b^\ominus$
氨水	$NH_3 \cdot H_2O$	1.79×10^{-5}	4.75
甲胺	CH_3NH_2	4.20×10^{-4}	3.38
乙胺	$C_2H_5NH_2$	4.30×10^{-4}	3.37
二甲胺	$(CH_3)_2NH$	5.90×10^{-4}	3.23
二乙胺	$(C_2H_5)_2NH$	6.31×10^{-4}	3.2
苯胺	$C_6H_5NH_2$	3.98×10^{-10}	9.40
乙二胺	$H_2NCH_2CH_2NH_2$	$K_{b1}^\ominus = 8.32 \times 10^{-5}$	4.08
		$K_{b2}^\ominus = 7.10 \times 10^{-8}$	7.15
乙醇胺	$HOCH_2CH_2NH_2$	3.2×10^{-5}	4.50
三乙醇胺	$(HOCH_2CH_2)_3N$	5.8×10^{-7}	6.24
六次甲基四胺	$(CH_2)_6N_4$	1.35×10^{-9}	8.87
吡啶	C_5H_5N	1.80×10^{-9}	8.70
联氨(肼)	H_2NNH_2	$K_{b1}^\ominus = 9.55 \times 10^{-7}$	6.02
		$K_{b2}^\ominus = 1.26 \times 10^{-15}$	14.9
氢氧化银	$AgOH$	$K_b^\ominus = 1.0 \times 10^{-2}$	2.00
氢氧化铍	$Be(OH)_2$	$K_{b1}^\ominus = 1.78 \times 10^{-6}$	5.75
		$K_{b2}^\ominus = 2.51 \times 10^{-9}$	8.6
氢氧化铝	$Al(OH)_3$	$K_{b1}^\ominus = 5.01 \times 10^{-9}$	8.3
		$K_{b2}^\ominus = 1.99 \times 10^{-10}$	9.7
氢氧化镉	$Cd(OH)_2$	$K_{b1}^\ominus = 5.01 \times 10^{-11}$	10.3
氢氧化钙	$Ca(OH)_2$	$K_{b1}^\ominus = 3.72 \times 10^{-3}$	2.43
		$K_{b2}^\ominus = 3.98 \times 10^{-2}$	1.40
氢氧化铅	$Pb(OH)_2$	$K_{b1}^\ominus = 9.55 \times 10^{-4}$	3.02
		$K_{b2}^\ominus = 3.0 \times 10^{-8}$	7.52
氢氧化锌	$Zn(OH)_2$	$K_{b1}^\ominus = 7.94 \times 10^{-7}$	6.1

数据引自：Dean J A. Lange's Handbook of Chemistry. 15th ed. 魏俊发译. 北京：科学出版社. 2003.

附录 3　难溶电解质的溶度积常数

难溶化合物	溶度积常数 $K_{sp}^{\ominus}$	难溶化合物	溶度积常数 $K_{sp}^{\ominus}$
$AgCH_3COO$	1.94×10^{-3}	$Cd(IO_3)_2$	2.5×10^{-8}
Ag_3AsO_4	1.03×10^{-22}	$CdC_2O_4 \cdot 3H_2O$	1.42×10^{-8}
$AgBrO_3$	5.38×10^{-5}	$Cd_3(PO_4)_2$	2.53×10^{-33}
$AgBr$	5.35×10^{-13}	CdS	1.40×10^{-29}
Ag_2CO_3	8.46×10^{-12}	$Co_3(AsO_4)_2$	6.80×10^{-29}
$AgCl$	1.77×10^{-10}	$Co(OH)_2$	5.92×10^{-15}
Ag_2CrO_4	1.12×10^{-12}	$Co(IO_3)_2 \cdot 2H_2O$	1.21×10^{-2}
$AgCN$	5.97×10^{-17}	$Co_3(PO_4)_2$	2.05×10^{-35}
$AgIO_3$	3.17×10^{-8}	$CoS(\alpha)$	4.0×10^{-21}
AgI	8.52×10^{-17}	$CoS(\beta)$	2.0×10^{-25}
$Ag_2C_2O_4$	5.40×10^{-12}	$Cr(OH)_3$	7.0×10^{-31}
$AgOH$	2.0×10^{-8}	$CsClO_4$	3.95×10^{-3}
Ag_3PO_4	8.89×10^{-17}	$CsIO_4$	5.16×10^{-6}
Ag_2S	6.3×10^{-50}	$CuBr$	6.27×10^{-9}
Ag_2SO_4	1.20×10^{-5}	$CuCl$	1.72×10^{-7}
Ag_2SO_3	1.50×10^{-14}	$CuCN$	3.47×10^{-20}
$AgSCN$	1.03×10^{-12}	CuI	1.27×10^{-12}
$Al(OH)_3$	1.3×10^{-33}	CuS	1.27×10^{-36}
$BaSO_4$	1.08×10^{-10}	$CuSCN$	1.77×10^{-13}
$BaCrO_4$	1.17×10^{-10}	$Cu_3(AsO_4)_2$	7.95×10^{-36}
$BaCO_3$	2.58×10^{-9}	$Cu(IO_3)_2 \cdot H_2O$	6.94×10^{-8}
$BaC_2O_4 \cdot 2H_2O$	1.6×10^{-7}	CuC_2O_4	4.43×10^{-10}
BiI_3	7.71×10^{-19}	$Cu_3(PO_4)_2$	1.40×10^{-37}
$CaCO_3$	3.36×10^{-9}	$Cu(OH)_2$	5.66×10^{-20}
CaF_2	3.45×10^{-11}	$Eu(OH)_3$	9.38×10^{-27}
$Ca(OH)_2$	5.02×10^{-6}	$FeCO_3$	3.13×10^{-11}
$Ca(IO_3)_2$	6.47×10^{-6}	FeF_2	2.36×10^{-6}
$Ca(IO_3)_2 \cdot 6H_2O$	7.10×10^{-7}	$Fe(OH)_2$	4.87×10^{-17}
$CaMoO_4$	1.46×10^{-8}	$Fe(OH)_3$	2.79×10^{-39}
$CaC_2O_4 \cdot H_2O$	2.32×10^{-9}	$FePO_4 \cdot 2H_2O$	9.91×10^{-16}
$Ca_3(PO_4)_2$	2.07×10^{-33}	FeS	1.59×10^{-19}
$CaSO_4$	4.93×10^{-5}	$Ga(OH)_3$	7.28×10^{-36}
$CaSO_4 \cdot 2H_2O$	3.14×10^{-5}	Hg_2Br_2	6.40×10^{-23}
$CaSO_3 \cdot 0.5H_2O$	3.1×10^{-7}	Hg_2CO_3	3.6×10^{-17}
$Cd_3(AsO_4)_2$	2.2×10^{-33}	Hg_2Cl_2	1.43×10^{-18}
$CdCO_3$	1.0×10^{-12}	Hg_2F_2	3.10×10^{-6}
CdF_2	6.44×10^{-3}	Hg_2I_2	5.2×10^{-29}
$Cd(OH)_2$	7.2×10^{-15}	$Hg_2C_2O_4$	1.75×10^{-13}

难溶化合物	溶度积常数 $K_{sp}^{\ominus}$	难溶化合物	溶度积常数 $K_{sp}^{\ominus}$
HgS	6.44×10^{-53}	$Pr(OH)_3$	3.39×10^{-24}
Hg_2SO_4	6.5×10^{-7}	$Ra(IO_3)_2$	1.16×10^{-9}
$Hg_2(SCN)_2$	3.2×10^{-20}	$RaSO_4$	3.66×10^{-11}
$HgBr_2$	6.2×10^{-20}	$RbClO_4$	3.00×10^{-3}
HgI_2	2.9×10^{-29}	ScF_3	5.81×10^{-24}
Li_2CO_3	8.15×10^{-4}	$Sc(OH)_3$	2.22×10^{-31}
LiF	1.84×10^{-3}	$Sr_3(AsO_4)_2$	4.29×10^{-19}
Li_3PO_4	2.37×10^{-11}	$SrCO_3$	5.60×10^{-10}
$MgCO_3$	6.82×10^{-6}	SrF_2	4.33×10^{-9}
$MgCO_3 \cdot 3H_2O$	2.38×10^{-6}	$Sr(IO_3)_2$	1.14×10^{-7}
$MgCO_3 \cdot 5H_2O$	3.79×10^{-6}	$Sr(IO_3)_2 \cdot H_2O$	3.77×10^{-7}
MgF_2	5.16×10^{-11}	$Sr(IO_3)_2 \cdot 6H_2O$	4.55×10^{-7}
$Mg(OH)_2$	5.61×10^{-12}	$SrSO_4$	3.44×10^{-7}
$MgC_2O_4 \cdot 2H_2O$	4.83×10^{-6}	$Sn(OH)_2$	5.45×10^{-27}
$Mg_3(PO_4)_2$	1.04×10^{-24}	$Sn(OH)_4$	1.0×10^{-56}
$MnCO_3$	2.24×10^{-11}	SnS	1.0×10^{-25}
$Mn(OH)_2$	1.9×10^{-13}	$TlBrO_3$	1.10×10^{-4}
$Mn(IO_3)_2$	4.37×10^{-7}	$TlBr$	3.71×10^{-6}
$MnC_2O_4 \cdot 2H_2O$	1.70×10^{-7}	$TlCl$	1.86×10^{-4}
MnS	4.65×10^{-14}	Tl_2CrO_4	8.67×10^{-13}
$Nd_2(CO_3)_3$	1.08×10^{-33}	$TlIO_3$	3.12×10^{-6}
$NiCO_3$	1.42×10^{-7}	TlI	5.54×10^{-8}
$Ni(OH)_2$	5.48×10^{-16}	$TlSCN$	1.57×10^{-4}
$NiS\ (\alpha)$	3.2×10^{-19}	$Tl(OH)_3$	1.68×10^{-44}
$NiS\ (\beta)$	1.0×10^{-24}	$Y_2(CO_3)_3$	1.03×10^{-31}
$Ni(IO_3)_2$	4.71×10^{-5}	YF_3	8.62×10^{-21}
$Ni_3(PO_4)_2$	4.74×10^{-32}	$Y(OH)_3$	1.00×10^{-22}
$PbBr_2$	6.60×10^{-6}	$Y(IO_3)_3$	1.12×10^{-10}
$PbCO_3$	7.40×10^{-14}	$Zn_3(AsO_4)_2$	2.8×10^{-28}
PbC_2O_4	4.8×10^{-10}	$ZnCO_3$	1.46×10^{-10}
$PbCrO_4$	2.8×10^{-13}	$ZnCO_3 \cdot H_2O$	5.42×10^{-11}
$PbCl_2$	1.70×10^{-5}	ZnF_2	3.04×10^{-2}
PbF_2	3.3×10^{-8}	$Zn(OH)_2(无定形)$	3×10^{-17}
$Pb(OH)_2$	1.43×10^{-20}	$Zn(IO_3)_2 \cdot 2H_2O$	4.1×10^{-6}
$Pb(IO_3)_2$	3.69×10^{-13}	$ZnC_2O_4 \cdot 2H_2O$	1.38×10^{-9}
PbI_2	9.8×10^{-9}	$Zn_3(PO_4)_2$	9.1×10^{-33}
PbS	9.0×10^{-29}	$ZnSe$	3.6×10^{-26}
$PbSeO_4$	1.37×10^{-7}	$ZnS(\alpha)$	1.6×10^{-24}
$PbSO_4$	2.53×10^{-8}	$ZnS(\beta)$	2.5×10^{-22}

数据摘自：Lide D R. CRC Handbook of Chemistry and Physics. 90th ed. Boca Raton：CRC Press. 2009. 若非特别说明，本附录以后的数据皆摘自该参考文献。

附录 4　酸性介质中的标准电极电势

元素名称	电极反应	标准电极电势 $\varphi^{\ominus}$ /V
Ag	$AgBr+e^- \Longrightarrow Ag+Br^-$	$+0.07133$
	$AgCl+e^- \Longrightarrow Ag+Cl^-$	$+0.2223$
	$Ag_2CrO_4+2e^- \Longrightarrow 2Ag+CrO_4^{2-}$	$+0.4470$
	$Ag^++e^- \Longrightarrow Ag$	$+0.7996$
Al	$Al^{3+}+3e^- \Longrightarrow Al$	-1.662
As	$HAsO_2+3H^++3e^- \Longrightarrow As+2H_2O$	$+0.248$
	$H_3AsO_4+2H^++2e^- \Longrightarrow HAsO_2+2H_2O$	$+0.560$
Bi	$BiOCl+2H^++3e^- \Longrightarrow Bi+H_2O+Cl^-$	$+0.1583$
	$BiO^++2H^++3e^- \Longrightarrow Bi+H_2O$	$+0.320$
Br	$Br_2+2e^- \Longrightarrow 2Br^-$	$+1.066$
	$BrO_3^-+6H^++5e^- \Longrightarrow 1/2Br_2+3H_2O$	$+1.482$
Ca	$Ca^{2+}+2e^- \Longrightarrow Ca$	-2.868
Cl	$ClO_4^-+2H^++2e^- \Longrightarrow ClO_3^-+H_2O$	$+1.189$
	$Cl_2+2e^- \Longrightarrow 2Cl^-$	$+1.35827$
	$ClO_3^-+6H^++6e^- \Longrightarrow Cl^-+3H_2O$	$+1.451$
	$ClO_3^-+6H^++5e^- \Longrightarrow 1/2Cl_2+3H_2O$	$+1.47$
	$HClO+H^++e^- \Longrightarrow 1/2Cl_2+H_2O$	$+1.611$
	$ClO_3^-+3H^++2e^- \Longrightarrow HClO_2+H_2O$	$+1.214$
	$ClO_2+H^++e^- \Longrightarrow HClO_2$	$+1.277$
	$HClO_2+2H^++2e^- \Longrightarrow HClO+H_2O$	$+1.645$
Co	$Co^{3+}+e^- \Longrightarrow Co^{2+}$	$+1.83$
Cr	$Cr_2O_7^{2-}+14H^++6e^- \Longrightarrow 2Cr^{3+}+7H_2O$	$+1.232$
Cu	$Cu^{2+}+e^- \Longrightarrow Cu^+$	$+0.153$
	$Cu^{2+}+2e^- \Longrightarrow Cu$	$+0.3419$
	$Cu^++e^- \Longrightarrow Cu$	$+0.522$
Fe	$Fe^2+2e^- \Longrightarrow Fe$	-0.477
	$Fe(CN)_6^{3-}+e^- \Longrightarrow Fe(CN)^{4-}$	$+0.358$
	$Fe^{3+}+e^- \Longrightarrow Fe^{2+}$	$+0.771$
	$Fe^{3+}+3e^- \Longrightarrow Fe$	-0.036
H	$2H^++2e^- \Longrightarrow H_2$	0.00000
Hg	$Hg_2Cl_2+2e^- \Longrightarrow 2Hg+2Cl^-$	$+0.281$
	$Hg_2^{2+}+2e^- \Longrightarrow 2Hg$	$+0.7973$
	$Hg^{2+}+2e^- \Longrightarrow Hg$	$+0.851$
	$2Hg^{2+}+2e^- \Longrightarrow Hg_2^{2+}$	$+0.920$
I	$I_2+2e^- \Longrightarrow 2I^-$	$+0.5355$
	$I_3^-+2e^- \Longrightarrow 3I^-$	$+0.536$
	$IO_3^-+6H^++5e^- \Longrightarrow 1/2I_2+3H_2O$	$+1.195$
	$HIO+H^++e^- \Longrightarrow 1/2I_2+H_2O$	$+1.439$

元素名称	电极反应	标准电极电势 $\varphi^{\ominus}$ /V
K	$K^+ + e^- \rightleftharpoons K$	-2.931
Mg	$Mg^{2+} + 2e^- \rightleftharpoons Mg$	-2.372
Mn	$Mn^{2+} + 2e^- \rightleftharpoons Mn$	-1.185
	$MnO_4^- + e^- \rightleftharpoons MnO_4^{2-}$	$+0.558$
	$MnO_2 + 4H^+ + 2e^- \rightleftharpoons Mn^{2+} + 2H_2O$	$+1.224$
	$MnO_4^- + 8H^+ + 5e^- \rightleftharpoons Mn^{2+} + 4H_2O$	$+1.507$
	$MnO_4^- + 4H^+ + 3e^- \rightleftharpoons MnO_2 + 2H_2O$	$+1.679$
Na	$Na^+ + e^- \rightleftharpoons Na$	-2.71
N	$NO_3^- + 4H^+ + 3e^- \rightleftharpoons NO + 2H_2O$	$+0.957$
	$2NO_3^- + 4H^+ + 2e^- \rightleftharpoons N_2O_4 + 2H_2O$	$+0.803$
	$HNO_2 + H^+ + e^- \rightleftharpoons NO + H_2O$	$+0.983$
	$N_2O_4 + 4H^+ + 4e^- \rightleftharpoons 2NO + 2H_2O$	$+1.035$
	$NO_3^- + 3H^+ + 2e^- \rightleftharpoons HNO_2 + H_2O$	$+0.934$
	$N_2O_4 + 2H^+ + 2e^- \rightleftharpoons 2HNO_2$	$+1.065$
O	$O_2 + 2H^+ + 2e^- \rightleftharpoons H_2O_2$	$+0.695$
	$H_2O_2 + 2H^+ + 2e^- \rightleftharpoons 2H_2O$	$+1.776$
	$O_2 + 4H^+ + 4e^- \rightleftharpoons 2H_2O$	$+1.229$
P	$H_3PO_4 + 2H^+ + 2e^- \rightleftharpoons H_3PO_3 + H_2O$	-0.276
Pb	$PbI_2 + 2e^- \rightleftharpoons Pb + 2I^-$	-0.365
	$PbSO_4 + 2e^- \rightleftharpoons Pb + SO_4^{2-}$	-0.3588
	$PbCl_2 + 2e^- \rightleftharpoons Pb + 2Cl^-$	-0.2675
	$Pb^{2+} + 2e^- \rightleftharpoons Pb$	-0.1262
	$PbO_2 + 4H^+ + 2e^- \rightleftharpoons Pb^{2+} + 2H_2O$	$+1.455$
	$PbO_2 + SO_4^{2-} + 4H^+ + 2e^- \rightleftharpoons PbSO_4 + 2H_2O$	$+1.6913$
S	$H_2SO_3 + 4H^+ + 4e^- \rightleftharpoons S + 3H_2O$	$+0.449$
	$S + 2H^+ + 2e^- \rightleftharpoons H_2S$	$+0.142$
	$SO_4^{2-} + 4H^+ + 2e^- \rightleftharpoons H_2SO_3 + H_2O$	$+0.172$
	$S_4O_6^{2-} + 2e^- \rightleftharpoons 2S_2O_3^{2-}$	$+0.08$
	$S_2O_8^{2-} + 2e^- \rightleftharpoons 2SO_4^{2-}$	$+2.010$
Sb	$Sb_2O_3 + 6H^+ + 6e^- \rightleftharpoons 2Sb + 3H_2O$	$+0.152$
	$Sb_2O_5 + 6H^+ + 4e^- \rightleftharpoons 2SbO^+ + 3H_2O$	$+0.581$
Sn	$Sn^{4+} + 2e^- \rightleftharpoons Sn^{2+}$	$+0.151$
	$Sn^{2+} + 2e^- \rightleftharpoons Sn$	-0.1364
V	$V(OH)_4^+ + 4H^+ + 5e^- \rightleftharpoons V + 4H_2O$	-0.254
	$VO^{2+} + 2H^+ + e^- \rightleftharpoons V^{3+} + H_2O$	$+0.337$
	$V(OH)_4^+ + 2H^+ + e^- \rightleftharpoons VO^{2+} + 3H_2O$	$+1.00$
Zn	$Zn^{2+} + 2e^- \rightleftharpoons Zn$	-0.7618

附录 5　碱性介质中的标准电极电势

元素名称	电极反应	标准电极电势 $\varphi^\ominus$/V
Ag	$Ag_2S+2e^- \Longrightarrow 2Ag+S^{2-}$	-0.691
	$Ag_2O+H_2O+2e^- \Longrightarrow 2Ag+2OH^-$	$+0.342$
Al	$H_2AlO_3^-+H_2O+3e^- \Longrightarrow Al+4OH^-$	-2.33
As	$AsO_2^-+2H_2O+3e^- \Longrightarrow As+4OH^-$	-0.68
	$AsO_4^{3-}+2H_2O+2e^- \Longrightarrow AsO_2^-+4OH^-$	-0.71
Br	$BrO_3^-+3H_2O+6e^- \Longrightarrow Br^-+6OH^-$	$+0.61$
	$BrO^-+H_2O+2e^- \Longrightarrow Br^-+2OH^-$	$+0.761$
Cl	$ClO_3^-+H_2O+2e^- \Longrightarrow ClO_2^-+2OH^-$	$+0.33$
	$ClO_4^-+H_2O+2e^- \Longrightarrow ClO_3^-+2OH^-$	$+0.36$
	$ClO_2^-+H_2O+2e^- \Longrightarrow ClO^-+2OH^-$	$+0.66$
	$ClO^-+H_2O+2e^- \Longrightarrow Cl^-+2OH^-$	$+0.81$
Co	$Co(OH)_2+2e^- \Longrightarrow Co+2OH^-$	-0.73
	$Co(NH_3)_6^{3+}+e^- \Longrightarrow Co(NH_3)_6^{2+}$	$+0.108$
	$Co(OH)_3+e^- \Longrightarrow Co(OH)_2+OH^-$	$+0.17$
Cr	$Cr(OH)_3+3e^- \Longrightarrow Cr+3OH^-$	-1.48
	$CrO_2^-+2H_2O+3e^- \Longrightarrow Cr+4OH^-$	-1.2
	$CrO_4^{2-}+4H_2O+3e^- \Longrightarrow Cr(OH)_3+5OH^-$	-0.13
Cu	$Cu_2O+H_2O+2e^- \Longrightarrow 2Cu+2OH^-$	-0.360
	$Cu(NH_3)_4^{2+}+2e^- \Longrightarrow Cu+4NH_3$	$+0.03347$
Fe	$Fe(OH)_3+e^- \Longrightarrow Fe(OH)_2+OH^-$	-0.56
H	$2H_2O+2e^- \Longrightarrow H_2+2OH^-$	-0.8277
Hg	$HgO+H_2O+2e^- \Longrightarrow Hg+2OH^-$	$+0.0977$
I	$IO_3^-+3H_2O+6e^- \Longrightarrow I^-+6OH^-$	$+0.26$
	$IO^-+H_2O+2e^- \Longrightarrow I^-+2OH^-$	$+0.485$
Mg	$Mg(OH)_2+2e^- \Longrightarrow Mg+2OH^-$	-2.690
Mn	$Mn(OH)_2+2e^- \Longrightarrow Mn+2OH^-$	-1.56
	$MnO_4^-+2H_2O+3e^- \Longrightarrow MnO_2+4OH^-$	$+0.595$
	$MnO_4^{2-}+2H_2O+2e^- \Longrightarrow MnO_2+4OH^-$	$+0.60$
N	$NO_3^-+H_2O+2e^- \Longrightarrow NO_2^-+2OH^-$	$+0.01$
O	$O_2+2H_2O+4e^- \Longrightarrow 4OH^-$	$+0.401$
S	$S+2e^- \Longrightarrow S^{2-}$	-0.4762
	$SO_4^{2-}+H_2O+2e^- \Longrightarrow SO_3^{2-}+2OH^-$	-0.93
	$2SO_3^{2-}+3H_2O+4e^- \Longrightarrow S_2O_3^{2-}+6OH^-$	-0.571
	$S_4O_6^{2-}+2e^- \Longrightarrow 2S_2O_3^{2-}$	$+0.08$
Sb	$SbO_2^-+2H_2O+3e^- \Longrightarrow Sb+4OH^-$	-0.66
Sn	$Sn(OH)_6^{2-}+2e^- \Longrightarrow HSnO_2^-+H_2O+3OH^-$	-0.93
	$HSnO_2^-+H_2O+2e^- \Longrightarrow Sn+3OH^-$	-0.909

附录 6　常见配离子的稳定常数

配合物	稳定常数 $K_f^{\ominus}$	$\lg K_f^{\ominus}$	配合物	稳定常数 $K_f^{\ominus}$	$\lg K_f^{\ominus}$
$[Ag(Br)_2]^-$	2.14×10^7	7.33	$[Cu(CN)_4]^{3-}$	1.99×10^{30}	30.30
$[Ag(Br)_3]^{2-}$	1.00×10^8	8.00	$[Cu(S_2O_3)_2]^{3-}$	1.66×10^{12}	12.22
$[Ag(Br)_4]^{3-}$	5.37×10^8	8.73	$[Hg(S_2O_3)_2]^{3-}$	2.75×10^{29}	29.44
$[Ag(Cl)_2]^-$	1.10×10^5	5.04	$[Hg(S_2O_3)_4]^{6-}$	1.74×10^{33}	33.24
$[Ag(Cl)_4]^{3-}$	1.99×10^5	5.30	$[Hg(CN)_4]^{2-}$	2.51×10^{41}	41.4
$[AgI_2]^-$	5.99×10^{11}	11.74	$[Cu(S_2O_3)_3]^{5-}$	6.92×10^1	13.84
$[AgI_3]^{2-}$	4.78×10^{13}	13.68	$[Fe(OH)_3]$	4.68×10^{29}	29.67
$[Ag(CN)_2]^-$	1.25×10^{21}	21.1	$[Fe(SCN)_3]$	2.0×10^3	3.30
$[Ag(NCS)_2]^-$	4.0×10^8	8.60	$[Fe(SCN)_6]^{3-}$	2.29×10^3	3.36
$[Ag(NH_3)_2]^+$	1.12×10^7	7.05	$[FeCl_3]$	98	1.99
$[Ag(SCN)_2]^{2-}$	3.71×10^7	7.57	$[FeF_6]^{3-}$	1.0×10^{16}	16.00
$[Ag(SCN)_3]^{3-}$	1.20×10^9	9.08	$[FeF_3]$	1.15×10^{12}	12.06
$[Ag(SCN)_4]^{4-}$	1.20×10^{10}	10.08	$[Fe(CN)_6]^{4-}$	1.0×10^{35}	35.00
$[Ag(S_2O_3)_2]^{3-}$	2.88×10^{13}	13.46	$[Fe(CN)_6]^{3-}$	1.0×10^{42}	42.00
$[Al(OH)_4]^-$	1.07×10^{33}	33.03	$[Hg(NH_3)_4]^{2-}$	1.90×10^{19}	19.28
$[AlF_6]^{3-}$	6.9×10^{19}	19.84	$[HgBr_4]^{2-}$	1.00×10^{21}	21.00
$[Al(C_2O_4)_3]^{3-}$	2.0×10^{16}	16.30	$[HgCl_4]^{2-}$	1.17×10^{15}	15.07
$[Au(CN)_2]^-$	1.99×10^{38}	38.3	$[HgI_4]^{2-}$	6.76×10^{29}	29.83
$[Au(SCN)_2]^-$	1.00×10^{23}	23	$[Cu(en)_2]^+$	6.31×10^{10}	10.80
$[Au(SCN)_4]^{3-}$	1.00×10^{42}	42	$[Cu(en)]^{2+}$	4.68×10^{10}	10.67
$[AuCl_2]^-$	1.35×10^2	2.13	$[Cu(en)_2]^{2+}$	1.00×10^{20}	20.00
$[AuBr_2]^-$	2.88×10^{12}	12.46	$[Ni(en)_2]^{2+}$	6.92×10^{13}	13.84
$[Cd(NH_3)_4]^{2+}$	1.32×10^7	7.12	$[Ni(en)_3]^{2+}$	2.14×10^{18}	18.33
$[Cd(SCN)_4]^{2-}$	4.0×10^3	3.60	$[Fe(en)_2]^{2+}$	4.47×10^7	7.65
$[CdCl_4]^{2-}$	6.31×10^2	2.80	$[Fe(en)_2]^{3+}$	5.01×10^9	9.70
$[CdI_4]^{2-}$	2.57×10^5	5.41	$[Pd(en)_2]^{2+}$	7.94×10^{26}	26.9
$[Cd(CN)_4]^{2-}$	6.0×10^{18}	18.78	$[Fe(o\text{-}phen)]^{2+}$	7.08×10^6	6.85
$[Co(NH_3)_6]^{2+}$	1.3×10^5	5.11	$[Fe(o\text{-}phen)_2]^{2+}$	2.82×10^{11}	11.45
$[Co(NH_3)_6]^{3+}$	1.58×10^{35}	35.2	$[Fe(o\text{-}phen)_3]^{2+}$	1.99×10^{21}	21.3
$[Co(CN)_6]^{3-}$	1.0×10^{64}	64.00	$[Fe(o\text{-}phen)]^{3+}$	3.16×10^6	6.5
$[Cu(NH_3)_4]^{2+}$	2.09×10^{13}	13.32	$[Fe(o\text{-}phen)_2]^{3+}$	2.51×10^{11}	11.4
$[Cu(NH_3)_2]^+$	7.2×10^{10}	10.86	$[Fe(o\text{-}phen)_3]^{3+}$	3.16×10^{23}	23.5
$[Cu(OH)_4]^{2-}$	3.16×10^{18}	18.5	$[Hg(SCN)_4]^{2-}$	1.70×10^{21}	21.23

配合物	稳定常数 $K_f^{\ominus}$	$\lg K_f^{\ominus}$	配合物	稳定常数 $K_f^{\ominus}$	$\lg K_f^{\ominus}$
$[Ni(NH_3)_4]^{2+}$	1.1×10^8	8.04	$[Al(EDTA)]^-$	1.29×10^{16}	16.11
$[Ni(NH_3)_6]$	5.49×10^8	8.74	$[Bi(EDTA)]^-$	6.31×10^{22}	22.8
$[Ni(CN)_4]^{2-}$	2.0×10^{31}	31.30	$[Cd(EDTA)]^{2-}$	2.51×10^{16}	16.4
$[Ni(OH)_3]^-$	1.99×10^{11}	11.3	$[Ce(EDTA)]^-$	6.31×10^{16}	16.8
$[PdCl_4]^{2-}$	5.01×10^{15}	15.7	$[Co(EDTA)]^{2-}$	2.04×10^{16}	16.31
$[PdBr_4]^{2-}$	1.26×10^{13}	13.1	$[Co(EDTA)]^-$	1.00×10^{36}	36
$[Pt(NH_3)_6]^{2+}$	1.99×10^{35}	35.30	$[Cr(EDTA)]^-$	1.00×10^{23}	23
$[PtCl_4]^{2-}$	3.98×10^{16}	16.60	$[Cu(EDTA)]^{2-}$	5.01×10^{18}	18.7
$[PtBr_4]^{2-}$	1.12×10^{20}	20.05	$[Fe(EDTA)]^{2-}$	2.14×10^{14}	14.33
$[TiOF_4]^+$	2.51×10^{18}	18.4	$[Fe(EDTA)]^-$	1.70×10^{24}	24.23
$[Zn(NH_3)_4]^{2+}$	2.88×10^9	9.46	$[Hg(EDTA)]^{2-}$	6.31×10^{21}	21.80
$[Zn(CN)_4]^{2-}$	5.00×10^{16}	16.70	$[Mg(EDTA)]^{2-}$	4.36×10^6	6.64
$[Zn(OH)_4]^{2-}$	4.6×10^{17}	17.66	$[Mn(EDTA)]^{2-}$	6.31×10^{13}	13.8
$[Ag(C_2O_4)]^-$	2.51×10^2	2.41	$[Mo(EDTA)]^+$	2.29×10^6	6.36
$[Al(C_2O_4)]^+$	1.82×10^7	7.26	$[Ni(EDTA)]^{2-}$	3.63×10^{16}	16.56
$[Al(C_2O_4)_2]^-$	1.00×10^{13}	13.0	$[Pb(EDTA)]^{2-}$	1.99×10^{18}	18.3
$[Al(C_2O_4)_2]^{3-}$	1.99×10^{16}	16.3	$[Pd(EDTA)]^{2-}$	3.16×10^{18}	18.5
$[Co(C_2O_4)]$	6.16×10^4	4.79	$[Zr(EDTA)]^{2-}$	2.51×10^{19}	19.4
$[Co(C_2O_4)_2]^{2-}$	5.01×10^6	6.7	$[Zn(EDTA)]^{2-}$	2.51×10^{16}	16.4
$[Co(C_2O_4)_2]^{4-}$	5.01×10^9	9.7	$[Cu(o\text{-}phen)]^{2+}$	1.15×10^9	9.06
$[Ca(C_2O_4)]$	1.00×10^3	3.0	$[Cu(o\text{-}phen)_2]^{2+}$	6.02×10^{15}	15.78
$[Cu(C_2O_4)_2]^{2-}$	3.16×10^8	8.5	$[Cu(o\text{-}phen)_3]^{2+}$	6.92×10^{20}	20.84
$[Pb(C_2O_4)_2]^{2-}$	3.46×10^6	6.54	$[Ag(o\text{-}phen)_2]^+$	1.17×10^{12}	12.07
$[Hg(C_2O_4)_2]^{2-}$	9.55×10^6	6.98	$[Ni(o\text{-}phen)]^{2+}$	6.31×10^8	8.80
$[Fe(C_2O_4)]$	7.94×10^2	2.9	$[Ni(o\text{-}phen)_2]^{2+}$	1.26×10^{17}	17.10
$[Fe(C_2O_4)_2]^{2-}$	3.31×10^4	4.52	$[Ni(o\text{-}phen)_3]^{2+}$	6.31×10^{24}	24.80
$[Fe(C_2O_4)_2]^{4-}$	1.66×10^5	5.22	$[Zn(o\text{-}phen)]^{2+}$	3.55×10^6	6.55
$[Fe(C_2O_4)]^+$	2.51×10^9	9.4	$[Zn(o\text{-}phen)_2]^{2+}$	2.34×10^{12}	12.35
$[Fe(C_2O_4)_2]^-$	1.58×10^{16}	16.2	$[Zn(o\text{-}phen)_3]^{2+}$	3.55×10^{17}	17.55
$[Fe(C_2O_4)_3]^{3-}$	1.6×10^{20}	20.20	$[Pb(o\text{-}phen)]^{2+}$	4.46×10^4	4.65
$[Fe(C_2O_4)_2]^{3-}$	1.58×10^{20}	20.2	$[Pb(o\text{-}phen)_2]^{2+}$	3.16×10^7	7.5
$[Ca(EDTA)]^{2-}$	1.00×10^{11}	11.0	$[Pb(o\text{-}phen)_3]^{2+}$	1.00×10^9	9

注:en 代表乙二胺;o-phen 代表 1,10-邻二氮菲;EDTA 代表乙二胺四乙酸。

附录7　不同温度下水的饱和蒸气压(kPa)

温度/℃	蒸气压/mmHg	蒸气压/kPa	温度/℃	蒸气压/mmHg	蒸气压/kPa	温度/℃	蒸气压/mmHg	蒸气压/kPa
−10	2.149	0.2865	21	18.650	2.4864	52	102.09	13.611
−9	2.326	0.3101	22	19.827	2.6434	53	107.20	14.292
−8	2.514	0.3352	23	21.068	2.8088	54	112.51	15.000
−7	2.715	0.3620	24	22.377	2.9833	55	118.04	15.737
−6	2.931	0.3908	25	23.756	3.1672	56	123.80	16.505
−5	3.163	0.4217	26	25.209	3.3609	57	129.82	17.308
−4	3.410	0.4546	27	26.739	3.5649	58	136.08	18.142
−3	3.673	0.4897	28	28.349	3.7795	59	142.60	19.011
−2	3.956	0.5274	29	30.043	4.0054	60	149.38	19.916
−1	4.258	0.5677	30	31.824	4.2428	61	156.43	20.856
0	4.579	0.6165	31	33.695	4.4923	62	163.77	21.834
1	4.926	0.6567	32	35.663	4.7547	63	171.38	22.849
2	5.294	0.7058	33	37.729	5.0301	64	179.31	23.906
3	5.685	0.7579	34	39.898	5.3193	65	187.54	25.003
4	6.101	0.8134	35	42.175	5.6228	66	196.09	26.143
5	6.543	0.8723	36	44.563	5.9412	67	204.96	27.326
6	7.013	0.9350	37	47.067	6.2751	68	214.17	28.554
7	7.513	1.0020	38	49.692	6.6250	69	223.73	29.828
8	8.045	1.0720	39	52.442	6.9917	70	233.70	31.160
9	8.609	1.1480	40	55.324	7.3759	71	243.90	32.520
10	9.209	1.2280	41	58.34	7.778	72	254.60	33.940
11	9.844	1.3120	42	61.50	8.199	73	265.70	35.420
12	10.518	1.4023	43	64.80	8.639	74	277.20	36.960
13	11.231	1.4973	44	68.26	9.100	75	289.10	38.540
14	11.987	1.5981	45	71.88	9.583	76	301.40	40.180
15	12.788	1.7049	46	75.65	10.080	77	314.10	41.880
16	13.634	1.8177	47	79.60	10.610	78	327.30	43.640
17	14.530	1.9372	48	83.71	11.160	79	341.00	45.460
18	15.477	2.0634	49	88.02	11.740	80	355.10	47.340
19	16.477	2.1967	50	92.51	12.330	81	369.70	49.290
20	17.535	2.3378	51	97.20	12.960	82	384.90	51.320

续表

温度/℃	蒸气压/mmHg	蒸气压/kPa	温度/℃	蒸气压/mmHg	蒸气压/kPa	温度/℃	蒸气压/mmHg	蒸气压/kPa
83	400.60	53.410	93	588.60	78.473	103	845.12	112.670
84	416.80	55.570	94	610.90	81.446	104	875.06	116.660
85	433.60	57.810	95	633.90	84.513	105	906.07	120.800
86	450.90	60.110	96	657.62	87.675	106	937.92	125.040
87	468.70	62.490	97	682.07	90.935	107	970.60	109.400
88	487.10	64.940	98	707.27	94.294	108	1004.42	133.911
89	506.10	67.470	99	733.24	97.757	109	1038.92	138.510
90	525.76	70.095	100	760.00	101.320	110	1074.56	143.262
91	546.05	72.800	101	787.51	104.990	111	1111.20	148.147
92	566.99	75.592	102	815.86	108.770	112	1148.74	153.152

注：1 mmHg＝0.133 322 kPa。